नदी

[उपन्यास]

नदी

उषा प्रियम्वदा

राजकमल प्रकाशन

ISBN : 978-81-267-2528-1

मूल्य : ₹595

पहला संस्करण : 2014
पहली आवृत्ति : 2022
This book is printed on **Print on Demand** Technology : 2025

प्रकाशक : राजकमल प्रकाशन प्रा. लि.
1-बी, नेताजी सुभाष मार्ग, दरियागंज
नई दिल्ली-110 002

शाखाएँ : अशोक राजपथ, साइंस कॉलेज के सामने, पटना-800 006
पहली मंजिल, दरबारी बिल्डिंग, महात्मा गांधी मार्ग, प्रयागराज-211 001
1, अनमोल सोराबजी संतुक लेन, धोबी तलाव, मरीन लाइंस, मुम्बई-400 002

वेबसाइट : www.rajkamalprakashan.com
ई-मेल : info@rajkamalprakashan.com

NADI
Novel by Usha Priyamvada

कैप्टेन के.डी. पाठक
और
अलका सहाय पाठक
को
सस्नेह

पहला खंड

शाम हो गई थी और उसी के साथ हलका-हलका अँधियारा भी। आस-पास के घरों में बत्तियाँ जल चुकी थीं, पर अपने घर में घुप्प अँधेरा था। टैक्सी से उतरकर पैसे देते हुए उसने अँधेरे घर पर एक बार फिर नज़र डाली। घर वैसा का वैसा खड़ा था, टैक्सी की आहट सुनकर भी अन्दर कोई बत्ती नहीं जली, वैसे भी डॉ. गगनेन्द्र बिहारी सिन्हा को फ़ालतू बत्तियों के जलते रहने से बहुत चिढ़ थी, पर बाहर बरामदे की बत्ती तो थोड़ी देर जल सकती थी, विशेषकर जब उन्हें पता था कि पत्नी एक सप्ताह के बाद इसी शाम लौटने वाली है। उनके एयरपोर्ट आने का तो प्रश्न ही नहीं था, यद्यपि अगर वह स्वयं दोनों बेटियों, झरना और सपना को लेकर आ जाते तो अच्छा लगता। एक सप्ताह के प्रवास में उसे बेटियों की बहुत याद आई थी।

टैक्सी जाने के लिए मुड़ी तो उसके पीछे की बत्तियों के प्रकाश में उसने पहली बार लॉन पर लगे बोर्ड को देखा, वह खड़ी की खड़ी रह गई—उसकी कुछ समझ में नहीं आया, लगा कि कहीं ग़लती से किसी और मकान के आगे तो नहीं उतर गई। नहीं, घर तो वही है, अपना घर, वही पेड़, वही झाड़ियाँ पर तब ?

लॉन पर एक तख़्ता लगा था जिस पर आड़ी सतर में बड़े-बड़े अक्षरों में लिखा था 'सोल्ड'। सोल्ड—यानी बिक गया—वह उन अंग्रेज़ी के अक्षरों को अनचीन्ही आँखों से ताकती रही—कोई संशय या किसी भ्रम को क्रूरता से तोड़ता हुआ तख़्ता अडिग, अचल, स्थिर खड़ा था—SOLD कहता हुआ। उसने मुड़कर टैक्सी को देखा—पर टैक्सी सड़क पर इतनी दूर थी कि पुकारने पर भी चालक को कुछ सुनाई न देता। उसने बैग उठा लिया और बरामदे की

सीढ़ियाँ चढ़ी—हाथ बढ़ाकर बत्ती जलाई और बिना कुछ सोचे ताले में चाभी घुमाई।

दरवाज़ा बिना चर्र-चूँ किए खुल गया।

"झरना—सपना—" उसने पुकारा पर आवाज़ काँप रही थी।

अँधेरा घर चुप रहा।

सबसे पहले रसोई की बत्ती जलाई और खड़ी की खड़ी रह गई—रसोई एकदम ख़ाली थी, न चूल्हा, न रेफ्रिजरेटर, न आलमारी में बर्तन, न खाने-पीने का कोई भी सामान।

यह सब क्या है?

एक-एक करके वह हर कमरे में गई, सबसे पहले डॉक्टर सिन्हा की स्टडी में—आलमारियाँ ख़ाली थीं, किताबें, पढ़ने-लिखने के काग़ज़, कम्प्यूटर, मेज़, कुर्सी कुछ भी नहीं—

न कमरों में पलंग, न आलमारियों में कपड़े, न गुसलखाने में तौलिए—यहाँ तक कि खोखे में टायलेट पेपर भी नहीं।

यह सब क्या हुआ—जैसे किसी तूफ़ान ने आकर उसकी अब तक की जी हुई सारी ज़िन्दगी के सभी चिह्न मिटा दिए हैं—उसके पति, उसकी बेटियाँ, उसकी पूरी यत्न से सँवारी गृहस्थी—

उसने पर्स में से फ़ोन निकालकर डॉ. सिन्हा का नम्बर मिलाने की कोशिश की—उसके हाथ काँप रहे थे, और एकाएक उसके पैरों की सारी ताक़त रिस गई और वह कार्पेट पर धप्प से बैठ गई।

नम्बर नहीं लगा, जैसे उसे मालूम था।

किसे फ़ोन करे—किससे पूछे—कोई भी अभिन्न या निकट का मित्र परिवार नहीं था, डॉ. गगनेन्द्र सिन्हा को आकर्षक और वाचाल पत्नी का लोगों से घुलना-मिलना पसन्द नहीं था। उसका पूरा शरीर एक भय से काँपने लगा। एकाएक उसके मन में एक नई बात उभरी—पिछले कई महीनों से यह बात उठ रही थी कि यह घर चार प्राणियों के लिए बहुत बड़ा है—डॉ. सिन्हा के एक सहयोगी एकदम आधुनिक और अपेक्षाकृत छोटे मकान में रहते थे, वह घर डॉ. सिन्हा को पसन्द था—घर की खिड़की से पानी की एक नहर दिखती थी और उसके पार शहर का चिड़ियाघर था जहाँ से कभी-कभी हाथी की चिंघाड़ और शेर की दहाड़ सुनाई पड़ जाती थी। सहयोगी बड़ा घर

देख रहे थे, जुड़वाँ लड़कियाँ होने के कारण घर छोटा पड़ने लगा था—कहीं वही तो नहीं ख़रीद लिया? अभी-अभी दरवाज़ा खुलेगा और झरना, सपना 'सरप्राइज़—माँ—आश्चर्य—' चीख़ती हुई घर में घुस आएँगी।

पर ऐसा कुछ नहीं हुआ—उसकी हाथ-घड़ी में सेकंड और मिनट बदलते रहे और ख़ाली घर खड़ा रहा—हर जगह की बत्तियाँ जलते देख डॉ. सिन्हा भन्ना जाएँगे—मगर वह तीनों आएँगे ज़रूर—इस विश्वास ने उसे ऊर्जा दी, भला हो सुवासिनी जीजी का, जिन्होंने बार-बार ना-ना करने पर भी रामपूरी और करेले की तरकारी प्लास्टिक के डिब्बे में पैक कर दी थी।

हाथ धोकर उसने डब्बा खोला—गीले हाथ पोंछने के लिए कोई कपड़ा, या कागज़ का टुकड़ा तक नहीं था, उसने हाथ झटक दिए। रामपूरी अभी तक नरम और मुलायम थीं—खाना खाते हुए वह पिछले हफ्ते को याद करती रही। सुवासिनी जीजी लखनऊ से बेटे-बहू के पास आई थीं—दोनों वाशिंगटन के वर्ल्ड बैंक में काम करते थे। सुवासिनी जीजी ने उससे बहुत आग्रह किया—"साथ-साथ घूमेंगे—तुम्हारा भी हवा पानी बदलेगा—कितने दिनों से तीमारदारी—" कहते-कहते वह रुक गईं। डॉक्टर सिन्हा भी राज़ी हो गए—एक हफ्ते के लिए टिकट ख़रीदकर उसे रवाना कर दिया। वहाँ अच्छा लगा—जीजी के साथ सब कुछ घूमकर देखा—राष्ट्रपति भवन, याने कि व्हाइट हाउस—अब्राहम लिंकन का स्मारक—घूमते हुए उसे एहसास हुआ कि वह इस देश में रहते हुए भी इसके इतिहास से अज्ञान ही है। कितनी शर्म की बात है मगर यह सब पढ़ने का समय ही कहाँ है—घर, गृहस्थी, बच्चे, स्कूल—और तुनुक मिजाज़ डॉक्टर सिन्हा के नख़रे सहते हुए ही साल के साल निकले जा रहे थे—

दरवाज़े पर आहट हुई—वह चौंक पड़ी—दिल ज़ोर-ज़ोर से धड़क उठा—"आ जाओ—" उसने पुकारा। दरवाजा हल्के-हल्के खुला—पड़ोसिन थी—रात के कपड़ों में मार्था—दोनों एक दूसरे को देखकर चौंक पड़ीं—एक क्षण बिना कुछ बोले दोनों एक-दूसरे को देखती रहीं—मार्था अपने नीली फ़लालेन के रात के ढीले पाजामे और कुर्ती में थी, ऊपर से छींटदार हाउसकोट था, जो बटन न होने के कारण झूल रहा था—"मैं अजीब सी दीख रही होऊँगी—" उसने यह विचार आते ही अपने बालों को हाथ से थपथपाया—

"तुम यहाँ क्या कर रही हो? मैंने तो समझा था कि तुम भी परिवार के

साथ चली गईं—" मार्था ने कहा।

"कहाँ चली गई?"

"इंडिया! और कहाँ? तुम्हारे पति तो यह कहकर गए कि वह सपरिवार सदा के लिए इंडिया वापस जा रहे हैं—"

"इंडिया? सदा के लिए—" उसने टूटती आवाज़ में दोहराया।

एक छोटी-सी चुप्पी, फिर एकाएक बात सँभालकर उसने कहा, "हाँ—हाँ—जानेवाली तो थी, पर कुछ इमीग्रेशन पेपर्स रुके हुए हैं—"

कहते ही याद आया कि पासपोर्ट, वीज़ा, रुपए-पैसे, गहने तो सब घर में ही थे, और वह अलमारी एकदम ख़ाली है।

"तुम्हें मेरे लिए कुछ देकर..." मार्था की आश्चर्य भरी प्रश्न मुद्रा देखकर उसका स्वर बीच में टूट गया।

"...तुम आज रात यहीं रहोगी क्या? कैसे? पलंग बिस्तर कुछ भी नहीं है—" मार्था चारों ओर देख रही थी। "तुम चाहो तो मेरे पास रह सकती हो—मैं बेटी को अपने कमरे में सुला लूँगी—"

"धन्यवाद मार्था—मैं आज रात इसी घर में अकेले बिताना चाहती हूँ—"

"मैं समझ रही हूँ—इस घर से कितनी स्मृतियाँ जो जुड़ी हुई हैं—अच्छा—मैं पति से तुम्हारे लिए कुछ ओढ़ने-बिछाने को भेजती हूँ। कुछ खाया पिया—?"

"हाँ—धन्यवाद—"

मार्था के जाने के बाद शरीर में लगा कि बरसों की थकान लौट आई है—रात-रात भर जगकर अस्पताल के पलंग से सट कर बैठे रहना—जहाँ मशीनों के अतिरिक्त सिर्फ सन्नाटा रहता था, जहाँ सफ़ेद तकिए पर अपने पाँच साल के बेटे का केश रहित सर और रक्तहीन सफ़ेद चेहरे को ताकते हुए कितना समय बिता दिया था।

"भविष्य—मेरा बेटा—"

अब वह रोने लगी थी—अकेले घर में—वैसे तो भविष्य की याद एक क्षण के लिए भी अलग नहीं होती थी, पर इस समय, दीवाल से टिककर बैठे हुए वह सारी पीड़ा दुगनी, तिगुनी होकर उमड़ने लगी। इस क्षण में वह अकेली थी, एक दुखी माँ—जिसने बेटे का नाम भविष्य रखा था—नियति का कितना

क्रूर परिहास था...उसका तो भविष्य था ही नहीं, एक हाथ की उँगलियों पर ही उसकी जीवन-अवधि गिनी जा सकी थी।

दरवाज़ा बिना आहट के खुला और मार्था का पति रॉबर्ट वहाँ खड़ा दिखाई दिया। झटपट आँसू पोंछने पर भी चेहरा भीगा रह गया होगा—रॉबर्ट धीमे-धीमे चलकर पास आया—हाथ का तकिया, चादर, कम्बल कार्पेट पर रखकर वह उसकी ओर उन्मुख होकर उकड़ूँ बैठ गया, "मुझे मार्था ने बताया कि तुम इंडिया नहीं गईं—देखो पड़ोसिन! ज़िन्दगी में उतार-चढ़ाव आते रहते हैं—तुम्हें यह सन्तोष होना चाहिए कि तुमने जी-जान से भविष्य को बचाने की कोशिश की—" वह कुछ देर थमा—ज़ाहिर था कि इतने लम्बे-चौड़े व्यक्ति को उकड़ूँ बैठने में कष्ट हो रहा था।

"मगर ज़िन्दगी में आगे बढ़ना चाहिए—अपने दुख व निराशा को मन में समो कर—यू शुड ट्राई टु मूव औन, जैसे तुम्हारी फ़ैमिली, तुम्हारे पति यहाँ से सारे सूत्र काटकर इंडिया लौट गए, तुम भी लौट जाओ—" रॉबर्ट कहकर अन्ततः उठकर खड़ा हो गया। कुछ देर उसे ताकता रहा, फिर जैसे उसे थपथपाने के लिए हाथ बढ़ाया, मगर शायद यह याद करके कि भारतीय स्त्री को किसी दूसरे पुरुष का स्पर्श पसन्द नहीं होता वह जाने के लिए मुड़ पड़ा—"कोई ज़रूरत पड़े तो हम यहाँ हैं—"

"मुझे पता है—धन्यवाद रॉबर्ट—"

फिर अकेला घर। उसने एक-एक करके नीचे की बत्तियाँ बुझाईं—रसोई, बैठक, डॉ. सिन्हा की स्टडी, फिर धीरे-धीरे ऊपर की सीढ़ियाँ चढ़ीं, मन में विचार आया कि इस रात भविष्य के कमरे में सोए—परन्तु रॉबर्ट के शब्द मन में ताज़े थे—जो हुआ सो हो गया—अब ज़िन्दगी में आगे बढ़ना चाहिए—कैसे—यह तो समय और भाग्य ही दिखाएगा।

दरवाज़े पर कोई आकर खड़ा है, चुपचाप, पहचानने में समय लगता है, पीछे धूप है इसलिए चेहरा अँधेरे में है—"आप? यहाँ? कैसे?"

आवाज़ पहचानी नहीं है, वह टुकुर-टुकुर देखती रही, एक बार फिर गला रुँध गया—उसने उठकर खड़े होने की कोशिश की पर उठ नहीं सकी। दरवाज़े से अन्दर आकर व्यक्ति चौखट पर बैठ गया। उससे उचित फासले

पर, तब पहचाना कि यह तो अर्जुन सिंह हैं, शहर के सम्पन्न व्यक्ति।

"मैंने सोचा था कि आप भी चली गई होंगी, मेरा मतलब डॉक्टर सिन्हा के साथ, आप यहाँ कैसे? इस घर में—"

"मुझे कुछ नहीं मालूम—" उसने धीरे से कहा।

"मेरे पास डॉ. सिन्हा का अचानक ही फ़ोन आया कि वह घर बेचना चाहते हैं—मैंने उनसे एक बार कहा था कि कभी घर बेचना चाहें तो मुझसे पूछ लें। एक दिन में सौदा हो गया—मैंने बैंक ड्राफ्ट उन्हें दे दिए, आपके दस्तख़त के बारे में पूछा तो उन्होंने कहा कि घर उन्हीं के नाम है—आपकी इजाज़त की ज़रूरत नहीं, मगर आप क्यों नहीं साथ गईं?"

अर्जुन सिंह से तो शक्ल पहचानने मात्र का परिचय था, उन्हें क्या कहे—फिर भी कहा, "मैं वाशिंगटन गई हुई थी अपनी कज़िन के पास—एक हफ्ते में लौटी तो घर ऐसा मिला। कहाँ जाती? यहीं चद्दर बिछाकर पड़ी रही—"

"अब फिर?"

"पता नहीं—" वह शुष्क आँखों से उन्हें देखती रही। वह बिना कुछ कहे उठे और कमरे से बाहर चले गए, उस धूल भरे, घर में सन्नाटा भर आया, वह साहस करके उठी, गुसलख़ाने गई, नहाऊँ या नहीं, असमंजस में पड़ी रही—फिर ठंडे पानी से मुँह धोकर, पानी लगे हाथों से बाल थपथपाकर वह कमरे में लौटी। तब तक अर्जुन सिंह वापस आ गए थे। कमरे में दो कुर्सियाँ और एक तिपाई जैसे जादू से प्रकट हो गई थीं। उस पर एक बड़ा-सा पैकेट रखा हुआ था।

"आइए, कुछ खा लीजिए—कॉफ़ी भी है—"

अर्जुन सिंह बैठे रहे—शायद इस इन्तज़ार में कि वह पैकेट खोले—उसने खोला, कॉफ़ी का बड़ा कप अर्जुन सिंह की ओर बढ़ा दिया और एक अपने हाथ में लेकर घूँट भरा, फिर एक और, एक और—

शरीर में गर्माहट की एक लहर दौड़ी, अर्जुन सिंह टकटकी लगाकर उसे देख रहे थे।

"आप कब लौटीं— ?"

"कल शाम को—"

"किसी से कुछ कहा नहीं— ?"

वह चुप रही, मन और दिमाग़ में ऐसा घना कोहरा छाया था कि अशक्त

पड़े रहने के अलावा कुछ बन ही नहीं पड़ा—

"चलिए, अब क्या करना चाहती हैं, बताइए, घर में तो काम शुरू हो चुका है, कुछ ही दिनों में पंजाब से मेरे दो भाई फ़ैमिली समेत आनेवाले हैं, उन्हीं के लिए ख़रीदा है।"

चुप्पी, उसे इस सबकी परवाह नहीं है कि कौन आए या जाए, वह पूर्णतः आत्मलिप्त है, आत्मकेन्द्रित।

"आप वापस जाएँगी—तो मैं टिकट बुक करा दूँ?"

उसे याद आया कि अर्जुन सिंह धर्म-परायण व्यक्ति हैं, उनके पास काफ़ी पैसा भी है, टैक्सियों की पूरी क़तार है, दो पेट्रोल पम्प हैं, गुरुद्वारे में हर सप्ताह लंगर को पैसा देते हैं, एक रेस्तराँ भी है, पुलाव और दाल वहीं से आती है। ज़रूरतमंदों को टिकट भी दिला देते हैं, जैसे साहिब सिंह को बाप के मरने की ख़बर सुनकर चार टिकट दे दिए थे, और भी कुछ करते होंगे, उसे क्या ख़बर—डॉ. सिन्हा किसी से भी निकट का सम्बन्ध या मैत्री नहीं रखते थे, न उन्हें पत्नी या बच्चों का कहीं भी मिलना-जुलना पसन्द था।

"वापस? अभी मैं कुछ समझ नहीं पा रही हूँ—"

कुछ देर बाद उन्होंने हिचककर पूछा, "पेपर्स तो आपके पास होंगे? पासपोर्ट, वीज़ा—"

"नहीं—कुछ नहीं।" उसने कहना नहीं चाहा कि डॉ. सिन्हा सब कुछ बटोर ले गए हैं—बैंक के कागज़, चेक बुक—उसका पासपोर्ट जिसमें स्थायी वीज़े का ठप्पा भी था।

"ग्रीन कार्ड के लिए अर्ज़ी दी हुई है—"

"कब से?"

"काफ़ी दिन हो गए—ठीक से याद नहीं—"

अर्जुन सिंह खड़े होकर बोले, "कभी-कभी बड़े सदमे से इंसान ठीक सोच-समझ नहीं पाता, मेरे ख़याल से डॉ. सिन्हा को जल्द ही समझ आ जाएगी—तब सब ठीक हो जाएगा—तब तक आप?"

प्रश्न अनुत्तरित ही रहा।

वह अर्जुन सिंह से क्या कहती कि यह सब अच्छी तरह से सोचा-विचारा हुआ होगा। डॉ. सिन्हा का यह निर्णय उसको सज़ा देने के लिए किया गया है—क्योंकि उनके अनुसार भविष्य की मौत की वही जिम्मेदार है; जैसे

वह भविष्य की माँ नहीं है, कि भविष्य की बीमारी और मृत्यु उसे टुकड़े-टुकड़े विदीर्ण नहीं कर गई है पर यह दूसरों से कहने से क्या फ़ायदा? वही इसे झेलेगी—

"मैं यहाँ नहीं रह सकती?"

"मुश्किल होगा—" वह हिचकते हुए बोले, "बहुत ज़्यादा काम चलेगा—हर चीज़ उखाड़कर नए सिर से बनेगी—"

अर्जुन सिंह उठकर खड़े हो गए, "आप तैयार हो जाएँ, मैं कुछ इन्तज़ाम करता हूँ—मेरा एक फ्लैट अभी खाली होने वाला है—"

"सुनिए—" उसने हिचकते हुए कहा, "आप यह किसी को न बताएँ तो—"

अर्जुन सिंह ने सीधा उसकी आँखों में देखा, "जी—सवाल ही नहीं उठता—"

उनके जाने के बाद दरवाज़े पर खट्खट् हुई, पहले धीमी, धीमी, फिर ज़ोर से। तीसरी बार ऐसा धक्का कि जैसे दरवाज़ा टूट ही जाएगा। बाहर अंग्रेज़ी आवाजें, उसके उठने और दरवाज़े की ओर बढ़ने के दौरान दरवाज़े में चाभी घूमी और दरवाज़ा आधा खुला—उधर से एक आदमी झाँकते हुए दिखाई दिया। उसे गलियारे में खड़ा देखकर थोड़ा झिझका।

एक हाथ से गाउन के छोर पकड़े-पकड़े उसने दरवाज़ा पूरा खोल दिया, दो लम्बे-चौड़े, हट्टे-कट्टे काले अमरीकन खड़े हुए थे। वेशभूषा से कामगर लगते थे, शायद बढ़ई, घर के आगे एक वैन खड़ी थी और तीसरा पुरुष उसमें से एक बड़ा बक्सा निकाल रहा था।

"हमें आज से यहाँ रसोई में काम करने का कॉन्ट्रेक्ट दिया गया है।" एक पुरुष, जो मुखिया लगता था, बोला।

अपने-अपने औज़ार उठाकर वह घर में घुस आए।

"हम जितना हो सकेगा, चुपचाप काम करेंगे।"

वह बिना कुछ कहे ऊपर चली आई।

नीचे खटपट होने लगी, पहले हल्की फिर यातनामय।

वह लोग दीवार से अलमारियाँ उखाड़ रहे थे। वह धीरे-धीरे तैयार हुई—

चुपचाप नीचे आई, लोग काम में बझे रहे, किसी ने उसकी तरफ़ दृष्टि भी नहीं डाली। वह बाहर आ गई। रात को हल्की सी बारिश हुई होगी, पेड़ अभी भी जाड़े की चपेट में पत्रहीन और नग्न थे, पर झाड़ियों में पहली हरी पत्तियाँ फूटने लगी थीं, पड़ोस के घर में पीले फूलों से खचाखच भरी झाड़ी गरम मौसम का स्वागत कर रही थी—लॉन के किनारे-किनारे बैंगनी फूल धरती फोड़कर झाँकने लगे थे।

वह जाकर सड़क के किनारे खड़ी हो गई। बस समय पर आई, एक डालर किराया डिब्बे में डालकर वह आगे ही बैठ गई, इतनी बड़ी बस में केवल तीन यात्री थे, दो लड़के जो कानों में बटन लगाए संगीत सुन रहे थे।

वह रिसर्च पार्क में उतर गई। थोड़ा चलने पर पहचाना हुआ अस्पताल दिखाई दिया। अन्दर जाते हुए लगा कि सब कुछ ठीक-ठाक, सही, अपनी जगह पर है—कहीं कुछ ग़लत नहीं है, घर अभी भी अपना है, दोनों बेटियाँ अपना-अपना होम वर्क कर रही हैं—भविष्य अपनी बैटरी वाली मोटर से खेल रहा है, डॉ. सिन्हा अपना अख़बार पढ़ रहे हैं अपनी फ़ेवरेट आरामकुर्सी पर। पूरा घर झकाझक चमक रहा है, साफ़-सुथरा, ख़ाली जैसा मिस्टर सिन्हा को पसन्द है। और वह, इस सबके मध्य में, केन्द्रित है। तीन बच्चे, दो बेटियाँ, एक बेटा। यूनिवर्सिटी के इन्जीनियरी विभाग से संलग्न पति, इज्ज़त, अच्छी आमदनी।

अब उसने नौकरी का आवेदन पत्र भर दिया है। उसे कुछ समय प्रतीक्षा करने को कहा गया है—उसे मालूम है कि फ़ाइनल इन्टरव्यू के समय उससे वर्क परमिट के कागज़ माँगे जाएँगे, उसके पास कागज़ नहीं हैं, वह तो डॉ. सिन्हा की पत्नी की हैसियत से आई थी, उन्हीं के वीज़ा पर, अब तो हर माने में एक अपराधी है जो बिना कागज़ों के देश में टिकी हुई है। उसके पास थोड़े से डालर बचे हैं; वह कॉफ़ी की मशीन के पास खड़ी है—

"हलो—"

वह आँखें उठाती है, और तुरन्त भविष्य के डॉक्टर को पहचान लेती है। डॉक्टर अपने नाम का बिल्ला नहीं लगाए हुए है और उसे नाम भूल गया है।

"हलो, कैसे हैं आप?" एक छोटी-सी कृत्रिम मुस्कान होंठों पर लाकर वह औपचारिक वाक्य कहती है।

"फ़ाइन। और आप?" डॉक्टर की दृष्टि उसे भरपूर तौलती है।

"ओ.के.—" वह कॉफ़ी लेकर एक छोटी मेज़ की ओर बढ़ती है, कुर्सी खींच कर बैठते हुए वह डॉक्टर की ओर देखती है। वह उसी दिशा में आकर पास ठिठक जाता है—

"क्या मैं?"

"जी! अवश्य।" वह पास की कुर्सी की ओर इंगित करती है।

दोनों चुप हैं, उसकी नज़र डॉक्टर के पास रखी दो पेस्ट्री पर कुछ ज़्यादा देर ही टिकती है। जैसे उसका मुख पढ़कर डॉक्टर उसकी ओर प्लेट खिसकाकर कहता है, "लीजिए!"

"नहीं धन्यवाद—" पर उसको एहसास है कि पेट अब एकदम ख़ाली है। अर्जुन सिंह के लाए पैकेट से केवल कॉफ़ी पी थी।

"लीजिए न! मैंने आपके लिए ही ली है—आपको पसन्द है न?"

वह मना करना चाहती है, पर भूख इतनी है कि वह रुक जाती है, बिना कुछ कहे वह पेस्ट्री उठा लेती है, एक टुकड़ा खाने के बाद उसे पता ही नहीं चलता कि वह कब ख़त्म हो गई। उसका मन दूसरी भी खाने को है, पर अपने को रोकते हुए वह कॉफ़ी का घूँट ले लेती है। "

"आपको चिल्डरेन हॉस्पिटल में देखा करता था न?"

"हाँ—और आप साइकिल पर आया जाया करते थे। बर्फ़ में भी।"

वह थोड़ी सी, शर्मीली मुस्कान हँसा।

"आप गंगा हैं न? गंगा—जो इधर-उधर घूमती-फिरती, यहाँ-वहाँ विचरती रहती है, यही अर्थ है न?"

"जी, आपको कैसे पता?"

वह फिर मुस्कराया—"मैंने एक मित्र से पूछा था। उन्हें संस्कृत आती है"—

उसने कुछ नहीं कहा।

"मेरा नाम एरिक है, एरिक एरिकसन। मैं आइसलैंड से हूँ"—

वह अब पूरी नज़र उठाकर डॉक्टर को देखती है, पेस्ट्री और कॉफ़ी से मरे मरे हुए से शरीर में थोड़ी सी गर्मी आई है। वह एकदम दुबला है, पर बीमार जैसा नहीं, कसा-कसा—क्यों नहीं होगा, भरे जाड़े में भी जो साइकिल पर आता-जाता रहे, उसके शरीर पर फ़ालतू मांस कहाँ होगा। उसका चेहरा भी लम्बा और पतला है, तराशा हुआ, आँखें एकदम नीली—पास में लहरें लेते

हुए अटलान्टिक की तरह।

अपने पर उसकी तोलती हुई दृष्टि जमी देखकर वह मुस्कराया—उठने की चेष्टा की। घड़ी देखी।

"मेरा पूरा नाम है आकाशगंगा—" वह जब जाने लगा तो वह धीमे से बोली, वह ठिठक गया—उसके होंठ बहुत हल्के से हिले—"तो—आकाश-गंगा—" उसका उच्चारण सही और स्पष्ट था—

अस्पताली बेंच बैठकर चुपचाप रोने के लिए बहुत उपयुक्त है। गंगा कीमोथेरेपी के लाउन्ज में बैठी है, वहाँ बैठने वालों से कुछ पूछताछ नहीं होती, रोगी के साथ जो लोग आते हैं, वह सारे-सारे दिन बैठे रहते हैं। कॉफ़ी और गरम पानी हमेशा उपलब्ध रहता है। फल, बिस्कुट और सैन्डविच भी—वह एक पनीर का सैन्डविच उठा लेती है। धीरे-धीरे खाती है।

उसे नौकरी नहीं मिलती, उसके पास वर्क पेपर नहीं हैं—उसने लचर भाव से कहा—"वर्क पेपर जल्दी ही आने वाले हैं।" उसका स्वर कह रहा था कि उसे स्वयं उम्मीद नहीं है।

हताश होकर वह फिर लाउन्ज में आ बैठी है, और मौन अश्रु उसके गालों पर बह रहे हैं—ऐसे कि रुकते ही नहीं। आस-पास के लोग उससे नज़र बचा जाते हैं। होगा कोई असाध्य रोगी, तभी तो।

पर वह तो रहा नहीं। उसका बेटा भविष्य, पाँच साल का भविष्य, दो बेटियों के बाद जन्मा सुकुमार, सुन्दर बेटा, डॉ. सिन्हा उसका नाम सम्राट रखना चाहते थे, "यह भी कोई नाम में नाम है?" उसने पुत्र जन्म पर इतराते हुए कहा था, "यह तो रेस्तराँ और होटलों के नाम होते हैं, जैसे इंडिया सम्राट—" कुछ देर चुप रहकर डॉ. सिन्हा ने कहा, "तो आपकी ही पसन्द रही; भविष्य!" कितने सम्मिलित सपने देखे थे उन्होंने मिलकर। भविष्य अमेरिका में समृद्ध पिता के घर पैदा हुआ था—पूरी दुनिया की सारी नियामतें उसके लिए उपलब्ध रहेंगी। वह अंग्रेज़ी में बात करेगा, वह खाएगा मांस मच्छी तभी न लम्बा, हट्टा-कट्टा बनेगा, और बच्चों की तरह जो खड़े-खड़े लीटरों दूध और कोकाकोला पी जाते हैं। वह बड़ा होकर हावर्ड या स्टैनफ़र्ड में पढ़ेगा—और सपना की तरह दाल भात थोड़े ही खाएगा—न चप्पल

फटफटाते विद्यालय में जाएगा। ऐसे ही पाला था उन्होंने भविष्य को। बालपन से ही उसमें मेधावी और होनहार होने के लक्षण थे। उस उम्र में जब दूसरे बच्चे तुतलाते हैं, उसे बड़े-बड़े शब्द बोलने आ गए थे, वह बेबी कम्प्यूटर पर देर-देर तक खेलता था और लेगो से बरांडे वाला घर बनाने लगा था। चार वर्ष में वह स्कूल गया तो डॉ. सिन्हा ने विधि-विधान से विद्यारम्भ का आयोजन किया। पिछवाड़े आँगन में शामियाना लगा; शालीमार रेस्तराँ से डेढ़ सौ लोगों का खाना आया—गंगा याद करती है, डॉ. सिन्हा उसके लिए 'देवरानी-जेठानी' ज्वेलरी शॉप से चालीस ग्राम का सोने का सेट लाए थे, हरी लाल मीनाकारी का—कितने सुखद, हर्षपूर्ण दिन थे वह।

फिर एक दिन भविष्य सुस्त दिखा, दो-तीन दिन बाद उसके पूरे शरीर पर चकत्ते-चकत्ते उभर आए।

डॉ. सिन्हा समझे नहीं, पर वह थर्रा गई—उसने अपने दोनों छोटे भाइयों की बीमारी को इसी शुरुआत से देखा था। बाल-ल्यूकीमिया!

क्या-क्या नहीं झेला भविष्य के उस सुकुमार कोमल शरीर ने? नौ साल की सपना की बोन मैरो देने की बात चली पर भविष्य जाने की जल्दी में था।

फिर?

आगे अँधेरा—शून्य। डॉ. सिन्हा एकदम चुप, अपने कमरे में बंद। भविष्य की बीमारी के दौरान उन्होंने पूरे साल की छुट्टी ले ली थी। इसलिए काम पर भी नहीं जाना होता था। लोग सान्त्वना देने आते, वह बार-बार रोती पर भविष्य जा चुका था। कभी-कभी लगता कि उसका नाम भविष्य रखकर उसने अला-बला को चुनौती दी थी, अगर उसका नाम सम्राट होता तो शायद वह अभी भी हँसता-खेलता होता।

"गंगा बहन—" किसी ने क्षीण स्वर में पुकारा—अपने कन्धे पर किसी के हाथ का कोमल सा स्पर्श अनुभव करके उसने देखा—पहचाना।

प्रवीण बहन थीं—भविष्य की बीमारी के दौरान उनसे भेंट हुई थी—लगातार तैंतीस दिन वह रेडिएशन के लिए आया करती थीं—उनके पति का नाम भी प्रवीण ही था। वह अधिकतर, चुपचाप बैठे रहते थे, उनकी आँखों में भय, कातरता और दृढ़ता के भाव क्षण-क्षण में बदलते रहते थे। प्रवीण

बहन विग नहीं पहनती थीं, बस गंजे सर पर एक रूमाल बाँधे रहती थीं—सलवार कमीज़ उनके दुर्बल शरीर पर झूलते से लगते थे।

वेटिंग रूम में बैठे-बैठे, बातें करते-करते दोनों में एक विचित्र सी मैत्री हो गई थी। प्रवीण बहन यहाँ इलाज कराने आई हुई थीं—वैसे स्थायी घर उत्तरी कैलीफ़ोर्निया में था, उनकी बीमारी आम नहीं थी, एक विशिष्ट और असामान्य कैंसर था—यहाँ के डॉक्टरों ने उस पर रिसर्च की थी, प्रवीण बहन ने नई दवाई के परीक्षण के लिए अपने को वालंटियर किया था। अस्पताल के पास ही फ्लैट लेकर रह रही थीं—गंगा कभी-कभी कुछ बनाकर डब्बे में ले आती थी।

"तुम यहाँ कैसे?" प्रवीण बहन ने पूछा।

"बस—यों ही—"

प्रवीण बहन पास की कुर्सी पर आकर बैठ गईं, गंगा का हाथ अपने हाथ में लेकर कहने लगी, "जो आता है, उसे जाना तो होता ही है। तुम्हारा बालक चार पाँच साल ही लेकर आया था—पिछले जन्म का कोई संत रहा होगा—बचा हुआ कर्म फल निबटाने आया था।"

प्रवीण बहन के हाथ एकदम ठंडे थे, मरते हुए प्राणी की तरह।

"आप कैसी हैं? नई दवाई से कुछ फ़ायदा... ?"

"भुगत रही हूँ—कभी-कभी ठीक लगने लगता है—डॉक्टरों को तो बहुत आशा है कहते हैं यदि यह दवाई रास आ गई तो स्टेज चार पर भी बहुत इम्प्रूवमेन्ट हो जाएगा—देखो—आगे रब की मर्ज़ी"

गंगा कुछ कह न सकी—जैसे उनके चारों ओर घिरी हुई काली छायाओं का प्रतिबिम्ब देखती रही।

"कभी आना बहन—पता तो तुम्हें दिया ही हुआ है। मुझे अच्छा लगेगा। इस अनजान शहर में तुमसे दिल मिल गया है। एक बात करने का संगी मिला है—"

"आऊँगी—" सोचा कि उनसे सब कुछ कहे—मगर प्रवीण बहन बहुत थकी और अपने में ही चिन्ता मग्न थीं—गंगा चुप रह गई।

"मैं गाड़ी ले आया हूँ—प्रवीण के पति ने दरवाज़े पर खड़े-खड़े कहा। वह नज़रें चुरा गए, शायद उनके पास किसी और के लिए सांत्वना के शब्द नहीं बचे थे।

"मिलने आना, बहन।" प्रवीण बहन ने उठते हुए कहा। गंगा भी साथ

में उठ गई, और बाहर आ गई। शाम घिर रही थी, आसमान में सफ़ेद बादल तैर रहे थे। घर में बढ़ई चले गए होंगे—मगर वहाँ जाने का क्या मतलब है? किसी भी चीज़ का क्या मतलब है?

समुद्र के किनारे, रेत पर बैठी-बैठी वह जान रही है कि यह ज़िन्दगी ऐसे टूट गई है, टुकड़े-टुकड़े होकर बिखर गई है कि नर्सरी गीत के हम्पटी-डम्पटी की तरह कभी जुड़ नहीं पाएगी। वह एक सप्ताह के लिए ही तो गई थी। सुवासिनी जीजी ने आग्रह से अपने पास कुछ दिन रहने को आमंत्रित किया था, उसके पूछने पर डॉ. सिन्हा उसे दृष्टिहीन व्यक्ति की तरह ताकते रहे थे, न हाँ कहा न ना।

"मैं सोचती हूँ चली ही जाऊँ—बच्चियों को भी कुछ चेन्ज हो जाएगा।"

"बच्चियाँ नहीं जाएँगी—" सख़्त और रूखे स्वर में डॉ. सिन्हा बोले।

भविष्य के अन्तिम संस्कार के बाद जब वह लौटे थे तो जो कुछ कहना था, कह चुके थे— "तुमसे शादी करने की ग़लती की मैंने, गोरे चेहरे को देख माता जी ढुल गई थीं, पर तुम्हारा रक्त ही दूषित है, तुम्हारे दो भाई ल्यूकीमिया से मरे—और मेरा भविष्य भी तुम्हारे ज़हर भरे रक्त की भेंट चढ़ गया। तुमसे मुझे अब कुछ लेना-देना नहीं। जो चाहो करो, जहाँ चाहो जाओऽ—" वह अत्यन्त दुखी हैं, क्रोधित हैं, बेटे को गँवाने का दोष उसके सिर मढ़कर शायद दिल को समझा लें—यही सब सोचकर वह चुप रही—डॉ. सिन्हा ने अपने कमरे में अपने को बन्द कर लिया—नाश्ता, चाय, भोजन सभी को मना करते रहे। कभी उठते, अपने लिए टोस्ट या सैन्डविच बना लेते और कमरे में चले जाते—बच्चियाँ सहमी-सहमी अपने-अपने कमरों में रहतीं—और वह स्वयं, उसकी अपनी पीड़ा, आत्मलांछना और अपराध भावना का तो कहीं ओर छोर ही न था।

वाशिंगटन वह अकेली ही गई। सबने बहुत आत्मीयता से उसका स्वागत किया, उसकी देखभाल की—जीजी रोज़ ताज़ा खाना बनाती थीं, कभी कढ़ी, कभी करेला, कभी मूँग की दाल की पकौड़ियों की तरकारी। वह साथ में

कटहल, आम और करौंदों के अचार भी लाई थीं—वह भोजन गंगा को घास फूस की तरह निस्वाद लगता। चलते वक्त जीजी ने बहुत मना करते-करते भी पचास डालर का नोट उसे पकड़ा दिया—"तुम कुछ ले लेना।"

वह असमंजस में पड़ी हुई घर लौटी। क्या अब फिर वही दृश्य देखने को मिलेगा—डॉ. सिन्हा बन्द कमरे में बैठे-बैठे सारे दिन पिया करेंगे—झरना और सपना भ्रमित, उदास, यह सब क्या हो रहा है—सोचकर डरती हुई—पर वहाँ अँधेरा घर ही मिला।

अस्पताल से निकलकर कब वह समुद्र तट तक पहुँची, उसे खुद पता नहीं—सामने से ट्रैफ़िक लगातार आ जा रही थी, उसने सुना था, लोग जानबूझकर ट्रक के सामने आ जाते हैं—कैसा लगता होगा, एक क्षण जो वापस नहीं लिया जा सकता—पहियों के नीचे आने की असह्य पीड़ा-और फिर समाप्ति—पर प्रवीण बहन हैं जो कितने सालों से हर क्षण, हर पल ज़िन्दगी से जूझ रही हैं—शायद यह उनकी आठवीं कीमोथेरेपी चल रही है, मन को अभी भी आशा है, जीवित रहने की ललक से ही तो कीमो का दारुण दुख झेल रही हैं, बार-बार।

वह एक सुनसान स्थान देखकर रेत पर लेट गई और साँझ को घिरते देखने लगी—रेत गीली है; सूरज का लाल गोला कब का डूब चुका—लोग धीरे-धीरे कम हो गए—पानी की एक लहर ने उसे छुआ—कितना ठंडा पानी था—उसने जैसे शरीर की तपन को शान्त कर दिया—ठंडी रेत पर लेटे रहना उसे अच्छा लग रहा है, पानी की लहरें बार-बार छूती हैं, उसे आँखें खोलने में बहुत प्रयत्न करना पड़ा, आस-पास सब सुनसान, सन्नाटा है, आकाश में दो-तीन तारे चमक रहे हैं—क्षितिज पर चमचमाता हुआ शुक्र और बहुत ऊपर सप्तऋषि—और भी तारे हैं पर वह उन्हें पहचानती नहीं—माँ तारों की छाँह में ठंडे पानी से नहाती थीं, वैधव्य के शाप को व्रत, उपवास, कार्तिक, माघ, पूस के नहानों से कुचलती हुई, उन्होंने लम्बे बाल कटवा दिए थे, फिर भी उनके छोटे-छोटे बाल कितने घुँघराले थे और उनका चेहरा एक तापसी दीप्ति से उजला-उजला रहता था—कितने दिन बाद वह माँ के बारे में सोच रही है, जब उनके पास रहकर बड़ी हो रही थी तब कभी उनके जीवन,

उनके संघर्ष के बारे में नहीं सोचा। माँ ने उसे मनपसन्द खिलाया, पसन्द के कपड़े पहनाए, अच्छे स्कूल में पढ़ाया। यह सब कैसे, कहाँ से हुआ—गंगा ने कभी नहीं सोचा दोनों बेटों की मृत्यु ने पापा को तोड़ दिया था। बच्चों के रोगों के उपचार में माँ के गहने, किराया आने वाला मकान सब बिक गया, पापा की प्रैक्टिस ठप्प हो गई, बच्चों को बम्बई भी ले गए, पर उन्हें बचा नहीं पाए। जब वह तेरह साल की थी, तभी पापा भी दिल के दौरे से चले गए। घर पुश्तैनी था, पापा को उस बँगले से बहुत लगाव था—हमेशा कुछ-न-कुछ करवाते रहते थे, कभी नई छत, कभी रँगाई-पुताई, कभी आधुनिक गुसलख़ाने। बँगले से थोड़ा पीछे अस्तबल था, उसमें अंग्रेज़ों के समय घोड़े रहा करते होंगे, अस्तबल के ऊपर साईस के रहने के दो कमरे। पापा ने उसे दो कमरों के फ्लैट में परिवर्तित कर दिया था, और उसे किराए पर उठा दिया था, उनकी पहचान के कोई नए-नए वकील हाईकोर्ट में प्रैक्टिस करने आए थे उन्हें।

जब पापा गए तब तक वह वकील साहब काफ़ी नामी हो गए थे, उन्हीं ने सुझाया कि वह बँगले को अच्छे किराए पर उठवा देंगे और माँ बेटी दोनों पिछवाड़े के फ्लैट में रहने लगें।

माँ तब भी उसे अस्तबल ही कहती थीं, बँगले की आख़िरी रात माँ सारे समय रोती रही थीं—सुबह उनका चेहरा फीका था—आँखें एकदम लाल और सूजी हुई। निष्कासन! अपनी जानी-पहचानी ज़िन्दगी से रिश्ता तोड़ना उसे कुछ समझ नहीं आ रहा था। बड़ों का निर्णय स्वीकार कर लिया था। वह भी उनके साथ कभी रोती, कभी चुप हो जाती। वकील साहब स्वयं अपना मकान बनवा चुके थे, बँगला उन्होंने अपने वचन के अनुसार एक रिटायर हुए जज को दिलवा दिया, किराया कितना था, गंगा को नहीं मालूम, पर माँ खाना स्वयं बनाती थीं, घर के वफ़ादार नौकर को बिजली कम्पनी में नौकरी मिल गई थी, पर वह हर शाम को आकर बाहर का काम कर देता था। बर्तन धोने महरी की लड़की रामदेई आती थी, कभी थिरकती हुई, कभी मटकती हुई; अपने गौने की अटूट प्रतीक्षा में—

ठंडी रेत पर लेटे-लेटे अतीत का यह पन्ना क्यों उभर रहा है, शायद इसलिए

कि उसकी माँ ने उसे अटूट प्यार दिया था, उस पर अपनी सारी इच्छाएँ, तमन्नाएँ न्योछावर कर दी थीं। कुछ ऐसा ही प्यार उसने भविष्य पर लुटाया था, और वह था बेदर्द, बेरहम कि उसके सीने में चाकू सा घोंपकर चला गया—पर इसमें उस बेचारे बच्चे का क्या दोष था—क्या कहा था डॉ. सिन्हा ने, ''तुम्हारा रक्त ही दूषित है—ज़हर है उसमें—तुम्हारी ही वजह से मैंने अपना बालक खो दिया—अब मुझे तुमसे कुछ नहीं लेना-देना—पड़ी रहो चुपचाप एक कोने में, अगर साथ रहना चाहो, नहीं तो चली जाओ—''

''कहाँ?''

''कहीं भी।''

उसने सुन लिया, अपने दूषित रक्त की ज़िम्मेदारी भी अपने सिर पर काँटों के ताज की तरह पहन ली।

'क्या वह मेरा कुछ नहीं था?' उसने कहना चाहा, 'क्या वह सिर्फ़ आपका बेटा था?' पर आँसुओं से उसका गला अवरुद्ध था—वह कुछ नहीं कह सकी, ठंडी ज़मीन पर जड़, अचल बैठी रही।

कुछ ऐसा ही ठंडापन है इस बालू में, लहर आती है और पैरों को भिगोकर चली जाती है। यह शरीर कितना अतृप्त है, कितना वंचित है किसी के स्नेहिल स्पर्श का, जैसे सारी त्वचा में धीरे-धीरे आँच सुलग रही है, ''माँ—कहाँ हो तुम?'' वह बुदबुदाती है, ''सभी कोई क्यों मुझे छोड़कर चले जाते हैं—तुम आओ न माँ—मुझे उठाकर अपनी बाँहों में भर लो। मुझे दुलराओ माँ—मुझे उठाकर बैठाओ—अरेऽऽ कोई तो हो जो—''

एकाएक लहरों का रव तेज़ हो गया—दूर से ऊँची लहर उठने की आवाज़ आई, और एक क्षण में ही उसे उठाकर ले गई—दूर से पुकारने की आवाज़ें आईं, पर उसे कुछ भी होश नहीं रहा।

''गंगाऽऽ—आकाशगंगा—'' कोई उसे पुकार रहा था—वह रेत पर औंधी पड़ी हुई थी—किसी ने उसका हाथ पकड़कर खींचा—आवाज़ पहचानी सी है—भविष्य का डॉक्टर—जो भविष्य को बचाने में असफल रहा था—उसे पानी से निकालकर सूखी रेत तक ले आया, उसने आँखें उघाड़कर उसे देखा, ''मुझे जाने दो—''

''यह क्या पागलपन है?'' एरिक ने कड़े स्वर में कहा, पर उसमें रुखाई

नहीं, सहानुभूति थी—"समुद्र में ज्वार आ रहा है—चलिए, उठिए—" उसने उठकर बैठने में सहारा दिया, वह बैठी रही थी, खारे पानी से तर, शरीर बालू से भरा हुआ।

"चलिए—आपको घर पहुँचा दूँ—"

"मेरे पास घर नहीं है—" कहते हुए उसका गला रुँध आया।

जब एरिक उसकी बाँह पकड़ कर समुद्र से दूर ले जाने की चेष्टा कर रहा था, गंगा को लगा उसके पैर बालू में जम गए हैं—ऐसे कि उठते ही नहीं, गिरती-पड़ती, लड़खड़ाती हुई जब वह सड़क तक आई तो ठंड से काँप रही थी। एरिक की गाड़ी में वह कब बैठी, वैसी तन्द्रा की अवस्था में वह कब अस्पताल लाई गई—उसे कुछ पता नहीं।

उसके कोट की जेब में अर्जुन सिंह का कार्ड था—

रात-भर के लिए अस्पताल में भरती कराकर एरिक ने उन्हें ही फोन किया। एरिक ने अर्जुन सिंह के आने पर कहा—गंगा ने आँखें बन्द रखीं—पर सुनती रही, "मुझे लगा कि यह समुद्र में डूबने की कोशिश कर रही थीं—पानी चढ़ता गया और इन्हें लहरें बहाकर ले गईं—मैं इन्हें दूर से देख रहा था, अच्छा हुआ, समय से इनके पास पहुँच गया, और इन्हें बचा सका—आप सम्बन्धी हैं?"

"नहीं परिवार का मित्र—"

"इनको देख-भाल की बहुत ज़रूरत है, अकेले न छोड़ें—"

आँखें खोलकर उसने कहा, "मैं ठीक हूँ, किसी को मेरी फ़िक्र करने की ज़रूरत नहीं है—"

उन दोनों ने उसको अनसुना कर दिया।

"आपका बहुत-बहुत शुक्रिया डॉक्टर! मैं इनकी पूरी ज़िम्मेदारी लेता हूँ और इनका ख़याल भी रखूँगा, आप चिन्ता न करें—"

अर्जुन सिंह बोले—साथ में उससे भी कहा—अंग्रेज़ी में—"आप फ़िक्र न करें—मैं सब प्रबन्ध कर रहा हूँ—"

वह एक रात अस्पताल में रही—उसे ठोंक बजा कर देखा गया—नींद की दवा लेकर सोती रही—नशे में अगर कोई सपना आया भी होगा तो याद नहीं रहा।

अर्जुन सिंह अगले दिन ग्यारह बजे सुबह आए।

अस्पताल के कागज़ों पर दस्तख़त किए—उसे छुट्टी दिलाई।

एरिक नहीं आया, डॉक्टर है, व्यस्त होगा। आता तो धन्यवाद कह देती, पर सच तो है कि मन हो रहा था कि बचा लेने के लिए बुरा भला कहने का, बहुत ग़ुस्सा भी आ रहा था, बह जाने देते—बीच में कूद पड़े, बड़े बहादुर बनते हैं, ऐसी बहादुरी दिखानी थी तो मेरे बालक भविष्य को क्यों नहीं बचा लिया। हमें उसकी ज़रूरत थी, मेरी ज़रूरत तो किसी को नहीं है—

"अपने घर चलेंगी?" उन्होंन स्टीरिंग व्हील पर हाथ टिकाकर पूछा।

"अपना घर? वह तो अब आपका ही है—"

"जब तक आपका काम न हो जाए तब तक के लिए—"

पता नहीं कब तक यह झूठ निभेगा?

"नहीं वहाँ नहीं—" कुछ रुककर, "आप मुझे ले क्यों आए?"

अर्जुन सिंह चुप हैं, फिर उन्होंने गाड़ी लाकर एक चार मंज़िल के घर के आगे रोक दी।

"यहाँ मेरा एक फ्लैट है, किराए पर देता हूँ। अब ख़ाली है—

फ्लैट बिलकुल रहने लायक़ नहीं है, महीनों से झाड़ू नहीं लगी है, एक-एक कमरे में तीन-तीन सटी चारपाइयाँ—चादर बिना चीकट गद्दे—पुरानी पत्रिकाएँ, उर्दू, हिन्दी, गुरुमुखी में—रसोई ख़ाली है पर बेहद गंदी धूल, गर्द-भरी। शायद यहाँ अर्जुन सिंह अपने टैक्सी ड्राइवरों को रखते होंगे, सुना है कि उनकी इतनी समृद्धि के पीछे मानव-यातायात है। लोग कैनेडा से पैदल चलकर, मैक्सिको से गाड़ियों में छुपकर आते हैं—अर्जुन सिंह उनके फ़र्जी कागज़ बनवाकर उनसे सस्ते में टैक्सी चलवाते हैं—उनके पास तीस टैक्सियाँ हैं—वह मुड़कर उन्हें देखती है।

"कोई और प्रबन्ध करना पड़ेगा—" कहकर वह दरवाज़ा बन्द कर देते हैं।

और कोई प्रबन्ध शहर से थोड़ा बाहर एक होटल में होता है। दो कमरे हैं, एक बैठने का, एक सोने का, सब कुछ सजा-सजाया—मेज़ पर फूल, बास्केट में फल। बिना कुछ कहे वह मिनी बार खोलकर शराब की एक मिनी बोतल निकाल लेते हैं; उसके लिए पेप्सी लाकर मेज़ पर रख देते हैं, "आप यहाँ जब तक चाहें रहें—" उसके कुछ कहने से पहले ही वह प्रतिवाद में हाथ हिलाकर कहते हैं—"नहीं-नहीं, मना न करें—मैं कुछ नहीं सुनूँगा-"

उनका मोबाइल बज उठता है—अर्जुन सिंह उठते हुए कहते हैं, "अब आप आराम करें"—तर्जनी उठाकर वर्जना के स्वर में, "और कुछ आगे पीछे करने की न सोचें—

"वह तो एक एक्सीडेन्ट था—" उसे पता था कि यह झूठ है, पर कहती गई, "कब समुद्र में ज्वार आ गया-पता ही नहीं चला।"

अच्छा लगा; थके शरीर को नरम मुलायम गद्‌दे पर लेटना। वह सोती जागती रही, अन्दर सन्नाटा रहा, रात को आठ बजे दरवाज़े पर आहट हुई—रूम सर्विस का बैरा था—सूप, सैन्डविच, वह समझ गई कि यह भी अर्जुन सिंह ने किया होगा।

कैसा होता है एक सम्पन्न व्यक्ति का अपने ऊपर मुग्ध होना—गंगा भूल गई थी, मुग्ध तो डॉ. सिन्हा भी हुए थे, विवाह के पहले-पहले महीनों में— पर उनके पास अर्जुन सिंह जैसे साधन नहीं थे, अर्जुन सिंह ने उसे सब सुविधाओं से पाट दिया था, काम-काज या सारी ज़िम्मेदारियों से मुक्ति—उसे सजा-सँवारकर बैठाकर देखना उन्हें अच्छा लगता था। पहली रात के बाद उन्होंने उसे ग्यारह गिन्नियों की कंठमाला दी थी, बाद में अँगूठियाँ, बुन्दे, कपड़े, साड़ियाँ, गहने वह लाते थे और अपने हाथ से पहनाते थे—उन्हें अच्छा लगता था कि उसके अनावरण शरीर पर केवल एक हार हो, जो वह अपने हाथों से पहनाएँ—कभी-कभी वह बहुत भावुक और कवित्मय हो जाते थे—"पहली बार से आपके लिए ललक रहा था, काशो जी—जब आप आई थीं तो मैं ही टैक्सी से लाया था, सिन्हा को देखकर सोचा—इस लंगूर के हाथ हूर कैसे लग गई? और अब—" वह थोड़ा सा मुस्कराए—"अब आप भी यही सोचती होगीं—यह लंगूर कहाँ से टपक पड़ा—" वह बहुत कोमलता से उसे सहलाते थे, थपकियाँ देते थे, पहले-पहल उसे यह सब अजीब सा लगा। कब से पुरुष का स्पर्श वह भूल चुकी थी, पति से मिलता रहता था अपमान, क्रोध, लांछन। वह अपनी दृष्टि में ही अपने को हीन समझने लगी थी। कैंसर का आनुवंशिक तत्त्व, डी.एन.ए., तो वही विरासत में लाई थी न। उसी से भविष्य ने पाया था। अपराधिनी तो वह थी ही अब अर्जुन सिंह जैसे अनजाने व्यक्ति से इतना दुलार, इतना मान मिल रहा था, कुछ दिन बाद उनका

सान्निध्य बुरा नहीं लगा। इस रिश्ते में—अगर कुछ रिश्ता था तो वह केवल शरीर का था—उसे तृप्ति तो मिल रही थी, पर वह वांछनीय नहीं था, वह जानती थी यह उसकी मजबूरी नहीं थी, वह बंदी नहीं थी, किसी भी दिन दरवाज़ा खोलकर होटल से बाहर जा सकती थी पर उसे लगा कि वह जाना नहीं चाहती, एकदम निष्क्रिय रहने, होटल में रहने की सुविधा और एक पुरुष का हर वक्त उसकी इच्छा पूर्ति करना एक सुखद अनुभव था। खाली समय में वह पलंग पर पड़ी-पड़ी छत को ताका करती थी, न टेलिविज़न देखती थी न पढ़ती-लिखती थी। हर दो तीन-दिन में होटल की ब्यूटी शॉप में जाकर हाथ, पाँव, चेहरा सब सँवरवा लेती थी, पूरे शरीर की मालिश हो जाती थी। फिर तैयार होकर यानी साड़ी या चमकदार सलवार-कुर्ता पहनकर बैठी रहती थी, अर्जुन सिंह के आने का कोई नियत समय नहीं था, कभी भी आ जाते थे। दिन में आते तो चाय मँगवाते, शाम होती तो व्हिस्की। इधर-उधर घूम कर देखते—

"सारे दिन पड़ी ही रही?"

"हाँ—मन थोड़ा भारी था—"

"कोई आया था?"

उसने ताज्जुब से कहा, "कौन आएगा? आपके सिवा? क्यों पूछ रहे हैं?"

"ऐसे ही, जी नहीं ऊबता?"

"आपके आने की राह तकती रहती हूँ"—उसने इठलाकर कहा। अपने में यह भी छुपा है, पता नहीं था—उसने सोचा। अर्जुन सिंह प्रसन्न हो गए। जेब में हाथ डाला और सोने का कंगन निकालकर पहना दिया। फिर उसके हाथ को चूमा—और अपने हाथ में उसे थामे रहे, उसकी उँगलियों को देखा, "नई पॉलिश लगवाई?"

"हाँ—पसन्द आई?"

"आप पर तो हर चीज़ फबती है—कुछ औरतें ऐसी होती हैं कि उन पर गहने कपड़े रोते हैं"—वह दोनों हँसने लगे। उस क्षण में उसे अर्जुन सिंह अच्छे लगे। सीधा-सीधा संघर्षहीन व्यक्तित्व, पैसा कमाने के लिए होता है और खर्चने के लिए भी। वह पहले ही कह चुके थे। उनकी ज़िन्दगी एक सीधी, सपाट लकीर की तरह थी, जिसमें उसका आना और उन्हें अपना लेना

उनके लिए चाँद को पा लेना सा था। पर वह जानती थी कि वह सचमुच एक दिन दरवाज़ा खोलेगी और बाहर निकल जाएगी। उस बेदर्द दुनिया और चौंधती हुई धूप में उसे क्या मिलेगा, वह यह नहीं जानती। अर्जुन सिंह बातें करने लगे थे ज़मीन ख़रीदकर फ़ार्म हाउस में उसे रखने की, पहचाने शहर से दूर, गाड़ी ले देंगे, वह स्वतंत्र रहेगी, पर रहेगी केवल उनकी, अगर लोगों को पता चल भी जाए तो उन्हें परवाह नहीं है। पैसा हरेक का मुँह बन्द कर देता है और दो स्त्रियाँ तो मर्दानगी का सबूत हैं।

उसने चुपचाप सुन लिया, थोड़ी दया भी आई। अर्जुन सिंह को शायद मालूम नहीं है कि यह तो ताश के पत्तों का घर है। उसे खेत, फ़ार्म हाउस, गाड़ी, हीरे, सोने के कंगन ज्यादा देर तक बाँध नहीं सकते।

उसने अर्जुन सिंह से अपने वीज़ा और पासपोर्ट की बात उठाई थी—"दोनों कहीं चोरी हो गए हैं—" उसने कहा—जबकि डॉ. सिन्हा जानबूझकर दोनों ही साथ ले गए थे, त्रास देने के लिए, सताने के लिए।

"पुलिस में रिपोर्ट करी थी?"

"नहीं।"

"तब मुश्किल होगी, इंडियन एम्बैसी सबूत माँगेगी, पर आप फिक्र न करें—मैं कुछ बन्दोबस्त करूँगा। मेरी कोई पहचान का है"—

"यहाँ भी?" आश्चर्य से उसने पूछा।

"आदमी तो आदमी ही होता है। चाहे यहाँ या कहीं और?" कुछ देर बाद उन्होंने पूछा "कागज़ आ जाने पर क्या करेंगी?"

"कुछ नहीं?"

"कुछ नहीं? यह सब छोड़कर चली तो नहीं जाएँगी?"

"वैसा कुछ नहीं सोचा है—यहाँ रहना मेरी लाचारी नहीं है, अपनी मर्ज़ी से यहाँ हूँ—"

"यानी कि—आपकी स्थिति का फ़ायदा उठाकर मैंने अपने को आप पर थोपा नहीं है। "

"अर्जुन जी, जाना चाहूँगी तो मुझे कोई रोकने वाला नहीं है, कहा न आपसे, मैं अपनी मर्ज़ी से यहाँ हूँ।"

अर्जुन सिंह ने उठकर उसे बाँहों में भर लिया, "तेरे बिना मैं क्या करूँगा मेरी चन्दा! मेरी काशो! सारी धन-दौलत राख, भस्म बनकर रह जाएगी। वह

उसके बालों में उँगलियाँ फिराने लगे, ''इससे पहले मैंने साँसें तो लीं, इधर-उधर मुँह भी मारा—मगर तूने मुझे पहली बार जीना सिखाया। आँखें खोलता हूँ और तेरा चेहरा देखता हूँ तो विश्वास नहीं होता कि यह सपना नहीं है, कि तू मेरे पास है—''

'अरेऽऽ' उसने सोचा—'इन्हें तो मुझसे प्यार हो गया है—' अच्छा लगा। अर्जुन सिंह के लिए वह क्या बन गई है, यह जानकर उल्लास भी हुआ और डर भी लगा, यह कोमल स्पर्श वाले हाथ उसकी गर्दन भी मरोड़ सकते हैं—

''मैं कहीं नहीं जा रही हूँ अर्जुन जी। जब तक आपका जी—'' वह बीच में रुक गई। ऐसी बात कहकर उनके मन में बीजारोपण क्यों करे?

उसकी बात को बीच में रोककर अर्जुन सिंह ने कहा, ''तुझसे कभी मेरा जी नहीं भरेगा मेरी डार्लिंग—तेरा चाहे भर जाए—''

उन्हें बहलाने के लिए उसने मुस्कान से कहा, ''आप ऐसा सोचते ही क्यों हैं अर्जुन जी?''

अर्जुन सिंह उसे छोड़कर सोफ़े पर जा बैठे—गिलास में व्हिस्की उड़ेली और बिना बर्फ़, बिना पानी के एक बड़ी सी घूँट ली। वह बहुत निरीह भाव से बोले, ''तेरी मेरी बराबरी ही क्या है? तू इतनी खूबसूरत, पढ़ी-लिखी, बड़े घर वाली, मैं हूँ ही क्या, अपढ़, गँवार, बस आगे-पीछे कर पैसा कमा लिया है।'' उस समय वह एकदम टूटे और बेबस लगे।

''इंसान की वक़्त डिगरियों से नहीं होती अर्जुन जी।'' उसने कोमल स्वर में कहा, ''होती है अच्छाई से, इन्सानियत, दया, करुणा से। कितने लोगों को आप रोटी रोज़ी देते हैं—''

अर्जुन सिंह को अच्छा लगा है, उनका चेहरा पारदर्शी है, दुख, सुख, नाराज़गी, प्यार सब कुछ सामने आ जाता है।

''मैंने कभी सोचा भी न था—दूर से देखता था और सोचता था—''

''क्या—यही न, लंगूर के हाथ हूर—पर मैं कोई हूर नहीं हूँ।''

''मेरे लिए तो तू दुनिया की सबसे खूबसूरत औरत है, और मेरे पास बैठी है—यह मेरी ख़ुशनसीबी नहीं तो क्या?''

''बड़े-बड़े डायलॉग बोलने लगे हैं—'' उसने हँसकर कहा।

''सब कुछ तेरी वजह से। मेरे अन्दर एक ऐसा भी इंसान छिपा है मुझे मालूम नहीं था—''

"कैसा?"

"कुछ अच्छा ही अच्छा करने की चाह वाला, गहनों की दुकान पर रुककर तुझ पर क्या सजेगा, यह सोचने वाला—तुझे यह कंगन अच्छा लगा?"

"बहुत!" वह कंगन को धीरे-धीरे छूने लगी—

'सी व्यू' होटल में लोग आते-जाते रहते हैं—शहर से कुछ मील दूर, समुद्र के किनारे। सारे कमरों का रुख समुद्र की ओर है—पर होटल से समुद्र तट पर नहीं जाया जा सकता। पानी को रोकने के लिए एक ऊँची दीवार बनी हुई है—चारों तरफ़ बड़े-बड़े पत्थर हैं, काई भरे जिन पर चलना मुश्किल होगा। दिन में सड़क पर काफ़ी यातायात रहता है, केवल रात को समुद्र का रव सुनाई देता है, जब ज्वार आता है तो लहरों का पत्थरों पर टकराना सुनाई देता है। उसे कभी-कभी लगता है कि लहरों की नियति यही है, पत्थरों पर सिर पटकना और वापस लौट जाना। जब समुद्र उतराई पर होता है तो लहरें शान्त रहती हैं—कभी-कभी रात को जाग कर, अठारहवीं मंज़िल पर अपने कमरे की खिड़की से वह बाहर देखती है—समुद्र तट के किनारे, रेत के पार बिजली के खम्भे लगे हुए हैं—रात भर जलते हैं—पहरा भी रहता है। होटल में हर रोज़ मीटिंग, कांफ्रेरेंस होती रहती हैं—कभी पिस्तौल बन्दूक इकट्ठा करने वाले शौक़ीनों की, कभी ऊँचे स्तर पर रसोइया बनने वालों की, कभी कथरी-गुदड़ी जोड़कर रज़ाई बनाने वालों की—नीचे हमेशा चहल-पहल रहती है पर ऊपर सन्नाटा।

गंगा इन दिनों बेबस है—आगे की सोचते ही मन में गुत्थियाँ उलझने लगती हैं—पीछे का सोचने का प्रयत्न करना बंद कर दिया है, यहाँ इस तरह रहना सही है या ग़लत, वह यह भी नहीं सोचेगी। हमेशा सही-सही ज़िन्दगी जीने वाली माँ को क्या मिला—टूटा दिल, तंगी, अवहेलना पर उनके आगे विकल्प ही क्या थे?

गंगा नए देश, नए परिवेश में है, अर्जुन सिंह के साथ सम्बन्ध हर दृष्टि से ग़लत है, वह विवाहित हैं, चार बेटियों और एक बेटे के पिता। पत्नी प्रीति परिवार में मगन रहती हैं, माँ और बेटियाँ सभी शौक़ीन हैं, रहने, खाने, घूमने

की। "वह अपनी दुनिया में ख़ुश, और मैं अधिक से अधिक पैसा बटोरने में खुश—" उन्होंने शुरू में ही कहा था, "मैं किसी का हक़ छीनकर किसी और से नहीं बाँट रहा हूँ—यह मेरी ख़ुशी है। मुझे भी कुछ ख़ुशी पाने का अधिकार है कि नहीं, और तुम? तुमको तो तुम्हारे पति बेसहारा और अकेला छोड़कर चले गए। एक बार भी नहीं सोचा कि अकेली औरत परदेस में कैसे रहेगी—क्या करेगी? इतने दिन हो गए—कभी खोज ख़बर ली कि पत्नी कैसी है—"

"ज़िन्दा है या मर गई?" गंगा ने, जो इतनी देर से अर्जुन सिंह की बात सुन रही थी—धीरे से कहा।

"दुनिया की नज़रों में जो कुछ लगे—मुझे फिकर नहीं है, अपनी ख़ुशी पाने का मेरा भी हक़ बनता है कि नहीं? तुम इतना सोचा मत करो—"

"मैं कुछ नहीं सोचती—न आगे न पीछे—"

कुछ देर चुप रहने और गिलास को तल तक ख़त्म करते हुए अर्जुन सिंह फिर कहने लगे—"प्रीति को तो दो चीज़ों का शौक था—शादी के बाद कहने लगी—बस अमेरिका ले चलो और वहाँ पहुँचकर महँगी मर्सेडीज़ गाड़ी ख़रीद देना—दोनों ख्वाहिशें मैंने पूरी कर दीं—एक के बाद एक चार बेटियाँ हुईं—सभी को सर आँखों पर रखा—चाव से पाला-पोसा—फिर हुआ बेटा। बस प्रीति को जो मुझसे चाहिए था मिल गया—मेरी नसबन्दी करवा दी, रुपया, पैसा, महल की तरह बड़ा घर, संगमरमर के फ़र्श—यह सब इस टैक्सी ड्राइवर ने कमा कर दिया। अब सब अपने-अपने में मगन रहते हैं—मैं तो एक सुविधा, पैसे कमाने का साधन बनकर रह गया। सच कहता हूँ, मैं उसमें सन्तुष्ट था—पर अब, जो तुम्हारे साथ मुझे मिल रहा है, उसे बयान करने के लिए मेरे पास शब्द नहीं हैं। वह एक नया स्तर है नया और गहरा, मुझे तो पता ही नहीं था कि मुझमें इतने गहरे सुख को महसूस करने का माद्दा है..."

और मुझे इतने-इतने गहरे दुख को झेलने का माद्दा—

गंगा ने सिर्फ़ सोचा, कुछ कहा नहीं।

दोनों पास-पास बैठे, रात के अँधियारे में, लहरों की आवाज़ सुनते रहे।

फिर अर्जुन सिंह उठ खड़े हुए—"अब चलता हूँ—उस संगमरमर के भवन में जाकर अपने ठंडे बिस्तर पर सो जाऊँगा। अगर घर पर बेटियाँ न होतीं तो ऽऽ।'

वह दरवाज़े तक आई—उनके जाने के बाद कुंडी लगाई और मुड़कर बाहर देखती रही। वहाँ सब शान्त था—सड़क ख़ाली थी, समुद्र का किनारा भी—मैंने तो अभी तक सोचा ही नहीं कि मैं क्या कर रही हूँ—कहाँ जाऊँगी, क्या करूँगी—क्या सही है क्या ग़लत, क्या डॉ. सिन्हा का मुझे भविष्य की बीमारी का पूरा-पूरा दोष देना सही था? क्या बिना बताए सारे कागज़ पत्र लेकर, सब कुछ बाँध-बूँध कर, मेरी बेटियों को मुझसे दूर कर वापस लौट जाना सही था? कितनी बार मन हुआ कि ससुराल फ़ोन करके बेटियों के बारे में पूछे। मालूम नहीं डॉ. सिन्हा ने क्या कहा होगा?

बस—बहने दो जीवन सरिता को कहीं-न-कहीं—जल्दी या देरी से—कोई-न-कोई हल तो निकलेगा। हल तो बस एक ही है, उसका भी भारत लौट जाना—डॉ. सिन्हा से सुलह का प्रयत्न करना—अपने लिए नहीं—बेटियों के लिए वह सब लांछन, प्रताड़ना सह लेगी कि बेटियों के साथ रह सके—पर अपनी अस्मिता, अपने आत्म सम्मान का गला घोंटकर कैसे जी पाएगी? वही भूल-भुलैया, वही चक्रव्यूह—जिसका अभी कोई अन्त नहीं दीखता।

सुबह का अख़बार नाश्ते के साथ आता है, चाय, टोस्ट, जूस—तीसरे पृष्ठ को खोलते ही वह स्तब्ध रह जाती है। अर्जुन सिंह अवैधानिक कामगरों को नौकरी देने और उनके फ़र्जी कागज़ात बनाने के अपराध में गिरफ़्तार हो गए हैं, उनके अधिकांश टैक्सी ड्राइवर पाकिस्तान और पंजाब से फ़र्जी कागज़ों के साथ काम कर रहे थे। पकड़े जाने पर उन्होंने बयान दिया कि सब कुछ जानते हुए भी अर्जुन सिंह ने उन्हें नकली कागज़ बनवाकर नौकरी दी है, और इस सबका मुआवज़ा वह उनके वेतन में से काटते हैं—

कुछ क्षण को वह स्तब्ध रह जाती है, पर कुछ देर बाद व्यावहारिक बुद्धि जाग उठती है। दो प्लास्टिक शॉपिंग बैग में गहने और कुछ अच्छे कपड़े भरकर वह लिफ्ट से उतरती है, उसे कोई रोकता नहीं—वह होटल के बाहर आकर टैक्सी बुलाती है। टैक्सी चल पड़ती है, कोई उस पर दुबारा नज़र भी नहीं डालता। उसके पर्स में प्रवीण बहन के घर का पता पड़ा है, वह टैक्सी वाले को वही पता बता देती है।

घर में ताला लगा है—घर पर कोई नहीं है, वह बाहर वरांडे में लगे झूले

पर बैठ जाती है—अनंत प्रतीक्षा में—हाँ खुले में बैठकर कितना अच्छा लग रहा है,—वह मुक्त है, स्वतंत्र—मन में ढेर सी शान्ति भर उठी है, न पीछे का दुख-न आगे का भय-वह अपने को देखती है; एक औरत जिसके न कोई आगे है, न पीछे। अर्जुन सिंह ने एक काम तो किया उसे दुबारा आत्मसम्मान से रहने का अवसर मिला। उसे महसूस हो गया कि डॉ. सिन्हा कितने क्षुद्र, कितने संकुचित और कितने कन्ट्रोल करने वाले व्यक्ति हैं। वह पति हैं, इसलिए सभी उनकी मर्ज़ी से हो—शादी के बाद वह कोई भी काम नहीं करेगी—डिज़ाइन फिज़ाइन का तो कुछ भी नहीं, भले ही बम्बई की फ़ैशन इन्स्टीट्यूट से ग्रेजुएशन किया हो, जो कुछ सीखा हो, लड़कियों, बच्चों की पार्टी फ्राक, भविष्य के जन्म दिन पर सैटिन का कोट बना कर पहना ले और ख़ुश हो ले—

प्रवीण बहन न जाने कहाँ गई थीं कि रात तक नहीं लौटीं, यहाँ कोई अड़ोसी-पड़ोसी भी तो नहीं कि उनसे पूछ-ताछ कर ले।

किसी होटल या मोटेल में ही बसेरा लेना होगा।

चलने पर जब टैक्सी अपनी पुरानी सड़क से निकली तो उसने बिना सोचे-समझे उसे रुकने को कह दिया। आश्चर्य था कि ताला वही का वही था—उसने चाबी घुमाई और दरवाज़ा खुल गया, उसके अन्दर क़दम रखते ही गलियारे की बत्तियाँ अपने आप जल गईं—उस रोशनी में उसने देखी चमचमाती हुई रसोई—स्टेनलेस स्टील का नया फ्रिज—चितकबरे ग्रैनाइट के काउन्टर—साफ़ चिकनी आलमारियाँ।

घर ख़ाली है—पर उसकी इतनी काया पलट हो गई है कि वह अपना पुराना वाला घर नहीं लगता। ऊपर की मंज़िल पर एक नया कमरा बना है और दूसरी रसोई—नीचे वाली से थोड़ी छोटी, पर वैसे की वैसी।

टैक्सी को विदा कर वह ऊपर वाले अपने कमरे में चली जाती है, कमरा ऐसे सजाया गया है कि जैसे उसी का इन्तज़ार कर रहा हो। बादामी कार्पेट—बड़ा सा पलंग, झालरदार बिस्तर; एक बड़ी आलमारी का बिचला खाना शायद टेलीविज़न के लिए ख़ाली था।

उसके मन में थोड़ी झुरझुरी हुई—चोरों की तरह घर में घुस आने पर, और इस नए बिस्तर पर रात बिताने के विचार से।

उसने बत्तियाँ बुझा दीं और कम्बल ओढ़कर सो गई—पर सोने से पहले

उसने गहनों वाला बैग आलमारी में रख दिया—अन्दर से कमरा बन्द किया और सोने की चेष्टा की, अगर रात को हलचल हुई और वह दोनों भाई सपरिवार आ धमके तो? पर ऐसा होने वाला नहीं था, उनके आने की तारीख़ बाद में है, यह अर्जुन सिंह उसे बता चुके थे। अर्जुन सिंह की यह रात जेल में कैसे कट रही होगी, चोर, डाकू, हत्यारे लोगों के साथ? और मैं यहाँ—नई सज्जा वाले कमरे में। मन में एक कचोट सी हुई—

वह कमरा पीछे की ओर है, वह रात को मद्धिम रोशनी जलाती है जिससे किसी को पता न चले कि इस ख़ाली घर में कोई रह रहा है। शाम के धुँधलके में पिछवाड़े से निकलती है—पास की दुकान से कुछ ख़रीदकर खा लेती है। दो दिन यों ही बिता दिए हैं। सप्ताहान्त है, अर्जुन सिंह की ज़मानत सोमवार से पहले नहीं होगी। मौक़ा मिलते ही वह सी व्यू होटल जाएँगे और उसे वहाँ न पाकर शायद यहाँ तक खोजते हुए आ जाएँ।

वह उस स्थिति में वापस नहीं लौटना चाहती, तो फिर? कुछ आगे की सोचनी पड़ेगी। भारत? मगर कागज़ नहीं हैं—पासपोर्ट भी नहीं। अगर वह भी अवैधानिक व्यक्ति की तरह भारत गई तो लौटकर न आ सकेगी।

क्या वह लौटकर आना चाहेगी? इस ठंडे पराए देश में, जहाँ आकर लोग इतना बदल जाते हैं कि उन्हें सही-ग़लत का आभास भी नहीं रहता? अपनी संस्कृति और सभ्यता से अपने को उखाड़ कर न यहाँ के पूर्णतः हो पाते हैं, न वहाँ के। 'मैंने भी तो यही किया'—वह अपने को तोलती है; फिर समझाती है, 'मैं कितनी घबरा गई थी, पेड़ों के नीचे, पार्क की बेंच पर सोना पड़ता। कहाँ जाती, क्या करती? अभी तक सारे निर्णय डॉ. सिन्हा ने लिए थे, उसके पहले ताऊ जी और चाचा जी ने। कभी उसे अपने जीवन की दिशा स्वयं निर्धारित करने का विकल्प ही नहीं दिया था। छोटों को बड़े-बूढ़ों की बात माननी चाहिए—उनके पास जीवन भर का अनुभव है; वह हमेशा छोटों की भलाई ही सोचते हैं, विशेषकर शादी ब्याह के मामले में—शकल सूरत में क्या रखा है—लड़का पढ़ा लिखा हो, परिवार सम्पन्न और सुसंस्कृत हो। डॉ. सिन्हा से उसका ब्याह तय करते हुए उन सबने यही कहा था—वैसे माँ ने जेठजी का निर्णय बिना प्रतिवाद स्वीकार कर लिया था। बस थोड़ा-सा रोई थीं, लगता था कि माँ के जीवन में बस रोना ही रोना बचा था। ''अगर पापा होते तो अपने बँगले से, कितनी धूमधाम से शादी

करते—" वह धीमे से बोली थीं।

गंगा चुप रही थी—बस, एक लम्बी आह दिल से निकल आई थी।

कहाँ अपना बड़ा सा बँगला, आगे फूल भरा उद्यान और पीछे नीबू, केले और अमरूद के पेड़ों वाला बग़ीचा। इमली का पेड़, जिस पर उसका छोटा सा झूला पड़ा रहता था और अब ताईजी ने रसोई वाली को निकाल दिया और सुबह की रसोई माँ और शाम की चाची को सौंप दी। सुबह की रसोई में नाश्ता भी शामिल था—मटके भर-भर कर चाय, और पूरे घर भरके नाश्ते के लिए चालीस-चालीस पराठे बनाना भी माँ की ड्यूटी में शामिल था।

कितना थक जाती थीं वह—फिर शादी का भी काम—रज़ाइयों में डोरे, साटन के पेटीकोटों की कटाई, सिलाई, साड़ियों के बार्डर, गोटा किनारी—सुबह से रात तक माँ व्यस्त रहती थीं—रात को जब चारपाई पर लेटतीं तो चुपचाप हाथ में पंखा डुलाती रहतीं—माँ के लिए तो यही जीवन-चर्या बन गई थी।

अब उसे ही निर्णय लेना होगा, कुछ-न-कुछ तो करना होगा। अर्जुन सिंह के पास लौटने का विचार ही असह्य है, तब? सुबह घर से निकलते-निकलते उसे न जाने क्या सूझी कि डाक का डब्बा खोलकर देखा—कुछ इश्तहार थे और एक लिफ़ाफ़ा—जिस पर इमीग्रेशन डिपार्टमेन्ट का नाम लिखा था—उसने काँपते हाथों से लिफ़ाफ़ा खोला—उसमें उसके नाम का ग्रीन कार्ड था—आकाशगंगा सिन्हा। हर्ष की एक हिलोर ऊपर से नीचे तक झकझोर गई, उसका अपना ग्रीन कार्ड—वह अब चोरों की तरह इधर-उधर मुँह छिपाती नहीं फिरेगी, शान से सर ऊँचा करके रहेगी, और फिर इंडिया भी जाएगी। सहसा सपना और झरना के चेहरे उसकी आँखों के आगे घूमने लगे और बाँहों में भरकर उन्हें सीने से चिपटा लेने की ऐसी असह्य, दारुण इच्छा उमड़ी कि उसकी आँखें डबडबा आईं।

पड़ोसिन मार्था के पास कपड़ों का थैला रखवा दिया, "मेरे पेपर्स आ गए हैं, कुछ काम अभी भी बाक़ी है। रहने के लिए जगह देख रही हूँ, एक कमरा, गुसलख़ाना—" उसने मार्था को आशापूर्ण नेत्रों से देखा।

"आज तुम्हारा लकी डे है—हमारा एक रेसीडेन्ट डॉक्टर अपना कॉन्ट्रैक्ट पूरा कर स्विटज़रलैंड जा रहा है। उसका फ्लैट कुछ दिन बाद ख़ाली होने वाला है—देखो, मैं पूछती हूँ शायद वह अभी से तुम्हें ख़ाली कमरे में शिफ्ट

होने दे—" मार्था घर बेचने का, किराए पर उठाने का काम करती है और पूरे समय अस्पताल में भी।

"मैं तुम्हारा आभार मानूँगी—"

मार्था किचेन में जाकर फ़ोन करती है—मन्द स्वर में वह क्या बात कर रही है, सुन नहीं पड़ता, पर अपना नाम सुनती है 'आकाशगंगा'।

मुस्कराती हुई वह फ़ोन रखकर बाहर आती है, "फ्लैट में दो कमरे हैं—एक ख़ाली है, तुम वहाँ शिफ्ट कर सकती हो—लो, यह पता है और यह डॉक्टर का नाम—"

एरिक एरिकसन! नीली आँखों वाला, भरे जाड़े में भी साइकिल चलाने वाला, बीमार बच्चों के साथ सहज, कोमल, भविष्य की देखभाल करने वाला एरिक एरिकसन।

घर इतना ख़ाली, इतना झकाझक साफ़ था कि लगता नहीं था कि यहाँ कोई रहता भी होगा।

एरिक उसका इन्तज़ार कर रहा था, ख़ाली कमरा पीछे की ओर था, साथ में संलग्न बाथरूम, रसोई एकदम ख़ाली थी, केवल कॉफ़ी बनाने की एक महँगी मशीन काउन्टर पर रखी थी।

एरिक ने उसके हाथों से दोनों थैले ले लिए—"बाक़ी सामान?"

"बस यही है, यही दो बैग।"

उसने जाकर बैग पलंग पर रख दिए। पलंग पर एक फ़र्रुखाबादी छापे वाला नीला पलंग पोश बिछा हुआ था—शायद उसके स्वागतार्थ, और पलंग के सिरहाने की मेज़ पर काँसे के नटराज।

दरवाज़े की दहलीज़ पर खड़े होकर एरिक ने एक झेंपी, शर्मीली सी मुस्कान से कहा, "मेरे पास यही दो चीज़ें थीं आपके स्वागत में—"

"सो स्वीट ऑफ़ यू—धन्यवाद।"

"आप काफ़ी लेंगी? मेरी रात की ड्यूटी है, आठ बजे जाना है—"

"हाँ—धन्यवाद।"

"एस्प्रेसो या कैपुचीनो?"

"कैपुचीनो"—गंगा ने कहा, उसकी समझ में नहीं आया कि वह क्या करे—एरिक उसके लिए कॉफ़ी लाकर दे, यह कितनी अभद्रता होगी, वह आकर रसोई में आकर खड़ी हुई—

छोटी-छोटी प्यालियों में एरिक ने कॉफ़ी भरी—अपने लिए काली, गाढ़ी बिना दूध की एस्प्रेसो, झागदार दूध के साथ उसके लिए कैपुचीनो—

दोनों चुपचाप अपनी-अपनी कॉफ़ी पीते रहे।

"आप स्विटज़रलैंड जा रहे हैं?"

"हाँ-वहाँ मुझे कैंसर रिसर्च के लिए नौकरी मिल गई है, वैसे मरीज़ भी देखूँगा"—फिर कुछ देर चुप रहकर कहा, "मुझे दुख है कि मैं आपके बेटे के लिए कुछ कर नहीं सका—"

उसने एक लम्बी साँस ली और अपनी ख़ाली प्याली उठाकर धोने के लिए नल खोला, पानी की धारा गुनगुनी सी थी, वह थोड़ी देर वैसे ही, निष्क्रिय, निश्चल खड़ी रही—पानी झरता रहा, फिर चौंककर उसने नल बन्द कर दिया, प्याली पोंछकर अलमारी में रख दी और अपने कमरे में चली गई, उसने बाहर का दरवाज़ा बन्द होते हुए सुना।

सुबह जागकर उसे कुछ समय लगा, अनचीन्ही जगह, नई जगह खिड़की, नई जगह धूप।

उसने पैर पसार दिए—इस क्षण का पूरा-पूरा आनन्द लेते हुए—

एरिक की ड्यूटी बारह घंटे होती है, फिर सारे दिन का अवकाश, पर वह कुछ ही घंटे सोता है, साइकिल लेकर निकल जाता है या साँझ के झुटपुटे में वह दौड़ता है।

"आप चलेंगी?" उसने झुककर जूते के फ़ीते बाँधते हुए कहा।

"मैं?" वह अचकचा गई।

"मैंने कई इंडियन लड़कियों को दौड़ते देखा है।"

"लड़कियाँ न। तीन बच्चों की माँ तो नहीं—"

एरिक मुस्कराया—"कल ट्राई करेंगे—"

नए जूते, अदीदास का ट्रैक सूट—वह तैयार है, एरिक कमरे से निकलता है "अरे वाह!"

"मैं धीरे-धीरे दौड़ूँगी—आदत नहीं है न—"

सड़क के किनारे दौड़ने के लिए जगह बनी है, एरिक उसका साथ देता है, मन्दगति से चलता है, वह मुँडेर पर रुक हाँफने लगी है—"यह दौड़ना

भागना मेरे बस का नहीं—"

एरिक कुछ दूर जाकर रुक जाता है, मुड़कर देखता है, लौटकर पूछता है, "आप ठीक हैं न?"

वह कमर पकड़े है जहाँ दर्द की पैनी धार उठ रही है।

"शायद मैं तेज़ रफ्तार से दौड़ रहा था—अच्छा आप यही बैठें, मैं अपना 'रन' ख़त्म करके आता हूँ—" उसका धड़धड़ाता दिल थम गया है, लम्बी-लम्बी साँसें नियमित होने लगी हैं—वह अपने पूरे शरीर में ऊर्जा और स्फूर्ति अनुभव करती है; मुश्किल से आधा मील दौड़ी होगी, पर दौड़ी तो—वह अपने आप मुस्कराने लगी—सड़क पर गर्मी, बरसात, शीत में लगातार दौड़ते लोगों को देखती थी, पर कभी स्वयं दौड़ने का ख़याल नहीं आया। आता भी कैसे—वह दुनिया अपने दायरे से कितनी अलग है। उसने एरिक के लौटने का इन्तज़ार नहीं किया, लँगड़ाती हुई फ्लैट पर लौटी, कपड़े बदले और पलंग पर गिर गई। उस रात वह गहरी नींद सोई, ऊट-पटाँग सपने देखती हुई—पर सोई गहरी थकान की नींद। अगले दिन वह फिर तैयार थी, इस बार काफ़ी दूर तक गई, चौराहे तक—जहाँ शहर की चारों बड़ी सड़कों का संगम होता है—बत्ती लाल थी, एरिक ने मुड़कर कहा, "अब बस करें—आज के लिए बस इतना ही—" फिर उसने न जाने क्या सोचा, आगे नहीं गया, उसी के साथ वापस लौट पड़ा—

वह बिना जूते उतारे सोफ़े पर गिर गई, "हाय राम! शरीर को इतनी यातना क्यों?"

एरिक मुस्कराने लगा—उसने कुछ कहा नहीं, अपने कमरे में गया और नहा धोकर, कपड़े बदलकर बाहर आया तब तक वह सोफ़े पर पूरी-पूरी लेट गई थी

"बस। आज के बाद नहीं, बस इतना ही, यह भागना-दौड़ना मेरे बस का नहीं—"

एरिक हँसने लगा—पास की कुर्सी पर बैठकर उसने आहिस्ते से गंगा का हाथ अपने हाथों में लिया, "बस, इतनी जल्दी हार मान गईं—"

गंगा को उस स्पर्श का पूरा-पूरा एहसास है, यह भी मन में कौंधा कि एरिक ने जो उसका हाथ अपने हाथों में लिया है, उसमें केवल सहानुभूति या करुणा नहीं है, वह एक पुरुष का हाथ है, उसमें चाहना है और प्रतीक्षा भी।

सुबह जागकर देखती है कि पलंग ख़ाली है, वह रात में न जाने कब उठकर चला गया है। वह मन-ही-मन गुनती है, और जान रही है कि एरिक के साथ की अंतरंगता डॉ. सिन्हा और अर्जुन सिंह की हवस से कितनी अलग है। उन्हें केवल अपनी इच्छा पूर्ति की हड़बड़ी रहती थी, पर एरिक ने कितना समय लिया था, हर क़दम पर जैसे उसे ध्यान था गंगा के शरीर सुख और परिणति का। उसके मुँह से अतीव हर्ष और पीड़ा की अजीब सी चीख़ निकल गई थी—ऐसा पहले कभी हुआ हो उसे याद नहीं। बाद में भी वह उसके शरीर को कितना दुलराता रहा था, कितना कोमल था उसका स्पर्श और एक अनिवर्चनीय मिठास उसके शरीर में अन्दर तक घुलती जा रही थी।

बाद में एरिक रात के अँधेरे में उससे बातें करने लगा था—मितभाषी, अलग-थलग, दूर-दूर रहने वाला एरिक उसे अपना हृदय तल खोलने में कितना प्रयत्न करना पड़ा होगा—

"मैं सोचता हूँ गंगा—कुछ ही दिनों में मैं चला जाऊँगा—तुम क्या करोगी—और मैं कैसे रहूँगा—"

"तो मैं चलूँ तुम्हारे साथ?"

"सम्भव नहीं है—" उस अँधेरे में, एरिक का स्वर बहुत उदास हो आया—

"क्यों?" उसने पूछा—केवल पूछने के लिए, वह स्वयं जानती थी कि उसके लिए एरिक के साथ स्विटज़रलैंड जाना सम्भव नहीं है। वह डरपोक है, उसके दो बेटियाँ हैं—पति हैं—

"तुम जानती हो क्यों? तुम्हारे बन्धन हैं और मेरे भी। हम दोनों इतने अलग हैं, मैं तुम्हें खुश नहीं रख पाऊँगा—मेरे अपने कमिटमेन्ट हैं—कभी-न-कभी तुम ऊब जाओगी मेरे देश की ठंड से, वातावरण से—स्विटज़रलैंड के माहौल से तब तुम्हें मुझसे चिढ़ होने लगेगी—"

"और शायद तुम भी ऊब जाओ मेरी भारतीयता से—" उसने सोचा पर कहा नहीं, "मेरे आलू गोभी, पराँठे और अरहर की दाल खाने की आदत से—" पर उसने यह भी नहीं कहा।

"तो ऐसे ही रहने दो न एरिक—यह साथ, यह अनुभव, यह आत्मीयता का क्षण, केवल अभी, आज की रात ही न।"

"तुम कितनी समझदार, कितनी सुलझी हुई हो गंगा—पर मैं हमेशा

तुम्हारे बारे में सोचता रहूँगा—सोचता रहूँगा कि तुम कहाँ हो—कैसी हो—" उसने एरिक की हथेली हल्के से दबाई, कुछ कहा नहीं।

"मेरी पत्नी है, गंगा। एक छोटी-बेटी भी, पत्नी भी डॉक्टर है, पर उसे अमेरिका पसन्द नहीं आया, न यहाँ के लोग, न यहाँ की कल्चर—वह वापस लौट गई, बेटी के साथ। उसे डेनमार्क में नौकरी मिल गई है और एक नया ब्वॉयफ्रेंड भी। वह अलग होने की बात करने लगी है।"

"और बेटी?"

"तूल्लिका नाम है उसका—वह माँ के साथ ही रहेगी—"

"तुम मुझे लेकर बिलकुल चिन्ता न करो, मुझे कहीं-न-कहीं किनारा मिल ही जाएगा।"

"भारत लौटकर—"

"कौन जाने—शायद। पर अभी तो हम संग हैं न—बस यही काफ़ी नहीं है? नहीं है क्या?"

एरिक निरुत्तर रहा।

सुबह पास सोए एरिक को देखती है, वह। उसका चेहरा शान्त है। वह एकदम चुपचाप सोता है, न बार-बार करवट बदलना, न खाँसना, न खर्राटे—

वह देर तक उसे देखती रहती है, वह क्या जानती है एरिक के बारे में—उसके देश, उसकी कल्चर उसकी भाषा—यदि देश का नाम ही 'आइसलैंड' है तो हर तरफ़ बर्फ़ ही बर्फ़ तो होगी ही। वहाँ धुआँ और लावा उगलते हुए ज्वालामुखी भी हैं, उसके अलावा मन में कोई और छवि नहीं है।

वैसे ही एरिक क्या जानता है भारत के बारे में, वही सब जो किताबों, अख़बारों में पढ़ता है—भारत एक भीड़ भरा, ग़रीब देश है; लाखों लोगों के पास रहने या खाने को नहीं है, भुखमरी, ग़रीबी, भ्रष्टाचार, नैतिकता का अभाव।

वह एक लम्बी साँस लेती है। एक बार अगर ज़िन्दगी की गाड़ी पटरी पर से उतर जाए तो फिर वापस आना दुरूह ही नहीं, असम्भव होता है, यह सब उसके साथ क्या हो रहा है, वह हरदम सोचती रहती है, या वह अपने साथ होने दे रही है। कैसे बटोरे अपने अस्तित्व के टुकड़ों को, अपने आत्मबल को? क्या सब कुछ दिल पर पत्थर रखकर निगल ले, पर मन में क्रोध उमड़ने लगता है, क्या औरों की सन्तानों की मृत्यु नहीं होती? ऐसे में पत्नी को बेसहारा

निराश्रित करके लोग पलायन तो नहीं कर जाते? क्रोध, आक्रोश, दोषारोपण और दुविधा की भँवर में पड़ी वह वही बातें अपने से बार-बार दोहराती है, कैसे अपने को उबारे, इस गर्त से बाहर खींचे, समझ में नहीं आता।

वह विचारों को पीछे ठेलकर एरिक के अस्पताल से लौटने की प्रतीक्षा करने लगती है।

"तुम इतना कम क्यों बोलते हो?" उसने एक बार पूछ ही लिया।

"हमारा देश बहुत ठंडा है—ज़्यादा बोलने से ठंडी हवा मुँह में नहीं घुस जाएगी?"

वह हँस पड़ी—एरिक भी मुस्कराया, "तुम्हें पता? पहली बार तुम्हें यों हँसते देख रहा हूँ, तुम हँसती हो तो सुन्दर लगती हो—"

यह बात गंगा को अच्छी लगी, और यह भी ध्यान में आया कि सचमुच वह हँसना भूल गई है—

"बचपन में मैं बहुत मस्त रहती थी, नाचती थी, गाती थी—स्कूल में मसख़री और चुहलबाज़ी करती रहती थी—पर मेरे पति बहुत गम्भीर प्रकृति के थे, उन्हें यह सब पसन्द नहीं था। धीरे-धीरे सब छूट गया—और फिर भविष्य—" वह चुप हो गई।

"समझता हूँ।" एरिक ने कहा, हर बात आकर एक ही बिन्दु पर समाप्त हो जाती थी—भविष्य—उसकी बीमारी—उसकी मृत्यु—

एरिक गम्भीर हो गया—"तुमसे पूछा नहीं—तुम्हारी निजी लाइफ़ में दख़ल नहीं देना चाहता—पर अब तुम क्या करोगी? इस फ्लैट की अवधि समाप्त होने वाली है—किराया दे सकोगी?"

"नौकरी ढूँढूँगी—"

"अच्छी नौकरी मिलना इतना आसान नहीं होता। अस्पताल के पास की यह जगह बहुत महँगी है, तुम्हें रूम मेट लेना पड़ेगा—"

गंगा चुप रही।

"एक बात कहूँ—तुम अपने पति से समझौता कर लो—"

"यह तुम कह रहे हो एरिक? सब कुछ जानने के बाद भी?" फिर पूछा, "क्या तुम भी? याने कि अपनी पत्नी से सुलह?"

"नहीं, हमारे सम्बन्ध तो बहुत दूर तक टूट चुके हैं। हम दोनों ही अपने अलग-अलग रास्तों पर बढ़ गए हैं। हमारी परवरिश दूसरी तरह से हुई है, पर

तुम तो परम्परागत संस्कृति से आई हो—कब तक अपने नाम की तरह इधर से उधर भटकती रहोगी—"

"नहीं एरिक—कुछ भी हो, मैं उनसे समझौता नहीं करूँगी। उन्होंने मुझे बहुत रौंदा, बहुत कुचला और अन्त में फटे चिथड़े की तरह, कूड़े-कचरे की तरह घर से निकाल कर फेंक दिया। मैं सम्मान से जीना चाहती हूँ भले ही मुझे झाड़ू लगाने का काम करना पड़े—" यह बात कैसे, स्पष्ट रूप से अपने आप उभर आई? और उच्चरित होते ही गंगा को लगा कि यही सही और सटीक है।

"तुम जो सोच रही हो, तुम्हारे मन को उचित लग रहा है," एरिक ने कहा, "हमें अपने हृदय की बात को सुनना चाहिए—मगर यहाँ रहकर, झाड़ू लगाने की नौकरी करने की क्या ज़रूरत है? तुम्हें लौटने की सोचना चाहिए—तुम्हारी वहाँ दो बेटियाँ हैं—सम्बन्धी हैं, परिवार और अपनी भाषा है। तुम वहाँ भी इज्ज़त से रह सकती हो। नौकरी वहाँ भी कर सकती हो। इस ठंडे, दूर प्रदेश में अकेले पड़ी-पड़ी क्या करोगी?"

एरिक इतना सारा बोल गया—वह उसे एकटक देखती रही। एरिक एक अच्छा, सहानुभूतिपूर्ण मित्र भी है और अस्थायी प्रेमी भी।

"हाँ—लौटना सम्भव है—" उसने धीरे से कहा—एकाएक मन में सपना और झरना की याद उठी और एक बगूले की तरह अटक गई।

"मेरी बेटियाँ मुझे याद करती होंगी—हाँ—मुझे लौटने के लिए सोचना चाहिए—"

पर कैसे? मन-ही-मन उसने सोचा—टिकट ख़रीदने के लिए पैसे चाहिए—वह गहने बेच दूँगी—एक टिकट तो आ ही जाएगा।

एरिक अस्पताल जाने के लिए उठ खड़ा हुआ—"तुम्हें आगे के लिए गम्भीरता से सोचना चाहिए—सोचना चाहिए न, ओ नदी।" उसने हल्के से गंगा के गाल पर ठुनका दिया, साइकिल उठाई और चला गया।

उसके जाने के बाद घर में सन्नाटा जमकर बैठ गया। मितभाषी एरिक ने यह सवाल पूछकर उसे झकझोर दिया था। उसने ऐसे ही सोचा था कि अस्पताल में नौकरी के लिए जो अर्ज़ी दी थी, उसके लिए जाकर पूछेगी। क्या क्लर्क की तनख्वाह में फ्लैट का किराया और बाक़ी ज़रूरतें पूरी पड़ जाएँगी? उसे अभी अन्दाज़ नहीं था—या फिर किसी के घर एक कमरा लेकर

रहना पड़ेगा, रसोई के लिए एक हौट प्लेट, गुसलख़ाना साझेदारी में, सुबह शाम, जाड़े, धूप, बरसात में नौकरी पर जाने के लिए बस का इन्तज़ार और इस सबका जोड़ क्या बनेगा? ज़ीरो, कोई नहीं है जिसके लिए यह सब झेला जाए। पर भारत? मालूम नहीं सास-ससुर उसे स्वीकारेंगे भी या नहीं। डॉ. सिन्हा तो शायद साथ रखें भी न पर कौन जाने, इस बीच कुछ शान्त पड़ गए हों—पर वह उनके साथ नहीं रहेगी। कहाँ जाएँगी तब? मायका? चाचा ताऊ के बेटे? बाबा का बँगला कई करोड़ में बिका था, आगे-पीछे काफी ज़मीन थी, बिक कर फ्लैट बने उनमें उसका भी हिस्सा होना चाहिए क्योंकि पापा का बँगला भी उसी में शामिल था। क्या जाकर अपना हिस्सा माँगना पड़ेगा? कोई आसानी से तो देने वाला है नहीं? क्या कोई कचहरी जाना पड़ेगा, पर वह स्वयं वकील हैं, क़ायदे क़ानून जानते हैं, कागज़ों पर तो उसके भी हस्ताक्षर थे जब ज़मीन बिकी थी, उसने कभी अपना हक माँगा ही नहीं। अब मुँह खोलना ही पड़ेगा— दद्दा, मुझे अपना हिस्सा चाहिए, क्या पता दे ही दें, बड़े दद्दा इलाहाबाद में जज हैं। वह उसके साथ अन्याय नहीं करेंगे।

यह सब सोच-सोचकर उसका सर फटने लगा। ज़िन्दगी एक ढर्रे पर सपाट, घटनाहीन रूप से चली जा रही थी। डॉक्टर सिन्हा शुरू से ही शुष्क और बदमिजाज़ थे, पर उनकी डाँट-डपट और बेरुखी को वह झेल लेती थी, विवाह का एक रूप यह भी था—दो बेटियाँ, पहले सपना, फिर झरना, दोनों पिता पर, गहरी साँवली, कमशक्ल, और ठिगनी, पर उसे कोई फ़र्क नहीं पड़ा था—प्यार से पाला था। जब डॉक्टर सिन्हा ने बोस्टन में नौकरी कर ली तो अमेरिका जाने के विचार से वह कितनी उल्लसित हुई थी। नया घर, नई गाड़ी, नए बर्तन भाड़े-सब कुछ नए सिरे से प्रारम्भ करना कितना अच्छा लगता था, फिर भविष्य का जन्म हुआ—भविष्य ननिहाल पर गया था, एकदम गोरा चिट्टा, कोमल, कान्तिमय, उसके जन्म के बाद डॉक्टर सिन्हा में कितना अन्तर आ गया था, वह कितने प्रसन्न रहते थे, कॉलेज से आकर तुरन्त उसके कमरे में जाते, उसे गोद में उठाते और वह भी अपनी छोटी-छोटी बाँहें पिता के गले में डालकर उनसे लिपट जाता। डॉक्टर सिन्हा का चेहरा एक स्निग्ध हँसी से चमकने लगता, गंगा देखती, उसे भी सब बहुत अच्छा लगता, घर द्वार, बेटा बेटियाँ, प्रसन्न मुद्रा में पति, जीवन सुखी था—तब तक, जब एक दिन भविष्य को हल्का सा बुख़ार आया और दूसरे दिन

उसके शरीर पर जगह-जगह नीले चकत्ते उभर आए। डॉक्टर सिन्हा ने उसे गम्भीरतापूर्वक नहीं लिया, पर वह एक अनाम भय से सुन्न पड़ गई, उसे अपने जुड़वाँ भाइयों की याद आ गई, जिनकी बीमारी इसी तरह शुरू हुई थी। पहले छोटू गया फिर बड़कू भी।

वह भविष्य को लेकर डॉक्टर के पास गई, डॉक्टर गम्भीर हो गए, डॉक्टर सिन्हा को बुलवाया—बीमारी की शिनाख्त हुई।

घर लौटकर वह बिखर गई—चीख़ चीख़कर रोते हुए उसने कहा—"हाय, यह क्या हो गया? किसकी कुदृष्टि हमें खा गई, हमारे बड़कू और छुटकू की बीमारी भी ऐसे ही शुरू हुई थी—"

आँसुओं के बीच उसने नहीं देखा कि डॉक्टर सिन्हा का चेहरा पत्थर की तरह सख़्त, भावहीन हो गया है। गोद में भविष्य को लेकर, उसे वैसा ही रोता छोड़कर वह अपने कमरे में चले गए। जैसे-जैसे बीमारी बढ़ी, डॉ. सिन्हा दूर-दूर होते गए। जब बोलते भी तो कड़वा, या बोलते ही नहीं और भविष्य को खो देने का पूरा-पूरा दोष उन्होंने गंगा के सर पर थोप दिया था और यह बात उन्होंने इतनी बार दोहराई कि उसके मन में भी अपराध बोध जाग्रत हो गया।

भविष्य के डॉक्टरों की टीम में एरिक एरिकसन भी था, उसने समझाया था कि यह चान्स की बात है, बहुतों के परिवार में बीमारियाँ होती हैं, पर वह आगे की पीढ़ी को नहीं मिलतीं।

"आपके भाइयों की मृत्यु कैसे हुई?" उसने पूछा, "ल्यूकीमिया से।" डॉ. सिन्हा ने ठंडे स्वर में कहा।

"कभी-कभी ऐसा भी हो जाता है—परन्तु आप अपनी पत्नी को दोष न दें—"

डॉ. सिन्हा गुर्राए, पर कुछ बोले नहीं, बाद में अम्मा जी को भी बहुत कहा, "रंग रूप देखकर तुम ही रीझ गई थीं परिवार में ऐसी विकट बीमारी है, पूछा तक नहीं—"

अम्मा जी ने झल्लाकर पूछा, "कौन पूछता कि कौन कैसे मरा? तुम तो बहुत क़ाबिल हो, तुमने क्यों नहीं कभी पूछा, तुम्हें ख़ुद लड़की पसन्द आई थी— क्या मालूम था कि बीमारियाँ भी विरासत में मिलती हैं—"

"अब बस करो यह बहस—" बिहारी बाबू ने फ़ोन हाथ में लेकर कहा,

"इन सब बातों से क्या फ़ायदा? बहू बेचारी पहले से ही अधमरी हो रही होगी, दवा-इलाज हो रहा है, कितने लोग ठीक हो जाते हैं। कैंसर रिमिशन में चला जाता है—"

"यह नहीं ठीक हो रहा है बाबू, "डाक्टर सिन्हा अनायास ही रो पड़े, "यह ठीक नहीं हो रहा है बाबू—"

फ़ोन कट गया या काट दिया गया।

बेटियाँ बाप को रोते देख सहम गईं, भविष्य माँ की गोद में बैठा-बैठा डॉ. सिन्हा को टुकुर-अुकुर देखता रहा।

बाद के कुछ महीने कैसे कटे—गंगा को कुछ याद नहीं, और अब यह व्यक्ति—यह युवा डॉक्टर जो इतने छोटे, भोले-भाले रोगियों की देखभाल करता है, उन्हें समझता है, उसके कमरे में घुसते ही भविष्य के चेहरे पर मुस्कराहट आ जाती थी—

"इसमें थोड़ा दर्द होगा—" वह कहता था—"ज्यादा नहीं, चींटा काटने जैसा-" नर्स को भार देने के बजाय वह स्वयं ही इंजेक्शन लगाता था।

"मैं कब ठीक होऊँगा डॉक्टर एरिक?" भविष्य पूछता था।

"बसऽऽ" वह हल्का सा झिझका, "हम पूरी कोशिश कर रहे हैं—तुम्हें जल्द से जल्द ठीक करके घर भेजने के लिए—"

"मैं घर जाने पर रोज़ समोसे खाऊँगा—" भविष्य ने कहा, "मेरी मौम बहुत अच्छे समोसे बनाती हैं—"

"सऽऽ मोऽऽ से—साउंड्स गुड—" उसने अंग्रेज़ी में कहा, "पर अभी तुम थोड़ी सी आइसक्रीम खाना चाहोगे?"

सफ़ेद चादरों के बीच वह बेटे का पीला चेहरा देखती है—भविष्य का आशावान चेहरा, एरिक के जाने के बाद भविष्य थककर आँखें बन्द कर लेता है और वह सोचती है कि उन मुँदी हुई आँखों के पीछे दिन-दिन क्षीण होते बेटे के सपने क्या रहते होंगे—

एरिक की नीली आँखों के सपनों में क्या होगा? उसका अपना देश? बर्फ़ और ज्वालामुखी पहाड़ों का? अकसर सोचती है कि अर्जुन सिंह का एहसान लेकर उसने ग़लती की। अब सोच कर उसे ग्लानि होती है कि कैसे उसने वह दो तीन महीने उनके साथ बिताए। केवल शारीरिक नाता, अपनी सुविधा के लिए? नहीं, सुविधा के लिए नहीं, अपने को बटोरने, सँभालने

और जीने का साहस जुटाने के लिए समय चाहिए था। वह केवल शारीरिक ही नहीं था, उसे किसी के कोमल स्पर्श और सहारे की ज़रूरत थी। भविष्य को मरे हुए दिन ही कितने हुए थे। हाँ, वह कमज़ोर पड़ गई थी, भविष्य की लम्बी बीमारी और मौत उसे तोड़ गई थी, उसका शरीर क्षीण और थका हुआ था और मन एकदम टूटा जैसे रोज़ सुबह आँखें खोलना भी पहाड़ ढोने जैसा प्रयत्न लगता था—उसके अलावा कौन जानता है कि धीरे-धीरे प्राण रिसते हुए बेटे के अस्पताली पलंग से सटकर बैठे हुए एक-एक पल कैसे कटता है? चारों तरफ़ सन्नाटा, गलियारे में मद्धिम रोशनी, समय-समय पर नर्स बिना आहट किए आती थी, उसकी नब्ज़ देखती थी—सिरहाने लगी मशीनों पर नज़र डालकर, और वैसे ही चुपचाप वापस चली जाती थी।

भविष्य ने लम्बी साँस ली थी, बहुत लम्बी साँस—वही अन्तिम साँस थी। वह देर तक उसका हाथ थामे बैठी रही थी। वह कुछ क्षण थे, जिन्हें वह संचय करके रखना चाहती थी। वह टकटकी लगाकर उसके चेहरे की ओर देखती रही—वह मुक्त था, लम्बी त्रासद बीमारी से, और वह उसका चेहरा आँखों से पी रही थी; वह कभी इतना सुन्दर, इतना अलौकिक नहीं दिखा था। पीड़ा मुक्त, जीवन मुक्त—

मेरा बेटा ऽऽऽ—

यहाँ अस्पतालों में चीख़कर नहीं रोया जाता—सब कुछ अपने अन्दर घोंट कर पी लिया जाता है। भावनाओं को प्रदर्शित नहीं किया जाता—

"नर्स—" उसने कहना चाहा था—पर आवाज़ नहीं निकली। उसने नर्स को बुलाने के लिए बटन दबा दिया।

एरिक उसे अच्छा लगता है, अब से नहीं, जब से वह भविष्य के कमरे में आकर खड़ा हो गया था तभी से। अस्पताल की नर्सें, डॉक्टर एक नक़ली मुस्कान, नक़ली मुखौटा पहने रहते हैं, उनका काम ही यही है, मरीज़ों को आशावान रखना, उनके परिवार के सदस्यों को ढाढ़स बँधाना। उसे इस कृत्रिमता का आभास प्रारम्भ से ही था, आख़िर नर्सें और डॉक्टर भी मानव हैं, पर वह हरेक के साथ भावुक तो नहीं हो सकते। पर एरिक में उसे एक निष्कपट, सत्यशील और सहज व्यक्ति दिखाई दिया था। वह रोज़ ही दो तीन

बार कमरे में आता था, चार्ट में वह क्या देखता था, क्या पढ़ता था, गंगा को नहीं पता। अकसर उसकी दृष्टि अपने पर स्थिर देखकर 'सब सही दिशा में चल रहा है' कहकर चला जाता था और गंगा उसके शब्द सँजोकर हृदय में लगा लेती थी।

"हमने पूरी कोशिश की—" मुख्य डॉक्टर ने कहा था—पूरी टीम के चेहरे उदास थे। गंगा की आँखें रिक्त थीं, हृदय भी, एकदम खोखली, एकदम भाव शून्य, उसकी आँख अचानक एरिक की आँखों से मिल गईं—उनमें असीम करुणा और सहानुभूति थी।

यह सब चाहे कितना अस्थायी हो, एरिक के निश्छल स्वभाव और सहजता ने उसे बहुत सहारा दिया था। मुझे चाहिए सहारा—वह समझती है—मैं थक चुकी हूँ—मैं और संघर्ष नहीं कर सकती—वह चाहती है कि किसी से कह सके और जब एक शाम उसने एरिक से कह ही डाला।

"मैं जानता हूँ, मैं सब कुछ समझता हूँ, अपने प्राण प्यारे बेटे को यों इंच-इंच करके—" वह कुछ देर को चुप हो गया, "इसीलिए मैंने स्विटज़रलैंड में यह नियुक्ति स्वीकार करी है। मैं जीवन कैंसर रिसर्च और उपचार में अर्पित करना चाहता हूँ, जिससे आगे जाकर किसी भी माँ-बाप को अपना बच्चा खोना न पड़े।"

"ऐसा होगा?"

"जरूर होगा—नए-नए ड्रग, नई-नई पद्धति— कल नहीं, परसों नहीं, पर एक दशक, दो दशक के बाद होगा—"

गंगा ने सिर सोफ़े की पीठ से टिका दिया।

"ईश्वर करे ऐसा ही हो—तुम सफल रहो—" और आँखें मूँद लीं। कुछ न करने पर भी हर वक्त शरीर में थकान भरी ही रहती थी। एरिक उठा।

"मैं जा रहा हूँ—"

"टेक केयर—" उसने घिसा-पिटा वाक्य बोला।

रात में चिल्डरेन हॉस्पिटल का क्या कार्यक्रम, क्या नज़ारा रहता है, उसे सब मालूम है। वह भी उठकर, कपड़े बदल कर पलंग पर लेट जाती है—पर नींद नहीं आती, तरह-तरह के विचार मन में मँडराते रहते हैं।

एरिक जाने को तैयार है, सामान बहुत कम है, दो छोटे-छोटे सूटकेस, कुछ किताबें, कम्प्यूटर।

गंगा बैठे-बैठे उसकी तैयारी देखती रही। एरिक ने सर उठाकर उसे देखा—"तुम बैठी-बैठी क्या कर रही हो? अपना सामान नहीं बाँधना?"

"अपना सामान?" उसने अचकचाकर पूछा।

"अरे, मैं भी कितना भुलक्कड़ हूँ— " उसने एक लिफ़ाफ़ा उसके हाथ में थमा दिया, "तुम्हारा टिकट—दिल्ली के लिए—"

वह टुकुर-टुकुर उसका चेहरा देखती रही।

"मैं खुद ख़रीदने वाली थी ,"उसने मन्द स्वर में कहा।

"कोई बात नहीं—मैंने ख़रीद लिया। मेरा गुडबाइ गिफ्ट—यहाँ से हम साथ-साथ निकलेंगे—मैं ज्यूरिख में उतर जाऊँगा—तुम उसी जहाज़ से दिल्ली चली जाना—"

उसने लम्बी साँस ली—मुझे इतना मत दो एरिक कि मैं आभार से दब जाऊँ—

उसके मन की बात समझ कर एरिक ने कहा, "मित्र इतना तो एक-दूसरे के लिए कर ही सकते हैं और यह दिन मेरे लिए बहुत मूल्यवान हैं—"

"मेरे पास इतने पैसे हैं कि मैं अपना टिकट ख़रीद सकूँ—" उसने दोहराया।

"मैं जानता हूँ। इस फ्लैट में रहने का एक सप्ताह का किराया भी तुमने एडवांस में मार्था को चुका दिया। तुम स्वाभिमानी हो, यह बात मुझे अच्छी लगती है। पर देखो, मुझे बिज़नेस क्लास का किराया मिला है, उसमें मैंने दो सस्ते क्लास के टिकट ले लिए, सोचा साथ-साथ फ्लाई करेंगे—अच्छा लगेगा, नहीं?"

उसके होंठों पर किंचित मुस्कान आई, "तुमने नोटिस किया कि तुम अब ज़्यादा बोलने लगे हो—"

"संगत का असर!" कहकर एरिक शर्माई सी हँसी हँस दिया।

वह गहनों की पोटली लेकर अटलान्टिक स्ट्रीट पर 'एल्फ़ा-ओमेगा' दुकान पर गई है। हीरों के आभूषण काउन्टर पर फैले हैं, मख़मल की गद्दी पर—

"यह सब हीरे नहीं, ज़रकन हैं, नक़ली—" दुकान के मालिक कहते हैं, सोना असली नहीं है, सिर्फ़ सोने का पानी है—"

“ओऽऽ ह!” उसके मुँह से निकलता है।

“बस यह एक हार असली है”, मिस्टर बार्टन गिन्नी के हार को उठाकर कहते हैं, “ग्यारह सावरेन, वह भी क़रीब सौ साल पुराने, अठारह कैरेट के। यदि सिक्कों में छेद न होता तो क़ीमत ज़्यादा होती। यह पुराने सावरेन अब केवल सोने के दाम बिकेंगे—सिक्के होते तो ज़्यादा मिलते।”

नक़ली हार, अँगूठियाँ, ब्रेसलेट—वह समेटकर रूमाल में बाँध लेती है, गिन्नी के हार की अच्छी क़ीमत मिलती है, उसमें भारत में कुछ समय रहा जा सकेगा।

बिना सोचे-समझे वह 'देवरानी जिठानी' ज्वैलर्स जाकर काउन्टर के पास खड़ी हो गई है—जब जेठानी जी आकर सामने खड़ी होती हैं तो वह उन्हें पोटली पकड़ा देती है, वह पोटली खोलती हैं, और उसे देखती हैं, आश्चर्य के भाव उनके चेहरे पर आने-जाने में केवल छोटा-सा निमिष मात्र लगता है, अब जेठानी जी की नज़र उस पर टिकी है, उसे पहचानकर गंगा को लगता है कि शायद वह भी कभी अर्जुन सिंह की महफ़िल का भाग रही होंगी।

दोनों चुप हैं और एक-दूसरे को देख रही हैं—पोटली के हार, कंगन, चूड़ियाँ, अँगूठियाँ काउन्टर पर खुली पड़ी हैं—

“इनका क्या करना है?” जिठानी जी अब पूर्णतया सुस्त और बिज़नेस वुमन हैं, “पैसे तो कुछ मिलेंगे नहीं—आर्टिफ़िशल गहने हैं—”

“उधारी के हैं—” गंगा ने कहा, “इन्हें लौटा दें, आपकी दुकान से लिए गए हैं शायद—”

“हाँ, हैं तो हमारे ही—किसे लौटाना है?”

“जिन्हें दिए थे उन्हें ही, रसीद और रेकार्ड तो आपके पास होगा ही—”

“अर्जुन सिंह को?” जिठानी आँखें गड़ाकर पूछती हैं—वह बिना जवाब दिए मुड़ती है और तीनों सीढ़ियाँ उतर कर सड़क पर आ जाती है।

अब वह सड़क पर खड़ी है, सफ़ेद बादलों से भरे नीले आसमान के नीचे। एकदम हल्की, स्वतंत्र। जब जेठानी जी पोटली अर्जुन सिंह (वह जहाँ भी हों) को देंगी तब वह समझ जाएँगे कि वह जा चुकी है—

सुविधा तो हुई है। एक ही टैक्सी में एयरपोर्ट, वहाँ का सारा काम काज,

फ़ार्म भरना, सीटें लेना, सामान चेक करना, सब बहुत आसानी और सुबीते से हो गया।

जहाज़ में कुछ सीटें ख़ाली हैं, उनके बीच में भी एक—तकिया, कम्बल सभी का प्रबन्ध। सुनहरे बालों वाली विमान कर्मचारी एक बड़ी सी मुस्कान के साथ एरिक का स्वागत करती है। जहाज़ उड़ने लगा है, केबिन की बत्तियाँ मद्धिम हो गई हैं।

मैं घर जा रही हूँ—गंगा मुस्करा पड़ी, सपना और झरना का मुँह देखने को हृदय आकुल है।

ज़्यूरिख में जहाज़ दो घंटे रुकेगा। जाते समय एरिक उसके हाथ अपने हाथ में हल्के से थाम लेता है—"तो अलविदा—आकाशगंगा—अपना ख़याल रखना। मैं अपना कार्ड और पता तुम्हें दे रहा हूँ—कभी मित्र की ज़रूरत पड़े तो मैं हूँ—" उसने जेब में हाथ डाला और कार्ड ढूँढ़ने लगा।

तभी पीछे से भीड़ का एक बड़ा रेला आया और वह अलग हो गए। गंगा ने उसके पीछे जाना चाहा, पर जाने वालों के लिए अलग-अलग गेट थे, "आप बाहर नहीं जा सकतीं—" सख़्ती से आदेश देते हुए एयरपोर्ट अधिकारी ने कहा—"कुछ घंटे रुकने वालों का रास्ता यह है—" वह एक क्षण दुविधा में पड़ी वहीं खड़ी रही, दूसरे गेट के बाहर की भीड़ में एरिक कहीं नहीं दिखा—एक बार निकल कर फिर एयरपोर्ट में आना असम्भव ही होता है। मैं विदा भी नहीं कह पाई—उसने सोचा। आस-पास ढेरों चमकदार, आकर्षक सामान से भरी दुकानें हैं, वह बेटियों के लिए प्रसिद्ध स्विस चॉकलेट लेती है—अपने लिए घड़ी लेने का मन है, पर वह सभी बहुत महँगी हैं, बजट के बाहर। जिनका विज्ञापन देखकर मन लचकता है वह तो और भी डेढ़ दो लाख की, वही महँगाई, कपड़ों, खिलौनों में भी स्पष्ट है। वह चाकलेट के डिब्बे पकड़े-पकड़े अपनी उड़ान की प्रतीक्षा में बैठी रहती है।

यदि ज़िन्दगी एक पुस्तक होती, तो यह भी एक अध्याय होता, जो समाप्त हो गया। वह अमेरिका और भारत के बीच यात्रा में है—अब क्या नया अध्याय खुलेगा, दुखद या सुखद—पर—वह स्वयं नहीं जानती। बस, एक उत्कंठा है—बेटियों को हृदय से लगाने की—

वह जहाज़ के इंजन की घर्र-घर्र सुनते हुए सो जाती है।

वह भारत पहुँचकर ससुराल का रास्ता पकड़ती है; चाहे कितने बरसों बाद आओ, कुछ बदला नहीं दीखता—सड़कों पर वैसी ही भीड़—वैसी हड़बड़ी, मोटरों, स्कूटरों ऑटो की टेढ़ी-मेढ़ी ट्रैफ़िक, किसी को सड़क पर चलने चलाने का न ज्ञान, न परवाह। सबको अपनी-अपनी पड़ी रहती है। पर नेलसन मंडेला सड़क अपेक्षाकृत चौड़ी और साफ़-सुथरी लगती है। जहाँ पहले सघन वृक्ष और पार्क था वहाँ अब एक क़तार में मन्दिर, कई बैंक और गुरुद्वारा बन गया है; चौमंज़िली इमारतें जो पहले पीली थीं, बरसात में घुल-घुल कर बदरंगी हो गई हैं।

टैक्सी से उतर कर उसने गेट खोला, दीवार पर चढ़ी घनी बेगमबेलिया हवा में धीरे-धीरे झूल रही है, बैंगनी और गुलाबी फूलों से खचाखच भरी, अन्दर पतला, लम्बा सा हरी घास का लॉन है और किनारे-किनारे सिनरैरिया और कोचिया के गमले रखे हुए हैं। छोटा-सा बोतल पाम, जो ससुर जी ने घर बनने पर अपने हाथों से लगाया था, वह ऊँचा होकर ऊपर की बालकनी को छूने लगा है।

उसके दो छोटे-छोटे अटैची टैक्सी से उतार कर टैक्सी वाला खड़ा है। गंगा पर्स में से प्रीपेड टैक्सी का पर्चा देती है और पचास रुपए टिप। शायद टिप कम है क्योंकि वह प्रतीक्षा की मुद्रा में खड़ा रहता है। उसके पास सिर्फ़ पचास के ही नोट हैं—वह उसे एक और नोट पकड़ा देती है, और बरामदे की ओर बढ़ती है। घंटी दबाते हुए उसका दिल धड़कने लगा है—दरवाज़े के पीछे क्या स्वागत होगा, उसे पता नहीं। थोड़ी देर में दरवाज़ा खुलता है, बंगाली पद्धति की लाल छापेदार साड़ी पहने एक युवती दरवाज़ा खोलती है—

"आप कौन?"

"माँ जी हैं? मैं—घर की दुलहिन।"

युवती मुड़कर पुकारती हैं, "अम्मा जी—कह रही हैं कि दुलहिन हैं—"

तब सास दिखाई देती हैं, "दुलहिन? अरे गंगा—" वह सचमुच प्रसन्न हुई हैं। वह झुककर उनके पाँव छूती है।

"आओ, आओ—सुप्रिया—सामान अन्दर ले आओ, अरे आने की ख़बर तो दी होती, एयरपोर्ट से ले आते—"

वह कुछ नहीं कहती, ससुर जी दीखते हैं तो उनके भी पैर छूती है—

"ख़ुश रहो—अभी-अभी पहुँची हो? नन्हे ने कुछ बताया नहीं—"

वह तीनों अन्दर के वरांडे में बेंत की कुर्सियों पर बैठ जाते हैं, "एकदम से सस्ता टिकट मिल गया—बिना इत्तला किए चली आई—"

"अच्छा, अच्छा—" सुप्रिया पहले साफ़ गिलास में पानी लाई, फिर छोटी सी ट्रे में चाय का प्याला—तीनों चुप, सास-ससुर उसे देख रहे हैं, शायद पहली बार पैन्ट शर्ट में, बिना गहनों, बिना टिकुली और सिन्दूर के। सास में कोई परिवर्तन नहीं आया है, साँवला चेहरा वैसा का वैसा ही, न झुर्री न ख़राश, कानों में सोने के बुन्दे जो लवों में छेद बड़ा होने के कारण नीचे लटकते रहते हैं, गले में चौसठ ग्राम वाली मोटी चेन, जो ससुर कभी बैंकाक से लाए थे, सूती साड़ी, बढ़िया कलफ़दार। हाथों में सोने और काँच की रंगीन चूड़ियाँ, ससुर भी स्वस्थ और सक्रिय लगे। बड़े अफ़सर के रिटायरमेन्ट की आरामदेह ज़िन्दगी—सास धीरे-धीरे बताती हैं—"नन्हे-यानी डॉ. सिन्हा को बम्बई में अच्छी नौकरी मिल गई है, पोवाइ में रहते हैं, बच्चियाँ यहाँ उनके पास हैं, अच्छे स्कूल में जाती हैं, नाच-गाना सीख रही हैं।" दादी बाबा निहाल हैं—

सासजी उसे साड़ी ब्लाउज़ निकालकर देती हैं—"दीवाली पर तुम्हारे लिए ले ली थी। मालूम था कभी-न-कभी तो आओगी ही—" गुसलख़ाने में न धुला तौलिया था, न नया साबुन। यह सब चोचले यहाँ नहीं चलते, एक ही साबुन लाइफ़बॉय से हाथ धोना, एक ही हमाम से नहाना, पर अब लाइफबॉय की जगह डेटोल था और हमाम की जगह डव।

प्रगति—वह सोचकर मुस्कराई, उसे अपने अन्दर खुशी महसूस हो रही है, लड़कियाँ शाम से पहले ही स्कूल से आएँगी—वह बेताब हो रही है, इतने दिन उनके बिना कैसे बीते?

चार बजे आकर सुप्रिया ने साइकिल आँगन में रख दी, हाथ धोकर रसोई में गई और कुछ ही देर में सूजी के भुनने की महक सारे घर में बस गई।

"थोड़ा सा चिउड़ा मटर भी बना लेना," सास की आवाज़ सुनी, "दुलहिन! हम बिटिया लोग को लिवाने जा रहे हैं, आप चलेंगी?"

वह हड़बड़ाकर बाहर निकली—ड्राइवर गाड़ी में बैठा था, उसने उठकर दरवाज़ा खोला।

"दोनों हैरान रह जाएँगी—" सास हँसती हुई बोलीं—उनका चेहरा साफ़

और पारदर्शी है, बहू के आ जाने से वह ख़ुश लगती हैं यह स्पष्ट है। स्कूल की छुट्टी का घंटा बजा, गेट खुला और बच्चों की भीड़ बाहर निकलने लगी, भागते, दौड़ते, कूदते, बस्ते और बोतलें पकड़े, हँसते, चहचहाते—

पहले सपना पास आई—

"देखिए न बिटिया रानी—आज कौन आया है—" सास ने कहा।

सपना हैरान, शर्माई सी उसे देखती रह गई। कुछ ही समय में कितनी लम्बी और बड़ी लगने लगी थी।

गंगा ने हाथ बढ़ाकर उसे खींच लिया और गोद में उठाकर भींच लिया। फिर उसे प्यार किया—बहुत-बहुत प्यार। अब दोनों रो रही थीं, माँ चुपके-चुपके—बेटी सस्वर, गंगा ने आँखें पोंछीं, तब तक झरना आ गई थी—गंगा ने बाँहें फैलाईं, पर वह दादी का आँचल पकड़ उनके पीछे हो गई, "पापा गुस्सा करेंगे—"

"अरे हट! गुस्सा करेंगे—कितने दिनों बाद माँ आई है, अरे जाकर भेंट तो ले—" दादी ने लाड़ भरे स्वर में कहा पर झरना वैसे ही खड़ी रही, उसे बिटुर-बिटुर आँखों से ताकती हुई।

लौटने पर झरना आगे की सीट पर बैठी, सपना माँ की गोद में चढ़कर बैठ गई।

"मेरे लिए क्या लाई हो मम्मी?"

"बहुत सारे चाकलेट, कपड़े खिलौने—"

"चाकलेट तो यहाँ भी मिलते हैं। बिग बाज़ार में चाकलेट ही चाकलेट भरे पड़े हैं—"

पापा गुस्सा करेंगे—उसके दिल में बात चुभ गई है। ज़ाहिर है कि पिता की नज़रों में माँ का अस्तित्व शायद बहुत नगण्य और उपेक्षा का पात्र बन गया है। छोटी बच्ची के मन में भी गाँठ डाल दी? गंगा की आँखें भर आईं।

"पापा गुस्सा क्यों करेंगे बेटी?"

उसने पूछ ही लिया, सास ने तुरन्त ड्राइवर की ओर देखकर उसे बरज दिया। घर के नौकरों के आगे ऐसी बात न करे, आगे बोलीं—"नन्हें जी का गुस्सा? अरे बरसात की धूप—" घर पहुँचने तक सब चुप रहे। बरामदे में ससुरजी खड़े थे, लड़कियाँ उतरी और उनसे लिपट गईं, "दादाजी-दादाजी—आपने देखा मम्मी आ गईं—"

बिहारी बाबू ने उनका सिर थपथपाया—"मैं कहता न था कि जैसे ही मौक़ा मिलेगा, मम्मी दौड़ती हुई आएँगी—"

"दौड़कर नहीं दादाजी, उड़कर। उड़कर आई हैं—" और अब गंगा गद्गद् है, उच्छवसित है, पुलकित है—यह क्षण एकदम पकड़कर बाँध लेने का मन होता है।

कपड़े बदलकर नाश्ता होता है, बड़ों के लिए चाय, और सबके लिए सूजी का हलुआ और चिउड़ा मटर—वह ज़ोर की जम्हाई लेती है, फिर आप से आप सकुच जाती है।

"जेट लैग हो रहा है। वहाँ सुबह के साढ़े तीन बजे होंगे। जाकर थोड़ा लेट लो—" बिहारी बाबू बोले।

जब जागती है तो नीचे से बच्चियों के गाने की आवाज़ आ रही है, हारमोनियम बज रहा है, पहले मास्टर साहब गाते हैं 'बन-बन ढूढ़न जाऊँ ऽऽ' फिर बच्चियाँ, दोनों की आवाज़ भी है, यद्यपि सुर गड़बड़ हैं—

एक सपना उसकी आँखों में फड़फड़ा उठता है—क्या यह स्थायी नहीं हो सकता? घर की सुविधाएँ, अपने बच्चों का साथ—स्नेहिल सास-ससुर—पर वह डॉ. सिन्हा उर्फ़ नन्हे जी। क्या वह उसे चैन से जीने देंगे?

वह बात बाद की है, अभी वह लेटी-लेटी बेटियों का गाना सुन रही है, सारंग-राग में—बन बन ढूँढ़न जाऊँ—और बस यही क्षण है, सच, हाथ में कसकर ऐसे पकड़ा हुआ कि जैसे छोड़ेगी ही नहीं। मन कितने सुकून से भर उठा है, बस, जो भी हो, ऐसे ही रहती रहेगी। जब मन होगा सो जाएगी, जब मन होगा उठेगी। किसी भी तरह का तनाव नहीं, न किसी भी प्रकार की ज़िम्मेदारी, सास-ससुर जहाँ पोतियों को इतने लाड़-प्यार से पाल सकते हैं, वहाँ अपनी बहू भी सही।

वह यही प्रयत्न करती है, सास के साथ आगे-पीछे लगी रहती है, रसोई पूरी-पूरी सुप्रिया ने सँभाल रखी है। वह सास के साथ बाज़ार जाती है, साग-सब्ज़ी, फल सब ख़रीदने में मदद करती है, सरोजनी नगर में दर्ज़ी के पास जाती है, सुबह बिहारी बाबू को चाय बना कर देती है, जब वह टाइम्स ऑफ़ इंडिया पढ़ते हैं तब तक वह हिन्दुस्तान टाइम्स पढ़ लेती है। उनकी टिप्पणी में साझेदारी करती है, अमेरिका की दुर्दशा, चीन की प्रगति, अफ्रीका में सतत सिविल वार—उनको बिहार प्रान्त का होने से सब बिहारी बाबू कहते हैं—

बहुतों को तो उनके नाम का भी पता नहीं। जमशेदपुर में उच्चाधिकारी रहकर बहुत धन अर्जित किया, एकमात्र पुत्र को इन्जीनियर बनाया, उसके लिए गोरी खूबसूरत पढ़ी-लिखी सुशील बहू ढूँढ़ी—कहाँ-कहाँ नहीं खखोला, कलकत्ता, राजस्थान, बिहार, और मिली कहाँ—बम्बई में पढ़ती, इलाहाबाद की लड़की, उजला रंग, नाक-नक्श सब ठीक। परिवार भी पढ़ा-लिखा—बाबा, ताऊ, दिवंगत पिता सब हाईकोर्ट में प्रैक्टिस करने वाले।

उन लोगों ने पहले साफ़ इनकार कर दिया, हम तो माथुरों में ही शादी ब्याह करते हैं—पर बिचौलिए पंडित जी ने हार नहीं मानी—भले ही अम्बष्ठ हैं, बिहार के हैं, पर हैं तो अपनी जाति के, चाहे बिरादरी के न हों। घर की स्त्रियों की बात अनसुनी कर ताऊ जी राज़ी हो गए—अकेला बेटा है, ख़ूब पढ़ा-लिखा—ख़ानदान अच्छा है। भविष्य उज्ज्वल है—तुम लोग बेकार में लकीर की फ़कीर बनी बैठी हो। माँ चुप ही रही थीं, उन्होंने एक आह भरी। ''पर लड़के की शक्ल देखकर क्या करना? क़ाबिल है, बहुत तरक्की करेगा।''

वह पूरे दौरान चुप रही—उसकी राय न किसी ने पूछी, न उसने दी। सच तो यह था कि उसने और लड़कियों की तरह शादी के बारे में सोचा भी न था, वह अपनी पढ़ाई-लिखाई, नाच-गाना बनाव-सिंगार में ही मगन थी। सास-ससुर, दोनों ने ही उसे प्यार और सत्कार से रखा, जैसे अब रख रहे हैं।

''वह ले जाने के लिए आई हैं—'' डॉ. सिन्हा माँ को सावधान कर रहे हैं ''एक दिन दोनों लड़कियाँ को उड़ाकर ले जाएँगी—आप हाथ मलती रह जाएँगी—''

''अरे, ऐसा कैसे—'' सास ने कहा—वह दही बड़े बनाकर हाथ धो रही थीं—स्पीकर फ़ोन चालू था—''ऐसा आसान है? दस क़ायदे-क़ानून होते हैं—''

''कुछ भी हो—अपनी बहू को वहाँ से विदा कर दीजिए—जहाँ से आई है वहीं चली जाए—''

''पगला गए हो? वह क्यों यहाँ से जाए? उसका भी तो हक़ बनता है; घर जायदाद पर भी और बेटियों पर भी। मैंने सुना है अमरीका में बच्चे माँ को ही मिलते हैं—''

बौखलाई आवाज़ में डॉ. सिन्हा ने कहा, ''आपको यह सब पाठ वही

पढ़ा रही होगी। उसकी मीठी-मीठी बातों में मत आइएगा अम्मा जी—उसकी नस-नस में कपट और ज़हर भरा है—"

"अब बन्द करो यह बकवास! मेरे दही बड़े सिक रहे हैं, कड़े हो जाएँगे—"

उसे बचपन की याद है, सभी कुछ तो घर में था—खाना बनाने के लिए महराजिन, बर्तन माँजने वाली कहारिन, ऊपर के काम के लिए एक पूरे समय का नौकर, ड्राइवर, गाय का चारा पानी करने के लिए अलग आदमी, दोनों भाइयों के लिए नेपाली आया। पापा मोटर पर कचहरी जाते थे, शाम को ताश खेलने क्लब, शान शौक़त से रहने का उन्हें शौक़ था, जबकि बाबा के घर में ताऊ जी और चाचा का परिवार उसी पुरानी पद्धति और परम्परागत तरीक़े से रहता आ रहा था। सभी स्त्रियों को माँ से जलन थी, 'वकीलिन को देखो—कैसे ठाठ हैं, पान चबाती रहती हैं और सारे-सारे दिन सहेलियों के साथ ताश पीटती हैं—"

सब कुछ ढह गया, जल फुँक गया—छोटे और बड़कू की बीमारी में। पापा की वकालत भी धीमी हो गई, और दो-तीन साल बाद वह भी नहीं रहे।

बँगला किराए पर उठ गया, माँ बेटी अस्तबल में रहने चली गईं।

उसे आगे पढ़ाया माँ ने ही, न जाने कहाँ से रुपयों का जुगाड़ किया—उसकी शादी तो ताऊ जी और चाचा ने ही की, और बहुत ख़ुशी और उमंग के साथ की। आकाशगंगा बहुत सुखी रहेगी। माँ को बहुत दिनों बाद इतना ख़ुश और इतना हँसते हुए देखा था। कितना रूप बरस रहा था—इतना सुन्दर लगते तो उन्हें कभी नहीं देखा था। गंगा ने भी ताई जी की बात मन में गुन ली थी, अच्छे परिवार का, पढ़ा-लिखा अकेला बेटा। क्या हुआ कि रंग गहरा है और सूरत शकल भी मामूली—मामूली नहीं—बदशक्ल—मुन्नी बुआ बोली थीं।

ताई जी ने उन्हें टेढ़ी नज़र से देखा था—मुन्नी बुआ स्वयं गोरी चिट्टी थीं, उनका बाल-विवाह किसी रियासत के दीवान के बेटे से हुआ था, फूफाजी पन्द्रह सोलह साल के थे—राजकुमारों जैसा रंग-रूप, दो साल बाद घोड़े से गिर कर उनका देहान्त हो गया था। तेरह साल की आयु से वह वैधव्य ढो रही थीं—यानी पिछले सत्तर सालों से—उपेक्षिता। एक अनावश्यक विराम की तरह उनका कोई अपना घर, अपना ठिकाना नहीं था—ससुराल

जाती थीं तो वहाँ भी अनादर और तिरस्कार पाती थीं, लौटकर घर आती थीं तो यहाँ भी, बड़े से बँगले में एक कुठरिया में ही रहती थीं—जोकि बरामदे के एक कोने में दीवार उठाकर बनवा दी गई थी। उनकी अनुपस्थिति में वहाँ घर की साइकिलें, खाट-खटोले जो बाहर के मेहमानों के लिए रखे जाते थे और उनके अचानक आ जाने पर लॉन में डाल दिए जाते थे।

विवाह के बाद, जब वह ससुराल के आए गहनों से सजी-सजाई, सुबह-सुबह की बिदाई के इन्तज़ार में बैठी थी, तब बुआ हल्के से दरवाज़ा खोल कर अन्दर आई थीं—सिहा-सिहा कर उसे देखा था, सोने की करधनी को हाथ लगाकर छुआ था, और फिर रेशमी रूमाल में बँधे चाँदी के पाँच रुपए उसकी हथेली में ठूँस दिए थे।

"बस यही तुम्हारे लिए बचाकर रखे थे, बिट्टो—" उन्होंने कहा, "ज़िन्दगी में धीरज रखना, धीरज और क्षमा—स्त्री के यही दो गहने होते हैं।" उनका गला रुँध गया, सुस्थ होने में कुछ क्षण लगे—"सास ने बहुत सोना चढ़ाया है; दबकर मत रहना—" वह रुककर बोली, "पर तुम भी दबाना मत—सम्बन्धों में लेन-देन चलता ही रहता है—"

उन्होंने उसे सीने से चिपकाया, एक बहुत लघु क्षण को और निःशब्द बाहर चली गईं। वह उमगती हुई, गहनों से लदी, ठुमकती हुई ससुराल आई थी, सब कोई शहर को पैटना कहते थे। सास-ससुर के साथ दिल्ली आई, साल भर में ही बेटी हो गई—सास ने उसे जन्म होते ही सँभाल लिया, फिर डेढ़ साल में ही झरना—दोनों बेटियों पर दो-दो नौकरानियाँ—नहलाना, धुलाना, मालिश, कपड़े—सब कुछ उन्हीं की ज़िम्मेदारी, पी.एच-डी. समाप्त करते ही डॉ. सिन्हा को नौकरी मिल गई, गंगा को तो लगा कि उसे ऐसा अवसर मिल रहा है जिसकी उसने कभी कल्पना भी नहीं की थी—पति के साथ अमेरिका जाना, वहाँ का रहन-सहन, आबो-हवा उन प्रारम्भिक दिनों में डॉ. सिन्हा बहुत प्रसन्न थे, और पत्नी पर पूरी-पूरी तवज्जो भी देते थे। बोस्टन आते ही नई टोयोटा ले ली, पूरे शहर घूम-घूमकर यूनिवर्सिटी के असिस्टेंट प्रोफ़ेसर के स्टैंडर्ड का घर सजाया, कैसा चमचमाता स्टेनलेस स्टील का दो दरवाज़ों वाला फ्रिज; कैसे बढ़िया पकाने खाने के बर्तन; कैसा मुलायम तकिया और गद्दा।

फिर हुआ भविष्य—प्रसव के अवसर पर गंगा की माँ आई थीं—भविष्य

को गोद में लेकर हँसकर बोली, "अरे ओऽ, तुम्हारी वजह से इस बूढ़ी नानी को हवाई जहाज़ पर चढ़ने का मौक़ा मिल गया—" माँ कम बोलती थीं, और हँसती तो उससे भी कम थीं, उस समय गंगा अपनी माँ को देखती रह गई, उनका चेहरा आन्तरिक हर्ष से दिप उठा था।

एक बच्चा—जो अपने अस्तित्व मात्र से कितने जीवनों में उल्लास भर लाया था। डॉ. सिन्हा उसके पालन-पोषण में पूरे-पूरे भागीदार थे, रात को रोता तो झट से उठकर उसे गोद में ले लेते। वह दूध की बोतल तैयार करके उन्हें थमा देती और जब तक वह चुकुर-चुकुर करके पीता, डॉ. सिन्हा उसे गोद में लेकर बैठे रहते। बाद में उसका मुँह पोंछते और कन्धे से लगाकर डकार लिवाते।

सपना और झरना के लिए यह सब करने का मौक़ा ही नहीं मिला था—परिवार था, नौकरानियाँ थीं। यहाँ बस पति-पत्नी थे और भविष्य था। सारा काम-काज, ज़िम्मेदारी उनके ही ऊपर—कुछ किताबों से, कुछ औरों की सलाह से जानकारी लेकर दोनों ने मिलकर भविष्य को सँभाला था। डॉ. सिन्हा ने ही उसे साइकिल चलाना सिखाया था, उसे किन्डरगार्टेन ले जाते और लिवा लाते थे, शुष्क कहलाने वाला इन्जीनियर जब भविष्य के साथ होता तो उसके चेहरे पर कोमल हँसी बनी रहती।

कितना बड़ा अस्पताल, एक से एक अच्छे डॉक्टर, दवाइयाँ, मशीनें, हर तरह के उपचार सबने भविष्य की वेदना और ज़िन्दगी बढ़ा दी थी, पर उसे कोई बचा नहीं सका।

वह एक लम्बी साँस लेती है।

अम्माँ जी कमरे में आई हैं, वह बिहारी बाबू के साथ शाम की चाय पी रही है।

"यह ज़रा देख लो—" अम्माजी ने पुराने बही खाते की तरह मोटी कापी उसे पकड़ा दी।

"यह क्या है?" गंगा ने पूछा।

"इनका होमवर्क।" बिहारी बाबू हँसते हुए बोले।

अम्माँ जी कुछ शर्मीली, कुछ झेंपती, कुछ हँसती सी बोलीं—"हमने एक कुक बुक लिखी है," कुछ रुककर बोलीं, "असल में आज की लड़कियों, बहुओं को खाना-वाना बनाना तो आता नहीं है। पढ़ाई-लिखाई, नौकरी में

व्यस्त रहकर खाना बनाना कौन सीखता है। इसलिए हमने सोचा कि एक ऐसी किताब लिखें जिसमें तीज-त्योहार, व्रत उपवास और शादी ब्याह में बनने वाले पकवानों का ब्यौरा हो—जिससे ज़रूरत पड़ने पर सही पकवान बन सकें—''

गंगा ने बही खाते पर नज़र डाली—होली के पकवान, गुझिया खोए की, सूजी, आटे, नुक़ती की—सेव, नमकीन, बेसन के सेव मीठे। नमकीन पापड़ियाँ बेसन की, मैदे की पापड़ी, सेम के बीज तले हुए, मूँग की दाल तली हुई—ख़स्ता कचौड़ी—दूसरा प्रकरण: शाकाहारी कबाब और कोफ्ते: लौकी के कोफ्ते, कटहल के कोफ्ते, मूली के कबाब, कच्चे केले के कबाब, भसीड़े के कबाब—जब वह पढ़ रही थी तो सास उसका मुँह उत्सुकता से देख रही थीं—''गुझिया'' उन्होंने लिखा था।

''खोया आधा किलो, मैदा आधा किलो, चीनी आधा किलो, घी आधा किलो 12 छोटी इलायची का दाना पतला कुटा हुआ, पचास ग्राम बादाम, पच्चीस ग्राम पिस्ता, पच्चीस ग्राम कलौंजी, पच्चीस ग्राम किशमिश—विधि—खोए को कड़ाही में एक बड़ा चम्मच घी डालकर धीमी आँच पर भून ले। जब बिलकुल ठंडा हो जाए तो दोनों हाथों से ख़ूब मसलकर चीनी मिला दे। चीनी जब खोया एकदम ठंडा हो जाए तभी मिलानी चाहिए। अब मैदा में आधा पाव घी का मोयन देकर खूब मिला, गाँठ नहीं रहनी चाहिए, फिर थोड़ा गुनगुना पानी लेकर मैदा गूँथ ले। ख़ूब चिकनी गूँधनी चाहिए। अब एक कटोरी में एक चम्मच मैदा डालकर थोड़ा पानी में घोल ले। फिर उसमें सींक पर रुई लपेटकर फुरैरी बना लें और कटोरी में डाल दे—फिर बराबर-बराबर छोटी-छोटी लोइयाँ मैदे की बनाकर, कपड़ा भिगोकर, निचोड़कर मैदे पर ढक दे जिससे सूखे नहीं। लोई गोल पूरी की तरह बेलकर आधे में फुरैरी से गीली मैदा लगा दे। फिर बीच में खोया भरकर उसे दोहरा कर अच्छी तरह से बन्द कर दे। अच्छी तरह गोंठ कर उसे कपड़े से ढककर थाली में रखता जाए। जब सारी गुझियाँ बन जाएँ तो कड़ाही में भरे घी में सावधानी से तल ले। अगर कहीं से टूटी दिखाई दे तो लेई से ठीक से बन्द कर दे वरना अगर तलने में कहीं से भी खुल गई तो घी ख़राब हो जाता है—

''लिखा तो आपने बहुत अच्छी तरह से है,'' गंगा ने प्रोत्साहन के स्वर में कहा, ''जिन्हें खाना बनाना आता है, उन्हें भाषा पर अधिकार नहीं, और

जो कुक-बुक लिख रहे हैं, विशेषकर विदेशों में, उन्हें विधिवत् खाना बनाना नहीं आता। माँ, चाची, दादी, रसोइए से पूछ-पूछकर लिखते हैं, उस खाने में घर जैसा स्वाद तो होता नहीं—" वह रुकी, "पर अम्माजी, यह सब पकवान, या कोफ्ते कबाब, ख़स्ता कचौड़ी, कौन बना पाएगा। जितना समय लगेगा, उतना किसी के पास नहीं है, न धैर्य है। आजकल सब बाज़ार में मिलता है चाहे गुझिया हो या—" वह चुप हो गई।

"बनाएँ चाहे नहीं, पर जानकारी तो होनी चाहिए, किस अवसर पर क्या और कैसे बनना चाहिए। यह तो मालूम चले कि हमारी पाक कला कितनी विस्तृत है, उसमें कितनी वैराइटी है। यह भी हमारी संस्कृति और परम्परा का भाग है। सच है कि नहीं? आजकल की लड़कियाँ—वह तो बड़ी शान से कहती हैं कि हमें तो साड़ी बाँधना भी नहीं आता—"

चाय पीते हुए बिहारी बाबू हँसने लगे, "इनकी पुस्तक का नाम होगा—"मूर्खाओं के लिए भारतीय व्यंजन—यानी ट्रेडिशनल कुकिंग फ़ॉर डमीज़।" गंगा भी हँस पड़ी। अम्मा जी बुरा मान गई, "खिल्ली उड़ाना तो कोई आपसे सीखे। यह सब हमारी विरासत है, जो बटर चिकेन, छोले-भटूरे और कड़ाही पनीर के आगे लोप होती जा रही है।"

अम्माँ जी अब पूरे जोश में थीं—"ठीक है, आज की लड़कियाँ बाहर काम करती हैं, दफ्तर जाती हैं, कम्प्यूटर वग़ैरह सब जानती हैं, मगर हम लोग भी पढ़े-लिखे थे। हमारा कार्य क्षेत्र घर था, तो भई, घर तो अब भी इन्हीं मॉडर्न लड़कियों को चलाना पड़ता है। तो जानना चाहिए जिससे सलीक़े शऊर से हर काम हो। अब तुम हो—चूड़ीदार की सिलाई, कटाई सभी जानती हो; सभी तरह के अचार डालना आता है, भले ही करो नहीं, मगर नॉलेज तो है। उससे कॉन्फिडेंस आता है। यह तो नहीं कि साड़ी खुल गई तो दूसरों का मुँह ताको कि कैसे ठीक करें—यह फूहड़पन तो न हो, नहीं तो हमारे घर की वही पुरानी कहावत—फूहड़िया के तीन काम, हगे, बटोरे, फेंक दे—"

वह कहकर हँसने लगीं, गंगा ने उनके मुँह से यह बहुत बार सुनी थी। पहले भी, और अब भी अम्मा जी को इस बात का गुमान था कि वह ढूँढ़ खोजकर ऐसी बहू लाई थीं जिसमें फूहड़पन लेशमात्र भी न था। पहले ताई जी के निर्देशन और फिर माँ को देखकर उसने सब कुछ शऊर से करना सीख लिया था।

"तो फिर?" कुछ देर बाद अम्मा जी ने पूछा। बिहारी बाबू ने दूसरे प्याले के लिए इशारा किया, गंगा ने चाय छानी, दूध और शक्कर डाली और प्याला उन्हें आदर से पकड़ दिया।

"आपका विचार तो अच्छा है—मगर आगे से न कोई व्रत रखेगा, न त्योहारों पर पकवान बनेंगे—सबको स्वास्थ्य का इतना ध्यान रहता है, पूरी-पराठा या तर पकवान लोग कम खाने लगे हैं, पर आप फ़िकर न करें आप बताती जाएँ तो मैं उन्हें कम्प्यूटर पर लिखती जाऊँगी—"

"अरे हाथ से ही लिखेंगे-बाद में टाइप करवा लेंगे—"

सास प्रसन्न।

"मेरे साथ की सभी कुछ-न-कुछ करती हैं—सभी आराम से रहती हैं, शौक़िया बाग़-बगीचा, या योग प्राणायाम, मेरी सहेली की पोती अमरीका से आई, यहाँ-वहाँ पूछ-पूछकर सकट, करवा चौथ, अहोई, हर छठ, सबकी कहानियाँ लिखीं, किताब छपवाई, उसी के बलबूते पर प्रोफ़ेसर बन गई।"

"आपको भी डिग्री मिल जाएगी, मूर्खाओं को पाक व्यंजन सिखाने की पुस्तक से, है न? अरे, आप समझ क्यों नहीं रही हैं कि आजकल कोई खाना बनाना ही नहीं चाहता, न समय है, न रुचि। बाज़ार के कबाब, तन्दूरी चिकेन, पुलाव इसी से काम चल जाता है, पर आप लिखिए, ज़रूर लिखिए। किसी-न-किसी का तो भला होगा ही—"

गंगा जान रही है कि यह कुक-बुक बहुत बड़ी फ़ेल्यर होगी, मगर सास का मन रखने के लिए कहती है, "जो भी आपको चाहिए, मैं मदद करूँगी—"

"और हम हमेशा जो पकवान बनेगा—उसे खाने के लिए तैयार रहेंगे।" बिहारी बाबू ने रूमाल से मुँह पोंछते हुए कहा सास ने आँखें टेढ़ी करके उन्हें देखा—उठीं, और चली गईं।

किताब की शुरुआत ठीक है—अलग-अलग अध्याय हैं, और नामावली प्रारम्भ के पृष्ठ पर है, पर लिखने में कोई तरतीब नहीं, जो भी याद आया लिख दिया, कहीं किलो, कहीं पाव-डेढ़ पाव, कहीं कटोरी का नाप-कहीं प्याले का, कहीं समय नहीं, न तेज़, धीमी आँच का ज़िक्र।

उसने सोचा कि कहे—मूर्खाओं को तो तिनके-तिनके की जानकारी चाहिए, पर प्रज्वलित आग में घी क्यों डाले। सब कुछ तरतीब से लिखने में

बहुत मेहनत लगेगी—पर और कुछ काम है नहीं—अम्माँ जी के साथ लग जाएगी—सँभाल देगी उनकी यह सारी पाक विधियाँ—

उसने कापी बन्द कर दी।

"हाँ बताइए—" वह तैयार है।

"अरे—इसमें क्या बताना, खिचड़ी बनाना तो सभी को आता है, साथ में चटनी और दही—"

"दही जमाना भी एक कला होती है अम्माँ जी—" वह कहते-कहते रुक गई कि ठंड में अमेरिका में उसके हाथ से कभी दही नहीं जमा। बाज़ार में इतना बढ़िया दही मिलता था—घर के दही से महँगा ज़रूर पर एक-एक पैसा पकड़ने की आदत उसकी कभी नहीं रही।

"बैंगन भुर्ता? दाल बाटी? चूरमा—"

पर अम्माँ जी का मन उचट गया है, "बिहारी बाबू ऐसे ही हैं—हर बात की खिल्ली, गाना सीखना शुरू किया तो उस वक्त टहलने निकल जाते थे, कहने लगे स्वर बड़ा बेसुर और आवाज़ कनकनी है, इनको तो बस वही भाता है, गहना लादे रहो और साड़ी पहनकर बैठे रहो।"

सुप्रिया का बनाया भोजन सामने आया तो बिहारी बाबू बोले—"अरे, आज कुछ नया नहीं बना? कुक-बुक में क्या नई चीज़—"

"कुक बुक ने दम तोड़ दिया—" अम्माँ जी ने कहा।

"अरे—ऐसा कैसे? वो मूर्खाएँ बिचारियाँ क्या करेंगी?"

"बटर चिकन और बिरयानी खाकर जिएँगी बिचारियाँ।" गंगा ने हँसकर कहा, "हरेक के भाग्य में कोफ्ते-कबाब और कचौड़ी थोड़े ही होती है—"

"अरे हमने एक बार खाईं थीं शुद्ध घी की कचौड़ी—" बिहारी बाबू कहने लगे—"एक बार टूर पर गए थे। ऑफ़िस के कई अफ़सर, जम्मू गए तो सोचा श्रीनगर पहलगाम भी हो लें—मालूम नहीं था कि अमर नाथ की यात्रा का समय था—चल दिए हम सब। अनन्तनाग पहुँचे थे कि इतनी ज़ोर से बर्फ़ का तूफ़ान आ गया—सभी इधर-उधर दौड़े पनाह लेने को—"

पत्नी के चेहरे पर यह भाव कि यह कहानी पचासों बार सुन चुकी हैं—बीच में बोली, "सुन लिया, सुन लिया, पहलगाम में एक ढाबे में जो उड़द की दाल और तन्दूरी रोटी खाई वह जैसे अमरित थी—"

''फिर क्या हुआ?'' झरना पास आकर बैठ गई थी। अम्माँ जी कहती गईं ''और हरिद्वार में हर की पौड़ी पर गंगा नहाने के बाद मीठे कुएँ के पास की दुकान पर जो शुद्ध घी की कचौड़ियाँ और आलू की तरकारी—वह भी अमरित थी, और हैदराबाद में जो बिरियानी खाई—वह तो अमरित से भी बढ़कर थी—''

वह उठीं और अपना क्रोध प्रकट करती हुई कमरे से बाहर निकल गईं।

गंगा ने वातावरण हल्का करने के लिए पूछा, ''झरना—तुम्हें अमेरिका में चीज़ मैकरोनी कितनी पसन्द थी—यहाँ बनाऊँ तुम्हारे लिए—''

झरना ने दादी जैसा उपेक्षा के भाव से मुँह बनाया, ''नहीं मम्मी—वहाँ तो खाने के लिए आप और कुछ देती ही नहीं थीं—यहाँ आकर तो मैंने उसे छुआ भी नहीं—'' बिहारी बाबू हँस पड़े।

''तुम्हारी हिन्दी बहुत अच्छी हो गई है, अँगरेज़ी तो नहीं भूल गई?''

''इंगलिश मीडियम में इसीलिए पढ़ा रहे हैं—कि अगर लौट कर जाना पड़े तो मुश्किल न हो—'' बिहारी बाबू ने उसकी प्रतिक्रिया देखने के लिए उसके चेहरे पर आँखें गड़ा दीं।

''हम लौट कर जाएँगे ही नहीं—'' झरना बोल पड़ी, ''यहीं रहेंगे बाबा दादी के पास—हमें बहुत अच्छा लगता है, अब तो मम्मी भी आ गई हैं, हम सब साथ रहेंगे—है न बाबा?''

''मम्मी यहाँ रहें तो हमें बहुत अच्छा लगेगा। उनका अपना घर है—''

यह बात इतनी जल्दी सामने आ जाएगी, वह इसके लिए तैयार नहीं थी, और ससुर यहीं, सबके साथ रहने का प्रस्ताव रख देंगे—इसकी भी आशा नहीं थी—

''पर वह? डॉ. सिन्हा—''

''हाँ वह बहुत गुस्सा करेगा, पर हमें क्या फ़र्क पड़ता है, तुम रहो तो हम खुश होंगे। इन बच्चियों के आने से हमारी लाइफ़ में रौनक़ आ गई है, नहीं तो दोनों मुँह लटकाए बैठे रहते थे—''

उसने कुछ उत्तर नहीं दिया, रात को बिस्तर पर लेटे-लेटे पर बाल्कनी में बिखरी चाँदनी में बौटल पाम की शाखों को हवा के हल्के-हल्के झोके लेते देखती है, उसे लग रहा है कि कन्धों पर से सारा बोझ गिर गया है, वह हल्की-फुलकी है, स्वतंत्र—घर, अपने बच्चे, सास-ससुर स्नेही, न कोई काम

काज—न कोई ज़िम्मेदारी, बस माँ और पुत्रवधू बनकर रहो, वृद्ध सास-ससुर को सहारा दो, उनकी सम्पन्नता में प्रसन्न रहो, पर इसमें भी एक काँटा है, पति! अगर उनका गुस्सा उतर गया और सुलह करनी चाही तो? उसे अकेला, अनाथ छोड़कर वह जैसे चोरों की तरह देश से चले आए थे, वह न उसे भुला सकती है, न माफ़ कर सकती है, यद्यपि बुआ ने धीरज और क्षमा की सीख दी थी और अगर विच्छेद की नौबत आई तो फिर यहाँ रहने का कोई हक़ ही नहीं रहेगा—शायद अदालत बच्चियाँ भी उन्हीं को दे दे, क्योंकि उसके पास आमदनी का कोई साधन नहीं है—

यह कैसी भँवर में फँस गई है; क्या निकल पाएगी इससे? केवल एक बात स्पष्ट है, डॉ. सिन्हा के लिए उसके मन में क्रोध और घृणा के अतिरिक्त कुछ और नहीं बचा है। ऐसे पुरुष को वह किसी भी हालत, किसी भी मजबूरी में बरदाश्त नहीं कर सकती। धीरज और क्षमा—क्या यह पुरुषों पर लागू नहीं होती?

उसे आशा थी कि पुत्र की मृत्यु पर डॉ. सिन्हा धैर्यवान और सशक्त बनकर उसे सहारा देंगे, उसे थामेंगे, वह माँ थी, उसने भविष्य को जन्म दिया था, पाला-पोसा था—अस्पताल में वही रात-दिन पास रही थी, उसके छटपटाने, चीख़ने, कराहने या सुषुप्तावस्था में वही उसे सँभालती थी। उसने सोचा था, उसी तरह पति भी उसके लिए एक दृढ़ स्तंभ बनकर खड़े रहेंगे, जिनका सहारा लेकर वह आगे जीने का साहस कर सकेगी—पर उनसे जो कटु व्यवहार मिला उससे वह पत्थर हो गई—फटी-फटी आँखों से भविष्य को ढूँढ़ती—अपने आप रोती और सुबक-सुबक कर सो जाती, झरना और सपना को बाँहों में भरकर। वह कालिदास की शकुन्तला जैसी कोमल लतिका नहीं है जिसे एक वृक्ष का सहारा चाहिए—पर इस समय जब उसकी आँखें रोते-रोते शुष्क हो गई थीं जब उसका दिल टुकड़े-टुकड़े हो गया था, जब उसके पैरों में खड़े होने की शक्ति नहीं बची थी, तब उसे डॉ. सिन्हा, अपने पति की ज़रूरत थी कि उनके कन्धे पर सिर रखकर कुछ हिम्मत बँधे कि बिना भविष्य के जीवन काट सके, पर हुआ क्या, सहारे की जगह भर्त्सना, शिकायतें, उलटे-सीधे इल्ज़ाम—उसे लगा कि डॉ. सिन्हा स्वयं विक्षिप्त हो गए हैं, उसने जब उन्हें सहारा दिया तब डॉ. सिन्हा ने उसे अपने से दूर करते हुए ऐसे धक्का दिया कि वह लड़खड़ा गई, डॉ. सिन्हा ने अपने कमरे में घुसकर दरवाज़ा बन्द कर लिया, वह नीचे का

छोटा कमरा पढ़ने-लिखने के लिए था—एक पतला सा काउच, जिस पर दो तीन कुशन रखे रहते थे, मेज़ पर कम्प्यूटर था और उनकी फ़ाइलें क़तार में रखी हुई थीं—कोने में एक फ़िश टैंक था जिसमें कई रंग-बिरंगी मछलियाँ तैरती रहती थीं, उसके कवर पर एक छोटा सा बल्ब था जिससे उनकी गति दिखाई देती थी। मछलियाँ अकसर भूखी रह जाती थीं, अस्पताल, घर के लगातार चक्करों में मछलियों के चारे की किसको याद रहती। वह मछलियाँ भविष्य की थीं और उन्हें पता भी न चला होगा कि भविष्य मर चुका है। वह याद करती है और उस दिन भी वह भूखी ही होंगी, डॉ. सिन्हा इस मनोवृत्ति में भला उन्हें चारा डालते? वह तो आलमारी खोलेंगे जिसमें किताबों की जगह उनकी शराब की बोतलें रहती थीं, खोलेंगे और बैठकर पिएँगे—और वह दोनों बेटियों को आस-पास सुलाकर अँधेरे में आँखें-फाड़-फाड़ कर कुछ ढूँढ़ती रहेगी, वह जो खो गया है।

मछलियाँ एक-एक कर मरने लगीं और ख़ाली फ़िश टैंक डॉ. सिन्हा कूड़े के साथ रख आए—कि अब नई शुरुआत नहीं होगी—नई मछलियाँ नहीं आएँगी—जो गया सो गया।

सास ने कुक-बुक का विचार कुछ दिनों के लिए स्थगित कर दिया है, लगता है उससे उन्हें कुछ तसल्ली ही मिली है—चम्मच, कटोरी से नाप तौल बनाना, बराबर घड़ी देखकर समय नोट करना—बनाकर सबको चखाना, राय लेना—कितना बवाल है। बिहारी बाबू सच कहते हैं, रोज़-रोज़ की तो बात छोड़ो, तीज त्यौहार पर भी व्यंजन बनाने की रीति छूटी सी ही जा रही है। लोगों को स्वास्थ्य और दुबलेपन का ऐसा भूत सवार है कि लबालब घी से तर खिचड़ी जैसे ज़हर है। पढ़ने-लिखने वाली लड़कियाँ और कामकाजी युवतियों को पूरा-ताज़ा खाना बनाने का समय ही कहाँ है? कभी किसी को बुलाना हुआ तो खाना बाहर से आ गया; कुछ दिनों में लोग हाथ की बनी ताज़ी रोटी का स्वाद ही भूल जाएँगे, फुलका सिर्फ़ टेलीविज़न में गेहूँ के आटे के विज्ञापन में ही देखेंगे—

यही सब बातें बार-बार मन में लौटपौट और गंगा और अपनी सहेलियों के सामने दुहराकर वह सन्तुष्ट हो गईं।

गंगा अब यहीं रहेगी, घर की बहू है। सपना और झरना को चैन आ गया है, मम्मी उन्हें अमेरिका वापस ले जाने को नहीं आई हैं, वह अब यहीं

रहेंगी—सब साथ रहेंगे—केवल पापा की ओर से खटका है, पर बाबा दादी उनसे निबटेंगे—सुप्रिया पूरा घर देखती है, खाना बनाती है, सफ़ाई करती है, कपड़ों को धुलाई मशीन में डालती है, सास हर दो-तीन दिन में ड्राइवर के साथ बाज़ार जाती हैं, अब गंगा भी साथ जाती है, क़ायदे वाली बहू की तरह—उन्हें उसके शर्ट पैन्ट पहनने पर आपत्ति नहीं है, सभी मॉडर्न स्त्रियाँ यही कपड़े पहनने लगी हैं, पर गंगा साड़ी पहनती है, कभी-कभी टिकुली लगा लेती है पर माँग में सिन्दूर बिलकुल नहीं, उनके साथ बाज़ार जाती है, आँगन में बैठकर मटर छीलती है, साग चुनती है, वह शान्त है।

सास निश्चिन्त हैं, बहू ज़िम्मेदारी सँभाल लेगी, बच्चियों की देखभाल करेगी, बिहारी बाबू के खाने-पीने का ध्यान रखेगी। पहले घर, ज़िम्मेदारियों से बँधी थीं, अब गंगा के आने से कुछ मुक्ति मिली है।

"दुलहिन—चलो ज़रा बैंक हो आएँ—" सास ने कहा, वह तैयार खड़ी थीं—हल्की गुलाबी वायल की साड़ी जिस पर फूल पत्तियों के पैच वर्क का काम था। ड्राइवर गाड़ी में बैठा था। चलते-चलते सुप्रिया एक प्लास्टिक का थैला उन्हें पकड़ा गई, "तुम अपना सब कुछ गहना यहीं छोड़ गई थीं अब आई हो तो सहेज लो।"

गहरे नीले, लाल मख़मली डब्बे वह खोलती हैं, जो अपना है उसे वापस रखकर, जो उसका है उसकी तरफ़ सरका देती हैं—मोती और पन्ने के जड़ाऊ कड़े, अपनी अम्माँ की मोहन माला, कुन्दन की पहुँची, जो ताई जी ने विवाह पर दी थी। फिर सास ने उठाई सोने की करधनी, जो उन्होंने विवाह पर चढ़ाई थी और गंगा के घर की स्त्रियाँ, ताई, बुआ, मौसी सभी बहुत प्रभावित हो गई थीं।

"जब बनवाई थीं तो सबने रोका था कि सोना इतना महँगा है, कौन पहनता है यह सब? पर हमारा मन था, हमें भी हमारी सास ने सोने की करधनी दी थी।" वह थोड़ा सा हँसी, "तब सोना क्या था, और अब— ?"

"अम्माँ जी, आप मेरे ज़ेवर रखे रहने दीजिए, सपना और झरना की शादी में काम आएँगे—"

"अरे—उनके लिए कुछ कमी है? देखो, पूरा लॉकर भरा हुआ है, छह हज़ार रुपए साल का किराया है, आगे के लिए बहुत है," कुछ रुक कर बोली, "चाहो तो करधनी रहने दो कहाँ पहनोगी—पहनी तो वैसे भी तुमने दो

एक बार ही, पर यह तो इनवेस्टमेंट है, औरत के पास एक किलो सोना तो होना ही चाहिए—''

वह हँस पड़ी, ''अम्माँ जी, आप किस ज़माने की बात कर रही हैं? आज औरत का इनवेस्टमेन्ट वह स्वयं ही है, पी-एच.डी., एम.बी.ए.—उसकी शिक्षा, आत्म-निर्भरता, उसकी बदलती हुई मानसिकता—''

''सो तो है—'' वह डिब्बे बन्द करके वापस रखने लगी, ''पर मायके का मिला तो निकाल लो, हल्की चीज़ें हैं, पहना करो, मेरा मन तुम्हें इस बार हीरे का मंगल सूत्र देने का है, बनवाकर रखा हुआ है—''

बैंक से लौटते वक्त अम्माँ जी विचारमग्न लगीं—''कितना समय बदल गया। हम जब बड़े हो रहे थे तो स्कूल, कालेज का रिवाज कहाँ था? अठारह के हुए तो बाबू शादी तय कर आए—आके कह दिया कि घर अच्छा है, पढ़ा-लिखा है, अफ़सर है—शादी की तारीख़ फ़लानी—बस ब्याह दिया बिहारी बाबू के साथ, उसी में ख़ुश रहे, घर गृहस्थी, नाते-रिश्तेदार, पति, बच्चा, नौकर-चाकर—कभी अख़बार उठाकर पढ़ा ही नहीं—बस कूप-मंडूक, कुछ पता ही नहीं कि दुनिया जहान में क्या हो रहा है। अब अपने को देखो—अकेली उठकर अमेरिका से चली आईं—''

अब आपको क्या पता अम्माँ जी—उसने मन-ही-मन सोचा।

नन्हे जी फ़ोन पर बिगड़ रहे हैं—''उसे सब कुछ काहे को दे रही हैं अम्माँ जी—एकदम सब बाँध-बँधकर और दोनों लड़कियों को लेकर उड़ जाएगी और आप कुछ नहीं कर पाएँगी—'' स्पीकर फ़ोन चालू है।

''अरे क्या नन्हे? तुम्हारा तो सिर घूम गया है। पगला गए हो? बिना पूछे ताछे लड़कियाँ ले जायेगी, क्यों? उसका है कौन अमरीका में? क्या करेगी वहाँ—कैसे सम्हालेगी लड़कियों को—आई है तो यहाँ रहने को ही न—कहाँ जाएगी—''

''अम्माँ—तुम उसे पहचानती नहीं, वह बड़ी चालाक है, उसका भरोसा मत करो—अच्छा, रात को उसके कमरे में बाहर से ताला लगा दिया करो, और दिन में ध्यान रखना एम्बेसी वग़ैरह को फ़ोन मत करने देना।''

''तुम तो पगला गए हो नन्हे—'' अम्माँ जी ने फ़ोन रख दिया, और पति की ओर मुड़ कर बोली, ''क्या-क्या उलटा-सीधा बोलता रहता है जैसे बीबी नहीं दुश्मन हो—'' वह उसकी ओर देखती हुई चुप हो गई, जैसे तोलती दृष्टि

से उसे झाँक रही हो—

"वह मुझे ही दोष देते हैं—" वह कहते-कहते रुक गई, यदि कहना हो तो वही, इनके गगनेन्द्र बिहारी उर्फ़ नन्हे जी ही कहें न, कि कैंसर का डी.एन.ए. उसी की विरासत है, परन्तु उसने जानबूझ कर तो यह नहीं किया, जो रक्त शरीर में दौड़ता है, उसकी ज़िम्मेदार वह तो नहीं।

उसने लम्बी साँस ली, उठकर खड़ी हुई, सास-ससुर दोनों की ओर साफ़, सतर दृष्टि से देखती हुई बोली, "आप सही कहती हैं अम्माँ जी, मैं, मान लीजिए, बच्चियों को ले भी जाऊँ तो उन्हें ऐसे नहीं रख सकती जैसे आप रखती हैं, वह दोनों कितनी ख़ुश हैं, अमेरिका में उन्हें कुछ नहीं मिलने वाला, न मैं—" वह कहते-कहते रुक गई।

"यह नन्हा रास्ते पर आ जाए तो सब मिल कर सुख चैन से रहें, न जाने कब— ?" उन्होंने लम्बी साँस भरी।

बिहारी बाबू ने उन्हें साभिप्राय दृष्टि से देखा, किताब बन्द कर दी—मुस्कराते हुए बोले, "पिछवाड़े का ताला आज लगा दो—कल बहुत मज़बूत ताला मँगा लेंगे।"

"आप भी बस—नन्हे को डाँटने की बजाय उसकी उल्टी खोपड़ी का मज़ा ले रहे हैं—" सास भुनभुनाईं।

"नन्हे जी की उम्र क्या डाँटने की है। जब थी तब तो आप पुत्र प्रेम में अन्धी थीं—"

"अरे, एक ही तो बेटा है—जैसी सब माँओं को करते देखा था, वैसा ही मैंने भी किया, कोई ग़लती तो नहीं की—आपकी माई ने आपको सिर पर चढ़ा कर नहीं रखा क्या?"

"पर हम तो ठीक-ठाक ही निकले। निकले न?" बिहारी बाबू मुस्कराए।

"नन्हे को अमेरिका जाके जाने क्या हो गया? दिमाग़ ही उलट गया—" अम्माँजी ने लम्बी साँस भरी।

वह रात को बिस्तर पर लेटी-लेटी सोचा करती है—न जाने क्या क्या? कभी बचपन की यादें—माँ का शिक्षा पर ज़ोर देकर उसे पढ़ाना; नहीं ताई तो पन्द्रह

साल में ही सगाई करने वाली थीं। वैसे माँ सबसे अलग-थलग रहती थीं। अपनी पूजा-पाठ में ही रमी हुई, जब सारा घर सो रहा होता था तो कार्तिक और पौष में तारों की छाँह में ठंडे पानी से नहाना; एकादशी और पूर्णमासी का व्रत, नवरात्रों में नौ उपवास और दुर्गा सप्तशती का पाठ, चैत्र में पूरे महीने रामचरित मानस—उनका स्वर मीठा था—बचपन से ही उन्हें 'रामचन्द्र कृपालु भजमन' गुनगुनाते सुना था। आम, कटहल, नीबू, करौंदों की फ़सल पर वह मनो अचार डालती थीं, उनके हाथ में तासीर थी, उनका बना अचार बरसों ख़राब नहीं होता था, बरसात में दो-तीन दिन ज्वर आया, उसी में नहाती, धोती पूजा-पाठ करती रहीं—तीसरी रात को सोईं तो फिर उठी ही नहीं। माँ की याद कर अभी भी आँखें भर आती हैं। बार-बार वही बातें मन में घुमड़ती रहती हैं—ऐसी परम्परावादी, संस्कारी माँ की बेटी वह—अर्जुन सिंह के अपने प्रति बढ़ते आकर्षण को उसने तीखी नज़र से देखकर रोक क्यों नहीं दिया और रोज़-के-रोज़ उनके साथ बिताई शामें—जिनके प्रारम्भ होते ही उसे मालूम था कि इसकी परिणति शैया पर होगी।

अब वह अपने को कुरेदती है; क्यों उसने ऐसा होने दिया, कहाँ गई थी विवाह की पवित्रता—उसकी अपनी नैतिकता?

उसे लगा था कि उस समय सारे बन्धन टूट चुके थे। उस समय कुछ भी अनैतिक नहीं लगा था। डॉक्टर सिन्हा उसे धोखा देकर, कपट से उसे अकेला असहाय छोड़कर, घर बेचकर, सामान समेटकर, बैंक अकाउंट ख़ाली कर, बेटियों को लेकर चोरों की तरह भारत लौट गए थे, उसके पास कुछ भी नहीं बचा था, सिर्फ़ एक हफ्ते भर के कपड़े, और पर्स में साठ-सत्तर डॉलर। क्या सोचा था पति ने तब? वह क्या करेगी, कहाँ जाएगी? क्या दूसरे बेघर लोगों की तरह असहाय स्त्रियों के शेल्टर में जाकर पनाह लेगी या सड़क पर बैठी रहेगी। यह डॉ. सिन्हा ने उसे सज़ा दी थी, उन्होंने उसे पूर्णतया त्याग दिया था। बिना आगे-पीछे का सोचे हुए; वह ऐसे ही हैं, दम्भी, स्वार्थी, क्रूर, दुख से अन्धे, भविष्य के बाल कैंसर की सच्चाई न सह पाने के लिए किसी को तो दोष देना ही था भगवान, भाग्य—इन पर क्या बस चलता, बस एक पत्नी थी, उन पर निर्भर, उनका मुँह जोहती हुई, जिसके दो छोटे भाई पाँच-पाँच साल के होकर ल्यूकीमिया से जाते रहे थे।

गंगा तब एकदम सुन्न हो चुकी थी, भविष्य की बीमारी में अस्पताल के

दिन-रात चक्कर, कभी कीमोथेरेपी, कभी कुछ—उसे गोद में लेटाकर रात-रात भर का जागना, उसके साथ यह बोध कि बेटे की ज़िन्दगी क्षण-क्षण कम होती जा रही है। उसका बस चलता तो वह उसे वापस गर्भ में ले लेती। डॉ. सिन्हा का काम था, दिन में आफ़िस और कालेज जाते थे—रात में बच्चियों के साथ घर में रहते। भविष्य की मौत पर वह कैसे बिलख-बिलख कर रोते रहे थे, और वह स्वयं—पत्थर हो गई थी, एकदम सुन्न, जितने आँसू थे वह पहले ही बह चुके थे। भविष्य एक मोम के बबुए जैसा लगता था, एकदम रक्तहीन, पीत वर्ण, सिर केशरहित—

बस, एक चीख़ निकली थी—कसाई द्वारा ज़िबह होते पशु की सी—वह फर्श पर धड़ाम से गिर गई थी, बिलखते हुए—अरे मेरा लल्ला—

वह अर्जुन सिंह—गंगा के लिए सब कुछ खत्म हो गया था, जैसे पाला सारी खेती को नष्ट कर देता है, पर सूरज तो रोज़ निकलता है, रात भी होती है, शरीर की भी कुछ माँगें होती हैं, भूख, प्यास, नींद। परन्तु अर्जुन सिंह की कृतज्ञता ने जैसे उसके ज़ख्मों से भरे शरीर को मलहम लगा दिया था। एक समर्थ पुरुष का ऐसा समर्पण, ऐसा हर्ष, किसी स्तर पर उसके अहम् को सहला रहा था। अब तक वह स्वयं इस बात से अनजान थी कि संसर्ग के भी कई आयाम, कई स्तर होते हैं।

रात में लेटे-लेटे वह सोचती है कि मान लो डॉ. सिन्हा को अम्माँ जी और बिहारी बाबू मना भी लें कि विवाहित जीवन फिर से स्थापित करें, तो? क्या वह बेटियों के विचार से, भारत में रहने की सुविधा और सन्तोष के लिए ऐसा कर भी पाएगी? जो कुछ इस अन्तराल में उसने अनुभव किया है, क्या उसकी पोटली लेकर फिर वह डॉक्टर सिन्हा को शैया संगी स्वीकार कर पाएगी?

विचार मात्र से उसका सम्पूर्ण व्यक्तित्व विद्रोह कर उठता है।

तब फिर—डॉ. सिन्हा बम्बई में रहें और वह दिल्ली में सास-ससुर, बेटियों के पास। अलग-अलग, कितने लोग ऐसे रहते हैं—

अम्माँ जी कमरे में आ गई हैं, कई कागज उसे थमाते हुए कहती हैं, "समय मिले तो इन्हें देख लेना—" यानी कुक बुक का पुनर्जन्म हो रहा है।

गंगा पढ़ती है, कचनार की तरकारी—

"कचनार की बंद कलियों को लेकर उनके डंठल तोड़ लें और पानी में

उबाल लें—" उन्होंने लिखा है, "अम्माजी, क्या उबालें, कलियाँ या ठंडल?" वह एक पंक्ति पढ़ने के बाद पूछती है।

अम्माँजी हँस पड़ती हैं, "आगे पढ़ो न।"

"जब कली गल जाए तब उतारकर ठंडी कर ले। और दोनों हाथों से पानी निचोड़ ले। फिर स्वादानुसार नमक, आधा पाव दही, एक चाय का चम्मच हल्दी, और एक इंच पिसी हुई अदरक, सबको मिलाकर कुछ देर कली में लगाकर रख दे। फिर आधा पाव घी में हींग, ज़ीरे का बघार देकर छौंक दे और अन्दाज़ से मिर्च, गरम मसाला और नमक, यदि ज़रूरत हो तो, छोड़कर उतार ले—वह कागज़ मोड़ कर अलग रख देती है।

अम्माँ जी की कुक-बुक विचित्र होगी—यह सब खाना बनाने का समय किसे है, पर उनकी इस बात में तथ्य है कि हमें जानना चाहिए कि हमारी नानी दादी के समय में खाने-पकाने में कितनी विविधता थी, हर व्रत, हर त्यौहार के अलग पकवान; विवाह के हर अवसर के खाने, बड़ाहार, भात, बिदाई—अब तो सब कुछ एकसार हो गया है—अम्माँ जी कहती रहती हैं, "शादी में कहीं जाओ तो पूरी कचौड़ी की शक्ल नहीं दिखाई देती। सुकटे होने के चक्कर में वही रूखी-सूखी रोटी—" साँस लेकर अम्माँ जी कहने लगीं, "तुम्हारी शादी में एट होम तो हुआ ही था, साथ में हमने दावत भी रखी थी, पूरी, कचौड़ी, मीठा, नमकीन रायता, पाँच-पाँच मिठाइयाँ—वो कश्मीरी बावर्ची था—ख़रगोश, उसने आकर दम आलू और सारी तरकारी बनाई थी—सबको क़लई की तश्तरियाँ बाँटी थीं, लड्डू रखकर—" वह मुस्कराने लगीं—"समय का तकाज़ा है—सो तो है—"

उसके मन में अम्माँ जी के क्षोभ और सरलता पर स्नेह उमड़ आया, उसे मालूम है कि यह पाक पुस्तिका चलने वाली नहीं, फिर भी अम्माँ जी का मन रखने के लिए वह हाथ से साफ़-साफ़ लिख देती है, किसको इतना समय है, या रुचि है, कचनार की कली या दुलमा बनाने की। बाज़ार में सब कुछ मिठाई मिलती है, और शादी विवाह पर रेस्तराँ की केटरिंग। वह ज़माने गए जब शादी से कई दिन पहले भट्ठियाँ लगती थीं और कई-कई हलवाई बालूशाही, इमरती वग़ैरह बनाने में व्यस्त हो जाते थे—"अम्माँ जी—" वह कहती है, "न जाने क्यों अनरसे खाने का मन हो रहा है—"

अम्माँ जी कुछ देर तक उसे देखती रहीं, फिर बोलीं, "मँगवा दूँगी— तब

तक अनरसा बनाने की विधि लिख लो—चावल को तीन दिन तक पानी में भिगोकर रख लें, फिर हल्के हाथों से धोकर कपड़े पर सुखा ले—"

कभी-कभी लगता है कि वह अपने को झुठला रही है, एक नादान बालक की तरह मन को बहला रही है। सच्चाई तो दूसरों को यही लगेगी कि उसका पर पुरुषों से सम्बन्ध था—अर्जुन सिंह पर-पुरुष तो थे ही। वह स्वयं एक परम्परागत माँ की बेटी है। उस माँ की जिसने पति के अतिरिक्त कभी किसी पुरुष को आँख उठाकर भी नहीं देखा। तीस-बत्तीस की आयु में पति को खोकर वैधव्य को ओढ़ लिया था, कभी रंगीन या रेशमी कपड़े नहीं पहने, शादी ब्याह हो या कोई और उत्सव—पान खाना, चूड़ियाँ, साज-शृंगार सभी स्वेच्छा से छोड़ दिया और अपने भरे-भरे, सुन्दर, युवा शरीर को त्रास देकर सुखाना शुरू कर दिया। वह सोचती है कि यह सब क्या माँ ने स्वेच्छा से किया या इसलिए कि बचपन से ही, घुट्टी में यह पिला दिया गया था कि एक स्त्री को समाज के नियम पालन करने ही हैं। उसके अतिरिक्त कोई विकल्प है ही नहीं। एक पुरुष चार-पाँच बच्चों का पिता भी हो तो भी उसे दूसरा विवाह करने की छूट है, पर माँ के समय में स्त्रियों को यह छूट कहाँ थी? और आज भी, सारे क़ानूनों और अधिकारों के बावजूद कितनी स्त्रियाँ ऐसी हैं जो दूसरे विवाह को एकदम नकार देती हैं। क्या यह सब स्त्रियों पर थोपा हुआ नहीं है? दूसरे पुरुष की परिकल्पना भी स्त्री के लिए पाप है—क्या यह हमारे समाज में पुरुष सत्ता की देन नहीं है? पर जहाँ हमें सीता की भूमिका निभाने के लिए बाध्य किया जाता है, वहाँ हम कुन्ती क्यों नहीं हो सकते? द्रौपदी भी तो इसी साहित्य और इतिहास की उपज है, पाँच पांडवों को पतिरूप में वरण करना उसका निर्णय नहीं था, यह निर्णय उस पर थोपा गया था। दूसरी संस्कृतियाँ, कम-से-कम आधुनिक सदी में यह भूमिका छोड़ चुकी हैं। मातृत्व के लिए उस पुरुष से विवाह आवश्यक नहीं है—अविवाहित माँ बनने में अब किसी प्रकार की बुराई नहीं समझी जाती—पर मैं? मैं रह रही थी पाश्चात्य देश में, उसके विचारों के बीच, पर मैं हूँ तो भारतीय ही। इसको मैं वैसे ही नहीं बदल सकती जैसे अपनी त्वचा के रंग को बदल कर गोरा नहीं कर सकती, उफ़—यह कैसी विडम्बना है; गंगा अपने आप से कहती है। अब इस उधेड़-बुन से लाभ ही क्या? वह सब जो घट चुका है, उसका लेश मात्र भी असर नहीं बचा है। पर वह जानती है कि यही

सब बातें बार-बार क्यों सोचा करती है। मान लो डॉ. सिन्हा को, अपनी आत्मा का हनन करके, अपने आत्म-सम्मान का गला घोंटकर स्वीकार भी कर ले, तो अर्जुन सिंह और एरिक एरिकसन से सम्बन्धों की बात तो गुप्त रखनी ही पड़ेगी—क्या वह सबसे इतना बड़ा कपट करके जी पाएगी। ऐसे कि जैसे कुछ हुआ ही नहीं। अर्जुन सिंह और एरिक—दोनों ने उसे कहीं बदल दिया है, वह दोषग्रस्त, अपने में संकुचित—केवल डॉ. सिन्हा के इशारों पर उठने-बैठने वाली स्त्री नहीं रही है। अब वह उस आज्ञाकारी पत्नी की भूमिका में कैसे फ़िट होगी? पर बेटियाँ—झरना और सपना—क्या उनके लिए अपने 'स्वयं' का बलिदान करना पड़ेगा?

दूसरे दिन वह दूसरी तरह से ही सोचती है—कुछ उद्धत, कुछ हठीली। यह तो प्रकृति का नियम है, नर अपना बीज बिखेरता रहता है जिससे उसकी नस्ल चलती रहे, पुरुष का स्वभाव ही ऐसा होता है पर स्त्री को सीमाबंध रखा जाता है, जिससे वंश दूषित न हो जाए। उसकी सन्तान का पिता कौन है—यह राज्य, परिवार और समाज के लिए बहुत आवश्यक है। गंगा अपने को बहुत क्रान्तिकारी या विद्रोही नहीं मानती—पर वह अपने आप को समझाने लगती है कि समय, परिस्थिति और अपनी सन्तुष्टि के लिए मैंने कुछ ग़लत नहीं किया, न अपने स्त्री होने का फ़ायदा उठाया। अर्जुन सिंह ने उसके साथ के रिश्ते को सम्मान दिया था, उसे आदर और प्रेम दिया था। कभी-कभी परिस्थितियाँ ऐसी बन जाती हैं कि उनसे जूझने या विरोध करने की, न मन में, न शरीर में शक्ति ही बचती है। बस, अपने को उनके आगे पीछे, उठा पटक पर छोड़ना ही उचित लगता है—वह सोच रही है, क्या मैं अपने को झुठला रही हूँ या ग़लत किए पर पर्दा डाल रही हूँ। क्या अर्जुन सिंह की मदद को न नकारना ग़लत था? दूसरे क्षण वह अपने आप से कहती है पर विवाह सम्बन्ध तो ख़तम हो गया था; वह सब तो डॉ. सिन्हा ने ही एक झटके से तोड़ दिया था—वह मुक्त थी, और उस समय टुकड़े-टुकड़े बिखर गई थी—उस हालत में अर्जुन सिंह ने ही उसे सहारा दिया था, उस वक्त उसे सहारे की ज़रूरत थी भी, चाहे प्रताड़ित स्त्रियों के शेल्टर में या सड़क पर, यदि उसने जो अर्जुन सिंह ने दिया, ले लिया तो अपनी दृष्टि में ग़लत नहीं किया। उस होटल के कमरे की शान्ति, सुविधा ने उसे धीरे-धीरे शक्ति दी थी—दिल और दिमाग़ पर जो मकड़ी के जालों ने बुनकर आँखें

दृष्टिहीन और जीवन दिशाहीन कर दिया था, उससे उबरने का साहस दिया था।

पर अब अर्जुन सिंह की जगह जीवन में कहीं नहीं बची है, जैसे पानी से मिट्टी के दाग़ धुल जाते हैं, वैसे ही अर्जुन सिंह का अस्तित्व नगण्य ही नहीं, मिट गया है, जीवन की एक बहुत दुरूह सन्धि रेखा में उन्होंने हाथ पकड़ कर लाँघने में मदद की थी—बस—अब इतना ही।

पर वह एरिक एरिकसन? अन्दर से कितना कोमल व्यक्तित्व, कितना करुणापूर्ण, और ऊपर से एक कर्त्तव्यनिष्ठ डॉक्टर; जिससे हर समय अस्पताल की गन्ध आती थी, वह टैल्कम या कोलोन कुछ नहीं लगाता था, फिर भी उसके पसीने और वीर्य की गन्ध उसकी त्वचा की एकदम निचली तह पर बसी थी; वही गन्ध जो गंगा को पहचानी सी लगती थी। उसका प्यार करने का तरीक़ा भी अलग था और प्रक्रिया भी, वह चुप रहकर प्यार करता था, न हाँफना, न कोई शोर, कभी-कभी गंगा की चीख़ निकल जाती थी तो एरिक की नीली आँखें विभोर हो उठती थीं, कितनी गहराई थी उसकी आँखों में, एक सुन्दर प्रदेश के समुद्र और आकाश की।

अपने कमरे में अकेले लेटे-लेटे गंगा के मन में यही विचार उमड़ते-घुमते रहते हैं? रात को घंटों नींद नहीं आती, कभी दिल ज़ोर-ज़ोर से धड़कने लगता है, कभी हलक़ सूखता है। वह बार-बार उठकर पानी पीती है। कभी-कभी बाल्कनी में खड़ी हो जाती है। सामने की सड़क पर हमेशा थोड़ा बहुत यातायात रहता है—ट्रक, ऑटो, गाड़ियाँ—आवाज़ें निरन्तर आती रहती हैं। तीन साढ़े तीन बजे थोड़ी शान्ति होती है, तब आकाश में विदेश से आने-जाने वाले जहाज़ों की बत्तियाँ और इंजन की घरघराहट गूँजने लगती है। वह वापस जाकर पलंग पर लेट जाती है। कभी कम्बल ओढ़ती है, कभी दूर झटक देती है। आगे की राह कितनी दुर्गम, दुरूह और भयानक है। गंगा लेटी-लेटी अपने दिल की तेज़ धड़कन सुनती रहती है। आँखें खोलती है तो दीवार पर पाम वृक्ष की पत्तियों की छाया धीरे-धीरे हिलती दिखाई देती है—सड़क की रोशनी के खंभे से छन-छन कर आती लम्बी-लम्बी पंखेदार पत्तियों की छाया—

वह उठकर बैठ जाती है और अपने से कहती है, "मैं यहाँ हूँ—अपने घर। बग़ल के कमरे में मेरी बेटियाँ सो रही हैं—नीचे सास-ससुर—सुप्रिया सब कुछ

माँज धोकर रख गई है—सब कुछ कितना अच्छा, सुव्यवस्थित—" वह लम्बी-लम्बी साँसें लेती है फिर भी दिल की तेज़ धड़कन कम नहीं होती।

अकसर होमवर्क ख़त्म कर, सोने से पहले सपना पास आकर लेट जाती है। गंगा उसे सीने से चिपका लेती है। दोनों मौन, गंगा उसके हृदय की धड़कन सुनती रहती है। लड़की काली है पर नाक-नक्श कितने सुन्दर हैं—बड़ी-बड़ी पानीदार आँखें, घनी बरौनियाँ, सीधी खड़ी नाक—वह सपना के बाल सहलाने लगती है।

"तुम हमें छोड़कर क्यों चली गई थीं मम्मी?" सपना ने पूछा।

"तुम्हें छोड़कर? कभी ऐसा हो सकता है? मैं तो सिर्फ़ एक हफ्ते के लिए अपनी सुवासिनी जीजी के पास गई थी। लौटकर आई तो घर ख़ाली—" गंगा का गला भर आया।

"पापा ने हमसे कहा कि तुम्हारी मम्मी तुम्हें छोड़कर कहीं चली गई हैं। भैया के न रहने से वह पगला गई हैं। तुम दोनों को तो उन्होंने कभी प्यार ही नहीं किया। उनके लिए तो सिर्फ़ बेटा ही था—वह नहीं रहा तो कुछ नहीं बचा उसके लिए—न पति—न बेटियाँ—"

गंगा स्तब्ध। मौन, "ऐसा कहा?"

"हाँ मम्मी—हम लोग कितना रोए, कितना रोए—झरना तो एयरपोर्ट और जहाज़ तक में गला फाड़-फाड़कर 'मम्मी—मम्मी' पुकारकर रोती रही। चुपाए चुपे ही न। फिर पापा ने एक करारा चाँटा जड़ दिया—'चुप—ख़बरदार जो मम्मी का नाम लिया—' झरना की तो साँस ही रुक गई—मैं भी चीख़कर रो पड़ी—तो एयर होस्टस दौड़कर आई, आक्सीजन लाई, तब झरना होश में आई। आस-पास के लोग भी पापा को फटकारने लगे—फिर एयर होस्टेस हम दोनों को उठाकर ले गई। झरना को पूरी सीट पर लिटाया—कम्बल उढ़ाया, मुझे भी फ़र्स्ट क्लास से रसगुल्ला लाकर दिया। पूछने लगी—तुम्हारी मम्मी को क्या हुआ? तो मैंने कहा कि पापा कहते हैं कि हमारी मम्मी हमें छोड़कर चली गई हैं—उसने हम दोनों को बहुत सारी चीज़ें दीं, टॉफ़ी, चाकलेट—और बहुत देर पास बैठी रही—मम्मी?"

गंगा ने कुछ कहना चाहा—मगर हिचकी की वजह से आवाज़ नहीं निकली।

"अब यहीं रहना मम्मी, पापा तो हमें जब से छोड़कर गए—लौटकर नहीं आए—"

"बाबा और दादी तो प्यार करते हैं न—" गंगा ने कहा।

"बहुत, अब हमें यहाँ अच्छा लगता है। स्कूल में बहुत सारी फ्रेन्ड बन गई हैं। मौसम भी अच्छा रहता है, न ठंड, न बरफ़—"

गंगा का दिमाग़ ठप्प है—काम करना बन्द कर चुका है—क्या इसी नृशंस, दयाहीन व्यक्ति के साथ ज़िन्दगी बितानी पड़ेगी। क्या इन बेटियों के लिए अपने को मिटा देना पड़ेगा? इसका उत्तर तो समय ही देगा। वह सपना के गाल को चूम लेती है।

"अब मैं यहीं रहूँगी बेटा—तुम्हें मालूम है कि मैं तुम दोनों को कितना प्यार करती हूँ—"

सपना ने कहा, "तुम तो भैया में ही लगी रहती थीं मम्मी—"

"वह छोटा था—बीमार था। उसका ख़याल तो रखना ही था। इसका मतलब यह तो नहीं कि मैं तुम्हें या झरना को प्यार नहीं करती—"

"भैया की बेचारी मछलियाँ भी मर गईं—क्यों ऐसा हुआ मम्मी?"

"भगवान की मर्ज़ी—" उसने लचर भाव से कहा।

"दादी भी यही कहती हैं—"

उधर से दादी की आवाज़ आई, "रात भर माँ से बतियाती रहेगी-सोएगी नहीं। कल सुबह-सुबह उठना भी तो है—" और वह स्वयं आकर दरवाज़े पर खड़ी हो गईं।

सपना उठी और दादी के पास आकर बोली, "चलो—"

"बेटी मोहा रही है।" दादी ने लाड़ से कहा, दोनों के जाने के बाद सन्नाटा और अधर में टँगे बड़े-बड़े प्रश्न—जिनका उत्तर उसके पास नहीं था।

अम्माँ जी कुछ-कुछ किया करती हैं, मन्दिर में हर मंगल को प्रसाद, सोमवार को शिवजी का गंगाजल से अभिषेक, कभी पूर्णिमा को सत्यनारायण कथा और सुन्दरकांड का पाठ, उनकी एक मित्र-मंडली है जो किसी-न-किसी के घर हर सप्ताह पाठ करती है, हारमोनियम, ढोलक और मजीरे के साथ। इधर-उधर ज्योतिषों और तान्त्रिकों की भी पूछताछ करती रहती हैं, तो एक

दिन कहने लगीं, "मिसेज़ कौल के घर एक बहुत पहुँचे हुए सन्त आए हैं, चलोगी—"

वह महात्मा तो नहीं, ज्योतिषी थे। सुना था कि काफ़ी नामी पंडित हैं। अम्माँ जी ने गंगा की जन्म-पत्री उन्हें पकड़ा दी। उसे तो याद भी नहीं था कि उसकी जन्म-पत्री है भी या नहीं, शादी की बातचीत चलने पर शायद ताई जी ने भेजी होगी।

"सब ठीक हो जाएगा"—पंडित जी बोले—"कुछ महीनों के बाद सब कुछ सुचारु रूप से चलने लगेगा—"

अम्माँ जी सुस्थ लगीं, उनके अन्दर जाने पर पंडित जी उसकी ओर उन्मुख हुए, "एक बात कहता हूँ, ज़रा कड़वी है,"

वह उन्हें देखती रह गई—गला एकदम रुँध गया, कुछ पूछती उससे पहले ही उन्होंने कहा, "कुंडली बच्चों के लिए भारी है। पुत्र पास न रहे इसी में उसका कल्याण होगा।"

तब तक अम्माँ जी लौट आई है, "क्या बात हो रही है?"

पंडित जी कुछ देर मौन रहे—फिर बोले "पुत्र योग नहीं है—"

वह मन ही मन गुनती रही—थोड़े अविश्वास के साथ गाड़ी में लौटते वक्त अम्माँ जी ने फिर पूछा, "और कुछ बताया उन्होंने क्या? पुत्रयोग नहीं है—यह कहने की क्या ज़रूरत थी?"

"नहीं" वह खिड़की से बाहर सड़क के भीड़-भड़क्के को ताकने लगी।

उसने पंडित जी की बात की उपेक्षा करनी चाही, पर वह एक फाँस की तरह मन में गड़ती रही। फिर न जाने कहाँ से एक भूली हुई बात याद आ गई—कभी किसी और ने भी बताया था "पुत्र योग नहीं है—यदि होंगे भी तो जिएँगे नहीं—"

और घर भर ने उनकी बहुत प्रताड़ना की थी—कहीं कुँवारी लड़की के बारे में कोई ऐसी बात कहता है— ? चाचा ने बात उड़ा दी थी, "यह फ्रॉड है फ्रॉड, ऐसे ही झूठ सच बोलकर लोगों को ठगते हैं।"

पर इस शताब्दी में कोई जन्म-पत्री, ग्रह नक्षत्रों या इन सब बातों पर विश्वास करता है? चाचा ने ठीक ही कहा था—यह सभी फ्रॉड होते हैं, बस लोगों को बेवकूफ़ बनाकर ठगते हैं।

"आपसे उन्होंने कितना लिया?" उसने अम्माँ जी से पूछा।

"इक्कीस हज़ार, कोई अनुष्ठान करेंगे, उसके बाद सब ठीक हो जाएगा।"

"इतना?" उसने आश्चर्य से कहा—

"लोग संकट टालने के लिए लाखों ख़र्च करते हैं, सब ठीक हो जाए तो इक्कीस हज़ार क्या हैं?"

"सब ठीक हो जाए—इसका मतलब?" उसने धीरे से पूछा।

"भविष्य को तो लौटाया जा नहीं सकता," अरे—नन्हे का दिमाग़ सही हो जाए, तुम दोनों पहले की तरह ख़ुशी-ख़ुशी साथ रहो। वह भी खुश हम भी ख़ुश—"

पहले की तरह ख़ुशी-ख़ुशी—वह एक भ्रम था, एक छलना मात्र, अब वह टूट चुका है, उसके जीवन में जो जो घट चुका है उसके चलते वह पहले वाली गंगा नहीं रही है।

इलाहाबाद से फ़ोन आया है, जज साहब किसी काम से दिल्ली आ रहे हैं, गंगा के पास भी आएँगे। उनकी आवभगत की तैयारी होती है—वह ड्राइंग रूम में निकल कर आती है—

"बड़े दद्दा—" और बाँध टूट जाता है, बड़े-बड़े गरम आँसू टपकने लगते हैं।

"मत रो, बिट्टो—" दद्दा उसका सिर सहलाते हैं—पर आँसू हैं कि थमते ही नहीं, हिचकियों के आवेग से वह बेहाल हो रही है, वह उठकर चली जाती है—अन्दर बरामदे में पड़ी बेंत की कुर्सी पर बैठकर वह अपने को सम्हालने की कोशिश करती है। सुप्रिया उसे ठंडे पानी का गिलास लाकर देती हैं। उसने वही छापेदार पीले रंग की साड़ी पहन रखी है।

जज साहब, दद्दा, अन्दर बरामदे में आ जाते हैं और पास ही कुर्सी पर बैठ जाते हैं। अम्माँजी और बिहारी बाबू ड्राइंग रूम में ही बैठे हैं जहाँ नाश्ते की प्लेटें अनछुई हैं और चायदानी में चाय धीरे-धीरे ठंडी होती जा रही है।

"यह सब क्या हो रहा है बिट्टो?" दद्दा प्यार से पूछते हैं।

"मालूम नहीं, भविष्य के मरने के बाद यह बदल गए—जैसे एकदम

फ़र्क इंसान बन गए''—

''गगनेन्द्र बिहारी ने हमें ख़त भेजे हैं, बहुत उलटे-सीधे, कड़वे-कड़वे—'' कुछ देर चुप रहकर बोले, ''लगता है कि दिमाग़ पर असर हो गया है, कहते हैं कि तुमसे अलग होना चाहते हैं। तुमसे पिंड छुड़ाना चाहते हैं, पर बेटियाँ भी अपने पास चाहते हैं—''

मौन! गंगा को कोई आश्चर्य नहीं हुआ। अपने अवरुद्ध कंठ को संयत कर उसने कहा, ''अब आप ही कुछ बताइए दद्दा—मैं क्या करूँ—कहाँ जाऊँ? आपको मालूम नहीं है कि ये कैसे, बिना बताए, चुपचाप लौट आए। मैं सुवासिनी जीजी से मिलने गई थी—इन्होंने ही कहा था कि चली जाओ—लौटी तो घर बिक चुका था, गृहस्थी उजड़ चुकी थी। क्या हाल हुआ मेरा-कोई समझ नहीं सकता—''

दद्दा चुप रहे, कुछ देर चुप रहकर बोले—''वह बिलकुल ठीक नहीं हुआ बिट्टो—अकसर इंसान दुख से इतना पगला जाता है कि सही ग़लत का ध्यान नहीं रहता। मगर तुम्हें यों छोड़कर आना सरासर ग़लत था।'' वह शायद और कुछ भी कहते—पर अम्माँ जी आकर दरवाज़े पर खड़ी हो गई थीं।

''तुम कहो तो जाकर हम लोग उनसे मिलें—समझावें, बुझावें, वह अलग होना चाहते हैं, इतना आसान नहीं है, क़ायदे क़ानून होते हैं। तुम क्या चाहती हो बिट्टो?''

''मालूम नहीं, मेरी समझ में कुछ नहीं आता। मैं बस चैन और इज्ज़त से जीना चाहती हूँ—''

''ठीक है, तुम जितना समय चाहो—लो। यह सब ठंडे दिमाक़ से सोचने की बातें हैं—दोनों बेटियों के बारे में भी तो सोचना पड़ेगा।''

गंगा ने आँखें पोंछकर कहा, ''वह दोनों यहाँ ख़ुश हैं—दादा-दादी के पास ही रहना चाहती हैं—''

''और तुम?''

''अभी तो यह लोग मुझे भी यहीं रहने को कह रहे हैं—सोचती हूँ कि—''

दादा बोले—''हाँ, हाँ—इन सब बातों में जल्दबाज़ी करने से कोई लाभ नहीं। इलाहाबाद में भी तुम्हारे हिस्से के दो फ्लैट हैं, बिल्डर ने हमें छह फ्लैट

दिए थे, उसमें दो तुम्हारे हैं। अभी तो किराए पर चढ़े हुए हैं—यह लो—'' कहकर उन्होंने चेक जेब से निकालकर उसे पकड़ा दिया।

चेक चालीस हज़ार का था, बड़े दद्दा चले गए। उनके आने से उसे बहुत ढाढ़स हुआ—और सुकून भी। वह अकेली नहीं है—बड़े दद्दा और छोटे दद्दा उसके आश्रय स्तम्भ बनकर खड़े हुए हैं।

''दद्दा कह रहे थे कि वह अलग होना चाहते हैं—'' उसने हल्के से अम्माँ जी को बताया।

अम्माँ जी हतप्रभ, स्तब्ध उसे देखती रह गई।

''तो फिर?'' उन्होंने पूछा।

गंगा ने लम्बी साँस ली—दुख से नहीं, चैन की—पर अम्माँ जी नहीं समझ सकीं। उन्होंने कागज़ कापी सामने से हटा दी। उनकी पाक पुस्तिका का नाम अब हो गया था 'परम्परागत भोजन परिचय।'

बिहारी बाबू चूके नहीं, ''इंट्रोडक्शन टु ट्रेडिशनल फ़ूड फ़ॉर डमीज़, ख़ूब चलेगी—'' अम्माँ जी ने उनकी बात अनसुनी कर दी थी।

नदी, जो इधर-उधर घूम-फिरकर राह खोज ही लेती है। गंगोत्री से निकलकर रुद्र प्रयाग, कनखल, हरिद्वार, कानपुर, प्रयाग और न जाने कहाँ-कहाँ से होकर सुन्दर बन बंगाल की खाड़ी तक शायद कालिदास ने भी यही कहा है। पढ़े हुए बहुत दिन हो गए हैं।

वह बाहर सड़क की रोशनी से छन-छनकर आते प्रकाश में पाम के पत्तों की छाया दीवार पर काँपते हुए देखती रहती है।

ऊपर आकाश से एक विमान इंदिरा गांधी एयरपोर्ट जा रहा है। वह इतने पास से गुज़रता है कि उसकी बत्तियाँ दिखाई देती हैं—जलती-बुझती लाल बत्तियाँ, न जाने कहाँ से आया है, तिरुवनंतपुरम, बंगलूर, कोची या यहीं आसपास जयपुर या बनारस से। एक छोटा सा अपना संसार, अपने में सम्पूर्ण, तभी मन में बात उठी, इतनी गहराई से और इतनी स्पष्टता से कि वह स्वयं आश्चर्य में पड़ गई। चिन्ता क्या है, एक फ्लैट में रहेगी, एक के किराए में ख़र्च करेगी। बेटियों के पास आती-जाती रहेगी। पति ने त्याग दिया है, यह भी सह लेगी।

नदी अपना सुन्दरबन खोज ही लेगी। अपना लक्ष्य–अपना सागर।

उसे किसी से भी, न पति, न समाज, न परिस्थिति, किसी से भी समझौता नहीं करना है। वह घर तो है ही। बड़े, छोटे दद्दा हैं, बिहारी बाबू और अम्माँ जी हैं, झरना और सपना हैं, वह अकेली नहीं है। नहीं होंगे तो डॉ. सिन्हा, जिनके बिना वह रह लेगी, अकेली, चैन और सन्तोष से। उसे बहुत ऊँची उड़ान भरने की, आकाश को छू लेने की, चाँद को पा लेने की कोई आकांक्षा नहीं है।

बस, एक सीधे–साधे, तनावहीन, इज़्ज़तदार जीवन की तमन्ना है, जैसे आजकल जी रही है। सब कोई अपनी–अपनी धुरी पर, सुप्रिया छापेदार साड़ियों में आती है, साफ़–सुथरी, अपने काम से काम। ड्राइवर बच्चियों को स्कूल छोड़ देता है, बिहारी बाबू साथ जाते हैं, तब तक सुबह का नाश्ता करके अख़बार पढ़ लेते हैं। स्नान कर लेते हैं, पूजा–पाठ वह करते नहीं, न योग, न प्राणायाम—किसी का भी चक्कर नहीं है। लौटते वक्त मन–पसन्द ख़रीदारी कर लेते हैं, अमरूद, सेब, नाशपाती, एकदम सफेद गोभी का फूल, ताज़ी मटर, सपना, झरना के नाश्ते के लिए कभी छोटा केक, कभी पेस्ट्री।

सास अपनी सहेलियों में व्यस्त रहती हैं, मंगल को सुन्दरकांड के पाठ में चली जाती हैं, कभी–कभी उसे भी साथ ले जाती हैं, न जाने कहाँ की भूली–बिसरी चौपाई गाने की पद्धति उसे याद आ गई है। अम्माँ जी प्रसन्न होती हैं। पाठ के बाद प्रसाद बँटता है और फिर नाश्ता। बहुत कड़ाई से यह विधान है कि बस एक मीठा, एक नमकीन, बस ज़्यादा तामझाम करके कोई भी दिखावा नहीं। मीठे में अकसर केसरी हलुवा होता है, या बाज़ार की गुलाबजामुन, काजू रोल या ऐसा ही कुछ। नमकीन में प्राय: समोसे और चटनी, नाश्ते के दौरान घर–बाहर की बातें होती हैं। उनकी सभी सहेलियाँ समृद्ध हैं, सभी का कोई–न–कोई बच्चा विदेश में है, उन्हीं की बातें—गंगा चुपचाप सुनती है, दो ही विषय होते हैं, जब बच्चे भारत आते हैं तो उनका विचित्र व्यवहार, या फिर विदेश जाओ तो कितनी दिक्कतें, बच्चे तो रोज़ फ़रमायश कर देते हैं, 'अम्माँ यह बना दो, आज यह खाने का मन है—' बस फ़रमायशें पूरी करते–करते अपनी तो जान अधमरी हो जाती है, कामकाज करने की आदत अब रही कहाँ...

"तुम लोग इतने साल रहे—हम अमेरिका जा ही नहीं पाए—" अम्माँ जी

के मन में कसक है, "बिहारी बाबू जाने को राज़ी नहीं हुए—क्या रखा है? वहाँ जाकर क्या मिलनेवाला है। यह सारी जनी कहाँ-कहाँ घूम कर आती हैं—"

"बुलाया तो था, बस आना ही नहीं हो पाया—"

गंगा ने कहा।

"पोते का मुँह भी नहीं देख पाईं हम—"

उसने धीरे से कहा, "देख लेतीं तो वही हर वक्त आँखों के सामने घूमता रहता।"

अम्माँ जी ने चौंककर उसे देखा—पर वह खिड़की के बाहर देख रही थी, चेहरा संयत था पर आँखें डबडबा आई थीं।

सुन्दरकांड मंडली हर वर्ष कहीं-न-कहीं तीर्थ स्थान पर जाती है, हरिद्वार, ऋषिकेश, काशी, अयोध्या, अष्ट विनायक। अम्माँ जी अधिकतर नहीं जातीं, पर इस बार शिरडी जाने का प्रोग्राम बना है तो वह भी तैयार हैं। दुलहिन घर पर हैं, ससुर की देखभाल कर लेंगी, सुप्रिया ड्राइवर दोनों पर निगरानी रखेंगी और सपना, झरना को भी सँभाल लेंगी।

बिहारी बाबू ने उन्हें प्रोत्साहन दिया है—"उधर से जाकर घर्षणेश्वर के भी दर्शन कर लेना। ज्योर्तिलिंग है,"

"अच्छा! हमने तो कभी नहीं सुना—"

"वही हैं—थोड़े से घंटे लगते हैं—"

अम्माँ जी लौटीं तो तीर्थयात्रा का कोई उत्साह, कोई सन्तोष उनके चेहरे पर नहीं था। मुद्रा विषादमयी, गंगा को बिना बताए पता चल गया कि शिरडी यात्रा तो एक साधन मात्र थी। असली उद्देश्य तो बम्बई में रुककर डॉ. गगनेन्द्र बिहारी सिन्हा से बातचीत करनी थी, सुलह समझौता कराना था।

"नन्हे जी का तो सिर ही फिर गया है। बसी-बसाई गृहस्थी उजाड़ने पर तुले हैं—"

वह चुपचाप सुन लेती है, जब दोष डॉ. सिन्हा को ही दिया जा रहा है तो वह बीच में क्यों बोले कि सुलह समझौता अब उसे भी मंज़ूर नहीं है। डॉ. सिन्हा ने स्वयं उसकी उलझन सुलझा दी है—

आगे का रास्ता सुगम है, वह सबकी नज़रों में अच्छी बनी रहेगी, सास-

ससुर, दद्दा लोग, बेटियाँ; वह क्यों मुँह खोले और बुरी बने ? क्या किसी ने नोटिस नहीं किया कि उसने एक बार भी डॉ. सिन्हा से सम्पर्क नहीं किया है, न फ़ोन, न मिलने का प्रयास। वह पत्नी जिनके साथ ग़लत हो रहा है, इस भूमिका में वह सबका प्यार, करुणा और सहानुभूति बटोरती रही।

अच्छा था कि सास घर में नहीं थीं, गंगा को थोड़ा-थोड़ा आभास होने लगा था पर सास की अनुपस्थिति में डॉक्टर के पास जाकर पक्की तरह से पता करना था।

डॉक्टर के पास जाकर सब निश्चित हो गया, जानकर उसके शरीर में हर्ष की हिलोर उठती है, भविष्य वापस आ रहा है।

पर क्लिनिक से निकलते ही यथार्थ मुँह फाड़े सामने आ खड़ा हुआ। कुछ दिनों बाद सास की अनुभवी आँखें भी पहचान लेंगी और यह जानकर डॉ. सिन्हा तो बौखला ही जाएँगे—न जाने कब से उनके बीच कोई सम्बन्ध नहीं थे, उसे तलाक़ देने का एक तगड़ा सूत्र उनके हाथ आ जाएगा—व्यभिचारिणी पत्नी—इस शब्द के साथ कितने नकारात्मक सन्दर्भ जुड़े हुए हैं—गंगा ने कभी अपने बारे में ऐसा विशेषण नहीं सोचा—पर डॉ. सिन्हा का वकील क्या-क्या कहेगा—क्या मालूम ?

फिर सास-ससुर भी विमुख हो जाएँगे—अपने साथ रखने का तो सवाल ही नहीं उठेगा। सपना और झरना भी पिता को ही मिलेंगी—

वह विचारमग्न घर लौटी—घर की गाड़ी न लेकर वह टैक्सी से गई थी। ड्राइवर का क्या भरोसा—तुरन्त अम्माँ जी से जड़ देगा कि बहू जी डॉक्टर भल्ला के क्लिनिक गई थीं। उसे सोचने का समय चाहिए—हाथ पर हाथ देकर बैठने का अवसर नहीं है। अब तक जो कुछ निश्चय किया था, सब इस नई स्थिति के कारण बदल गया है। मायके जाकर एक फ्लैट में रहकर दूसरे के किराए में रहना तो सम्भव नहीं रहा—वह यह बच्चा लेकर कहाँ जाएगी, कैसे रहेगी। और यह बच्चा तो उसे चाहिए ही चाहिए—चाहे जैसे भी जीवन निर्वाह करना पड़े। पिता तो एरिक ही होगा—अर्जुन सिंह तो चार बेटियों के बाद बेटे के जन्म पर नसबन्दी करा ही चुके थे और मिश्रित बच्चे अकसर विदेशी माता या पिता पर जाते हैं; उनका रंग छुपता नहीं—

तब?

क्या लौटना पड़ेगा? यह सब, बेटियों को छोड़कर, उस दूर देश में, जहाँ कोई सगा सम्बन्धी नहीं है, जहाँ न रहने का ठिकाना है न रोज़ी रोटी का।

हाय—

लौटने के बाद अम्माँ जी कई दिन तक बहुत उदास रहीं। प्रसाद बाँटकर, शिरडी दर्शन की बातें कर वह रात को गंगा को बैठक में बुला ले गईं। वह सब बिहारी बाबू को बता चुकी थीं—इसलिए थोड़ा सा गला खँखारने के बाद उन्होंने बात उठाई, "यह बम्बई रुकी थीं, तुम्हें तो यह पता ही है, नन्हे को बहुत समझाया—तुम एक सुलझी हुई, सुरूप पत्नी हो, एक अच्छी माँ—हो सकता है कि भविष्य की बीमारी उसे तुमसे विरासत में मिली हो—पर तुम्हारा क्या दोष है? कोई जान-बूझ कर तो ऐसा करता नहीं। समझदारी यही है कि दोनों साथ रहें—बच्चियों को सँभालें—"

गंगा चुप रही, उसे कोई आश्चर्य नहीं हुआ, अपने को रोक न पाकर अम्माँ जी बोल उठी—"असल में उन्हें अपने साथ पढ़ाने वाली एक सहयोगिनी पसन्द आ गई है, सती खन्ना—डेढ़ साल पहले उसका पति कार एक्सीडेन्ट में मर गया, एक तीन-चार साल का बेटा भी है; बोले कि मैं उसी के साथ फिर से ज़िन्दगी बसाना चाहता हूँ। उस मनहूस औरत की तो मैं शक्ल भी नहीं देखना चाहता—माफ़ करना दुलहिन—यह उसके शब्द हैं, मेरे नहीं—"

तीनों कुछ देर चुप रहे, ऊपर आसमान में एक हवाई जहाज़ शोर मचाता हुआ हवाई अड्डे की तरफ़ चला गया, उसकी आवाज़ कम होने पर बिहारी बाबू ने कहा, "सवाल यह है कि अब किया क्या जाए?"

"क्या किया जाए?" गंगा ने उनका प्रश्न दोहराया—"करना क्या है? लांछन की ज़िन्दगी जी कर नहीं रह पाऊँगी। मैं वापस चली जाऊँगी—" गंगा को अपने स्वर की दृढ़ता पर आश्चर्य हुआ।"

मैं अपने को उन पर क्यों थोपूँ? वह नहीं देखना चाहते तो मैं अपनी मनहूस शक्ल उन्हें क्यों दिखाऊँ?"

उसे सचमुच गुस्सा आ गया—

सास-ससुर चुप रहे—बिहारी बाबू ने खँखार कर पूछा, "और झरना? सपना? उन्हें साथ ले जाओगी?"

"नहीं पापा, वह दोनों आप लोगों के पास इतनी ख़ुश हैं। आप अपने

पास ही रखें—उन्हें एक बार फिर उखाड़कर ले जाना उनके लिए सही नहीं होगा—"

दोनों के चेहरों पर आश्वस्ति दिखी।

"तुम निश्चिन्त रहना—हम उन्हें उस सती खन्ना के पास नहीं जाने देंगे—"

वह चुप रही। कुछ नहीं कहा। पर वह जान रही थी कि डॉ. सिन्हा ने उसके ऊपर कितना बड़ा उपकार किया है। उसे आसानी से मुक्ति मिल गई है।

दूसरा खंड

वह लौटने की तैयारी करती है, बेटियाँ उदास हैं, उसका दिल भी कितना बेचैन है; पर करे क्या, पीछे रुकना सम्भव नहीं, अब तो आगे अपनी राह स्वयं खोजनी होगी। वह बोस्टन नहीं जाना चाहती; वैसे वहाँ अस्पताल में नौकरी तो मिल ही जाएगी, पर बिना अनुभव के जो मिलेगी वह करना नहीं चाहती—अपरिचित स्त्री-पुरुषों के पाख़ाने पेशाब की सफ़ाई करना उसे मंजूर नहीं है। वह एक यूनिवर्सिटी प्रोफ़ेसर की पत्नी है; सबसे निचले स्तर की नौकरी उसकी इज़्ज़त के अनुकूल नहीं है, या फिर क्लर्क की जगह सुबह आठ से पाँच तक काम, फिर छुट्टी, अगर ऐसी नौकरी मिले तो वह ना नहीं करेगी, पर सबसे बड़ा डर यह है कि उसके लौटने की बात छिपेगी नहीं और वह अर्जुन सिंह का सामना नहीं करना चाहती।

प्रवीण बहन ने जब से सुना था कि वह वापस लौटना सोच रही है, कई बार फ़ोन करके उसे अपने पास रहने को बुलाया था। नई दवा से उन्हें फ़ायदा हुआ था, कैंसर की प्रगति थम गई थी और वह वापस कैलीफ़ोर्निया चली गई थीं।

''कुछ समय मेरे साथ बिता लो, बहना—मेरी ज़िन्दगी का क्या ठिकाना? हँसी ख़ुशी दिन कट जाएँगे—''

प्रवीण जी उसे लेने आए हैं, घर से एयरपोर्ट थोड़ा दूर है इसलिए प्रवीण बहन नहीं आईं, थक जातीं—

''मन तो बहुत था आने का ''उन्होंने कहा, ''जब से तुम्हारे आने की सुनी है, वह बहुत खुश है।''

गंगा ने कुछ नहीं कहा, बस मुस्करा दी।

एयरपोर्ट से घर तक की यात्रा में प्रवीण जी ने अपने परिवार का इतिहास बता डाला। इतना तो उन्हें कभी बोलते हुए सुना नहीं था—गंगा ने सोचा, अच्छा लगा कि उसके आने से पति-पत्नी इतने उत्साहित हैं। नई दवाओं के प्रयोग से प्रवीण बहन को फ़ायदा हुआ है, ट्यूमर चले गए हैं, बस अब खानपान से ही सेहत बनेगी, आयुर्वेद से ही लाभ होगा। अमरीकी डॉक्टरों ने भी स्वीकृति दे दी है। एक स्वामी जी समय-समय पर भारत से आते हैं, उनकी दी हुई दवाओं पर प्रवीण बहन को बहुत भरोसा है—आगे तो—वह चुप हो गए, सामने से एक तेज़ कार बत्तियाँ चमकाती हुई निकल गई उनके वार्तालाप में रुचि दिखाते हुए उसने सोचा कि कुछ पूछे—"बहुत अच्छा हुआ—" कहकर वह चुप हो गई।

"मेरे दादे परदादे बहुत साल गए आए थे—आए तो थे काम करने, पर यहीं बस गए। किसान मनोवृत्ति के थे, धीरे-धीरे ज़मीनें ख़रीदने लगे—कुछ सरकार से मिली—इस तरह से कई सौ एकड़ हो गई, कुछ ही पीढ़ियों में मज़दूर से आप व्यवसायी हो गए।"

वह चुपचाप सुन रही थी, बीच-बीच में आँखें झपक जातीं तो प्रवीण जी चुप हो जाते। झटके से वह जागती तो खिसियानी आवाज़ में पूछती, "क्या कह रहे थे आप?"

"कुछ नहीं।" प्रवीण जी ने कहा।

"नहीं, आप बता रहे थे न, आड़ू ख़ुबानी और नाशपाती की उपज के बारे में—"

प्रवीण जी धीरे से हँसे—"तो तुम सुन रही थीं, मैंने सोचा कि मेरी बातों से ऊब कर तुम्हें नींद आ गई। असल में एग्रीकल्चर की बातें ज़्यादातर लोगों को उबा ही देती हैं—" पेड़-पौधों के बारे में न उसे कोई जानकारी है न रुचि। बचपन में यह सारा बोना, उगाना माली ही करता था। औरों की देख में वह बोस्टन में कुछ पौधे घर की सजावट के लिए लाई थी, पीस लिली, मनी प्लान्ट जिन्हें पानी देने की याद नहीं रहती थी, पीले पड़कर जब वह मुरझा गए तो फिर यह शौक़ भी खत्म हो गया।

सुबह उठकर वह चारों तरफ़ देखती है, चारों तरफ़ धूप बिखरी है पर गरम नहीं है। एकदम खुला, विस्तृत नीला आकाश, निरभ्र। हर ओर हरियाली हैं और बड़े-बड़े सघन पेड़। ध्यान से देखने पर पाया कि वह पेड़

नाशपातियों से खचाखच लदे हुए हैं, पर शायद अभी पूरी तरह से पकी नहीं होंगी। नाशपाती तो नहीं, मगर इलाहाबादी अमरूदों के दो तीन पेड़ अपने घर के पिछवाड़े थे जिन पर तोतों के झुंड-के-झुंड आया करते थे। पर यहाँ कोई चिड़िया नहीं दीख रही है।

यह घर प्रवीण जी के बाबा का बनवाया हुआ है, शायद भारत की याद में, सब कुछ बड़ा-बड़ा—सामने बरामदा है, उसके बाद बैठक, फिर चौड़ा सा हॉल, जिसके फ़र्श पर सफ़ेद और काली संगमरमर चारख़ानों में जड़ी हुई है जो बरसों से जूतों के आने-जाने से मटमैली और गन्दी सी दीख रही है। हॉल के दोनों तरफ़ दो-दो बड़े कमरे हैं, दोनों कमरों के बीच साझे के, पर बहुत बड़े गुसलख़ाने हैं।

प्रवीण बहन ने उसे अपने कमरे के विपरीत, हॉल के दूसरी तरफ़ वाला कमरा दिया है—कमरा उसे पसन्द आया, बड़ी-बड़ी खिड़कियों से ख़ूब हवा और धूप आ रही है—बाहर की हरियाली भी दिखाई देती है, छोटी-छोटी पत्तियों वाली बाड़ गुलाबी फूलों के गुच्छों से भरी हुई हैं। वहाँ एक कौए की काँव-काँव भी सुनाई दी। वह मुस्करा पड़ी—क्या पूरे विश्व में कौए एक ही सुर में बोलते हैं।

उसका ग़ुसलखाना बड़ा तो था पर ख़ाली, पुराना, दीवारें, खिड़कियाँ सब धूल गर्द से धुमैली हो रही हैं और बेसिन का नल टपक रहा था, शायद बहुत दिनों से क्योंकि सफ़ेद पोर्सलीन पर ज़ंग के निशान पड़ गए हैं।

उसने दूसरी ओर का दरवाज़ा खोला—कमरा फ़ालतू चीज़ों से भरा हुआ था, सन्दूक, डब्बे, बिस्तर, कुर्सियाँ, लगता रहा था कि भंडार घर की तरह प्रयुक्त होता है।

दरवाज़ा बन्द करके वह अपने कमरे में वापस लौटी। घर में एकदम सन्नाटा था। वह बिस्तर पर बैठ गई—कुछ देर में एक स्त्री ने अन्दर झाँका और कहा, "आपको बाहर बुला रही हैं—"

इन कुछ महीनों के अन्तराल में प्रवीण बहन में केवल यह परिवर्तन हुआ कि सर पर छोटे-छोटे बाल उगने लगे थे, कच्चे-पक्के, घने।

शरीर पहले जैसा दुबला-पतला था, पर चेहरे पर वह पीलापन नहीं था। रंग वही, एकदम चिट्टी, पतली कलाइयों में सोने के ठोस कंगन ढीले हो गए थे पर प्रवीण बहन को उनसे इतना लगाव था कि उतारने नहीं देती थी।

कितने पड़ाव—कितने भिन्न-भिन्न दृश्य, बोस्टन में अपना घर, फ़िर 'सी व्यू' होटल का कमरा, एरिक का फ्लैट—दिल्ली में बसन्त बिहार की बालकनी और अब, उत्तरी कैलीफ़ोर्निया की यह जगह।

न जाने क्यों एक आशंका सी मन में उठी, कहीं भाग्य उसे इस अनजानी जगह इसलिए तो नहीं खींच लाया है कि यही अब उसका स्थायी ठौर होगा।

बरामदे में खड़े होकर उसने यहाँ से वहाँ तक विस्तृत आकाश को देखा—एकदम नीला, कोई बादल, कोई छाया नहीं।

प्रवीण बहन आराम कुर्सी पर कुशन की टेक लगाए बैठी थीं, नाश्ते में लिया था सन्तरे, अनार, गाजर और पालक का तुरन्त निकाला हुआ रस—उबला अंडा जिसे आधा खाकर छोड़ दिया था। बिस्कुट वैसे-के-वैसे अनछुए रखे थे, मुँह में छालों के कारण चाय भी काफ़ी ठंडी करके पी रही थीं।

"यहाँ यह सब कैसा लग रहा है?" सहसा उन्होंने पूछा।

"बहुत शान्तिपूर्ण, बहुत सुन्दर।" उसने कहा।

"बस, अब आ गई हो तो यहीं रहना, तुम तो देख ही रही हो—किसी चीज़ की कमी नहीं है, न धूप की, न चाँदनी की, न जगह की, न खाने-पीने की—"

वह चुप रही, समझते हुए भी न समझते हुए।

"डॉ. साहब मिलने आए होंगे?" प्रवीण बहन बोली।

"नहीं।"

"ऐसा कैसे?"

"बस, एक बार छोड़कर चले गए तो चले गए—"

"तुम भी उनके पास नहीं गईं? उन्हें मनाने की कोशिश भी नहीं की—"

उसने सिर हिलाया।

"कोशिश तो करनी चाहिए थी—एक औरत अकेले सारी ज़िन्दगी कैसे काट सकती है?"

"बहन; वह रास्ता तो कभी का बन्द हो गया," उसने कहा, "अब जो होगा, उसे झेलना ही पड़ेगा।"

प्रवीण बहन ने लम्बी साँस ली, "क्या दिन देखने पड़ रहे हैं, पहले बेटा

गया, फिर सारा परिवार—हो सकता है कि एक पीढ़ी का रोग दूसरी तीसरी पीढ़ी को विरासत में मिले, पर इस पर किसी का बस तो नहीं, मेरी फ़ैमिली में दूर-दराज़ तक किसी को कैंसर नहीं, फिर मुझे कैसे हो गया, बताओ? डॉ. सिन्हा को यह समझना चाहिए, इतने पढ़े-लिखे होकर भी वह ऐसी बातें सोचते हैं, कितनी बीमारियाँ पीढ़ी-दर-पीढ़ी चलती हैं, जैसे पागलपन, टी.बी. या दिल की बीमारी। कोई पहले से तो ठोंक बजा कर देखता नहीं, कि जैसे जन्म-पत्री मिलाते हैं वैसे ही फ़ैमिली से सब जनों का मेडिकल रिकॉर्ड माँगे—" वह अपनी बात पर स्वयं धीरे से हँसीं, उसने भी मुस्कराने की कोशिश की।

"अब फ़िक्र की कोई बात नहीं है, तसल्ली से रहो—"

यहाँ कितनी शान्ति है, लोहे के पुराने फाटक के सामने सड़क है, पर ज्यादा आवाजाही नहीं—निशब्द मोटरें और बसें आती जाती रहती हैं, कौए और पक्षी यहाँ भी हैं, सुबह शाम कलरव करते हैं, धूप में चमक और गर्मी है—रातें अँधेरी और सर्द।

प्रवीण दम्पति दोनों ही शान्त प्रकृति के हैं—घर के अन्दर सन्नाटा रहता है। सुबह-सुबह कोलीन नाम की एक अमरीकन औरत आती है, प्रवीण बहन को नहलाने-धुलाने में मदद करती है, बिस्तर बनाती है। गन्दे कपड़ों को धोती सुखाती है। सुबह का नाश्ता, दोपहर का खाना, शाम की चाय सब करती है। उन्हें दवा देती है और बाक़ी समय मोबाइल से चिपकी रहती है।

जब से गंगा आई है, प्रवीण जी काम-काज देखने बाहर जाने लगे हैं। शाम के खाने की ज़िम्मेदारी उसने ले ली है, पहले दोनों सैंडविच वग़ैरह खा लेते थे, पर वह पूरा खाना बनाती है, दाल, तरकारी, रोटी—प्रवीण बहन को अच्छा लगता है, दाल के साथ एक आधी रोटी खा लेती हैं, नहीं तो डिब्बे का सूप पीते-पीते तंग आ चुकी थीं।

अधिकतर समय वह प्रवीण बहन के पास ही बिताती है, वह ठीक हैं, जितनी स्टेज चार के चलते हो सकती है, वैसे बीमारी तो शरीर में है ही। हरी सब्ज़ियाँ, जूस और पौष्टिक पदार्थ थोड़ी-थोड़ी मात्रा में लेती रहती हैं, तीसरे पहर कोलीन उन्हें बाहर बरामदे में ले आती है, और वहीं गंगा के साथ वह चाय पीती हैं और मन होने पर बातचीत करती हैं, एकदम स्थिर, शान्त, मन्थर गति से जीवन चल रहा है। बच्चे के बारे में गंगा ने उन्हें पहले से ही

बता दिया था—डॉ. सिन्हा और बच्चियों के बारे में भी उन्होंने चुपचाप सुन लिया, "यह भी अपना ही घर समझो बहन—जब तक जी चाहे रहो, मुझे तो अच्छा ही लगेगा—"

प्रवीण जी के यहाँ खेती होती है पर अनाज की नहीं—फलों के बड़े-बड़े आर्चर्ड हैं, उन्हें सँभालने का, फलों को बाहर भेजने का ही काम बहुत है, मज़दूर हैं, कर्मचारी हैं, मशीनों के चालक हैं। बेटा अकेला है, उसने अंगूरों की बेलें लगाई हैं, अभी अपना छोटा-सा विनयार्ड है, छोटे पैमाने पर काम होता है, पर वह बहुत महत्त्वाकांक्षी है, फ्रांस, जर्मनी में पढ़ा है, अपना बिज़नेस बढ़ाना चाहता है। सस्ती शराब बनाने में उसकी कोई दिलचस्पी नहीं है, वह महँगी शराब बनाना चाहता है, पूरे क्षेत्र में अंगूर ही अंगूरों की खेती है, कुछ तो पुश्त-दर-पुश्त पुराने। पड़ोसी तीन पीढ़ियों से यहाँ हैं, इटली से अपने साथ अंगूर की बेलें लाए थे, उनकी वाइन पूरे अमेरिका में प्रसिद्ध है।

यह एक नई ही दुनिया है, यहाँ का काम-काज, बातचीत सब कुछ अलग है। यहाँ धूप, गरमी, पानी, बरसातें, फलों की पैदावार, पेड़ों में लगने वाली फफूँदी या कीड़े—इसी सब पर जीवन निर्भर लगता है। डॉ. सिन्हा की विश्वविद्यालय या दिल्ली की दुनिया से एकदम अलग।

चाय पीते-पीते प्रवीण बहन कहने लगी "ब्याह कर आई तो फिर कभी वापस ही नहीं गई,"

"कभी नहीं?" गंगा को आश्चर्य हुआ।

"ना! मन यहाँ ऐसा रम गया कि कहीं जाने का जी ही नहीं किया। कितना पक्का दिल है तेरा—कहती है अकेले रह लूँगी—अकेले रहेगी, नौकरी करेगी, बच्चा भी पालेगी—तेरी बहुत फ़िकर रहने लगी है।"

वह थक गईं और आँखें मूँद ली।

उसे एकाएक घबराहट सी होने लगी, उठी और बरामदे से नीचे उतर कर बाहर खुले में खड़ी हो गई। सचमुच, कैसे सम्हालेगी बच्चे को, अपने को—यदि पुरुष का सहारा न भी हो तो भी जीने के लिए बहुत कुछ चाहिए, बन्धु-बांधव, पड़ोसी, पहचानवाले—उसके साथ तो कोई नहीं है। प्रवीण बहन के अतिरिक्त—और वह भी। न जाने क्यों उसे लगने लगा कि यह उनके अन्तिम दिन हैं, पर वह शान्त हैं, उसके आने से थोड़ी उत्साहित और प्रफुल्लित। पर उसे प्रवीण बहन से एक अनजानी, अप्रिय सी महक आती हुई लगती है।

धीरे-धीरे गंगा को पूरे घर में भी महक आने लगी है, कमरों में धूल, गर्द और सीलन की सी। एक दो दिन बिना ख़बर दिए कोलीन गायब हो गई तो प्रवीण जी ने गंगा से कहा—"नहाने को कह रही हैं—तुम मदद कर दोगी?"

"हाँ-हाँ क्यों नहीं," वह तत्परता से उठ खड़ी हुई और प्रवीण बहन से पूछ-पूछ कर सामान बटोरा—इन दिनों वह लम्बे-लम्बे गाउन ही पहनती हैं, किसी के आने पर दुपट्टा ले लेती हैं—कपड़े, तौलिया, साबुन सब जुटाकर वह उन्हें ग़ुसलख़ाने तक ले गई। इस पुराने घर में केवल यह ग़ुसलख़ाना ही आधुनिक है, सफ़ेद संगमरमर और काले ग्रैनाइट से बना हुआ। प्रवीण कौर नहाने के लिए ही बनी स्पेशल बेंच पर बैठ गईं और गाउन उतारने की चेष्टा करने लगीं, पर बाँहें थक गईं तो उन्होंने कहा, "तू ही उतार दे न—"

उनका गाउन उतारने के बाद एक झटका सा लगता है। उनका शरीर कितना सूखा और झुर्रीदार है, ऐसा क्षीण कि जैसे छूते ही टुकड़े-टुकड़े होकर बिखर जाएगा। कितने दाग़ हैं उस शरीर पर, टेढ़े, तिरछे, फेफड़ों के आपरेशन के, स्तनों को काटकर निकालने के—

वर्षों से कितना कुछ सहती आ रही है यह स्त्री, फिर भी नई-नई दवाइयाँ, नए-नए प्रयोग, सभी कुछ अपनी इस क्षीण, दुर्बल काया पर झेलती आ रही है। इतनी तीव्र है जीवित रहने की ललक? शायद मौत का आमना-सामना करने का साहस कम लोगों में होता होगा। भविष्य तो बच्चा था, आइसक्रीम और समोसे खाने की चाह लिए-लिए चला गया। अनायास ही एक आह अन्दर से उठी। प्रवीण बहन ने दृष्टि उठाकर उसे देखा। उन्हें कोमल स्पर्श से नहला-धुलाकर उसने तौलिये से पोंछा, इतने हल्के-हल्के कि प्रवीण बहन को रगड़ न महसूस हो।

"टैलकम पाउडर लगा दूँ?"

प्रवीण बहन हँस दी, "लगा दो, वैसे दवाइयों की गंध पोर-पोर में बस गई है।"

बात सही थी, प्रवीण बहन के इर्द-गिर्द हमेशा एक महक का दायरा बना रहता था, बहुत दिनों से बीमार मरीज़ के आसपास, कमरे, बिस्तर, कपड़ों में एक विशेष गंध भर जाती है। अगरबत्ती, धूप, लोबान या फूलों के ग़ुलदस्ते उसे कम भले ही कर दें, परन्तु वह इधर-उधर मँडराती ही रहती है—प्रवीण बहन ने रस का घूँट लेकर कहा, "आज तूने कितनी अच्छी तरह नहाने में

मदद की—वह कोलीन तो जैसे गधे घोड़ों पर पानी डालती है—नहाने के बाद भी साफ़-सुथरा होने की फ़ीलिंग नहीं होती—"

गंगा सफ़ाई करवाने में जुट गई है, बन्द कमरों को खुलवाकर जाले, मकड़े दूर करवाए हैं, खिड़कियाँ खोलकर धूप और हवा आने दी है। हर कमरे में कुछ-न-कुछ सामान है, यशवन्त के कॉलेज के दिनों की किताबें, बैट बल्ले, टेनिस के जूते और रैकेट, एक कमरे में प्रवीण बहन के पुराने बक्से हैं, उनके कहने पर वह एक-एक कर के खोलती है—कपड़े जो पुराने फ़ैशन के हो चुके हैं, साड़ियाँ जो शायद रक्खे-रक्खे गलने लगी हैं, शॉलें, स्वेटर दूसरे बक्सों में घर का सामान है, बर्तन, क्रॉकरी, नए बिना खुले प्लास्टिक के डब्बे, हर साइज़ के—"बस कर—बाक़ी सन्दूकों में भी ऐसा ही फ़ालतू का सामान होगा।"

"इन्हें रखकर क्या होगा?" गंगा के मुँह से बिना सोचे-समझे निकल गया।

"मेरे मरने के बाद जो भी हो—मुझे क्या फ़र्क पड़ेगा। बस—अभी यों का यों ही रहने दे। बहुत चाव से ख़रीदी थीं चीज़ें—बाद में फेंक देना—" प्रवीण बहन की दृष्टि उसके चेहरे पर टिकी थीं। "मैं क्यों कुछ फेंकूँगी—मेरा क्या—"

"क्यों? तुझे ही तो सब कुछ सौंपकर जा रही हूँ—"

"मुझे क्यों? वैसे आप कहीं नहीं जा रही हैं—"

उसने बक्से एक-एक करके बन्द कर दिए और चाभियाँ उन्हें देने लगी।

"अब तू ही रख, मैं तुझे ही मालकिन बना रही हूँ।"

"मैं क्यों? मैं तो थोड़े दिन बाद चली ही जाऊँगी। यशवन्त की वाइफ़ सब सम्हालेगी,"

"उसका अपना घर, अपनी गृहस्थी है। उसे इन पुराने लोगों या चीज़ों से कोई मतलब नहीं है—"

उसने बात आगे नहीं बढ़ाई, यह गंध जो उसे प्रवीण कौर के इर्द-गिर्द बसी लगती है क्या मौत के आगमन की सूचना है? यह सब वहम समझ कर उसने मन से निकाल फेंकने की कोशिश की। वह तो ठीक हो रही हैं, प्रवीण कौर ने दो एक बार बात उठाई, उसके वहीं रहने की, घर द्वार और प्रवीण जी

की देखभाल करने की।

"अगर आस-पास नौकरी मिली तो ज़रूर उनका ख़्याल करूँगी, आप फ़िक्र न करें—"

उनका मन रखने को गंगा ने तसल्ली दी, उसे मालूम नहीं था कि प्रवीण बहन उसे इतनी गम्भीरता से लेंगी, अगले हफ्ते ही उन्होंने कहा, "सुन बहन। वह नर्स कह रही थीं कि उसके दफ्तर में जगह ख़ाली होने वाली है, जो लड़की इश्योरेन्स वग़ैरा का काम करती है, शादी करके जा रही है। दफ्तर का काम है, भाग-दौड़ भी नहीं। तू अपनी अर्ज़ी थमा दे न?"

"एक तो मुझे अनुभव नहीं है—दूसरे अगर नौकरी मिल भी गई तो आना-जाना कैसे होगा?"

"मैंने सब सोच लिया है, कोई फ्लैट शैट लेने की ज़रूरत नहीं है। इतना बड़ा घर है तो किराया क्यों दें? फिर ऐसी हालत में मैं अकेली नहीं रहने दूँगी। गाड़ी चलाना तो तुझे आता ही है, मेरी गाड़ी खड़ी हुई है, उसी को चला।"

"आपकी इतनी महँगी गाड़ी—अगर कहीं टक्कर वग़ैरह मार दी तो?"

प्रवीण कौर धीरे-धीरे हँसने लगीं, "तब नौकरी करने की ज़रूरत क्या है? तू ही कहती रहती है कि कुछ करना है, करना है। तो चल, कुछ महीने काम करके अपना शौक़ भी पूरा कर ले—"

उसने अर्ज़ी भी दी, इंटरव्यू के लिए भी गई, पर कुछ हुआ नहीं। बस, दिन यों ही निकलते गए, धीरे-धीरे उसने सारा काम अपने हाथ में ले लिया, फलों का रस निकालना, मूँग की दाल का सूप बनाना, उन दोनों की चाय, नाश्ता, लन्च, खाना—कभी-कभी प्रवीण बहन कहतीं, "अरे, तुम इतना मत करो। कोलीन से करवाया करो। बैठे-बैठे फ़ोन पर बातें करती रहती है। चली जाओगी तो हम क्या करेंगे। हमारी आदतें इतनी मत खराब करो—"

"आप फ़िक्र न करें—" प्रवीण जी ने कहा, "इन्हें कहीं नहीं जाने देंगे—"

प्रवीण बहन ने पति को देखा, "बस, आपने तो मन की बात कह दी—"

वह किचेन में शाम की चाय की तैयारी कर रही थी, चाय की ट्रे लेकर बाहर जाने के लिए निकली तो ठिठक गई। प्रवीण जी के गुनगुनाने की आवाज़

कानों में पड़ी। वह हाथ में हथौड़ी लेकर दीवार में कुछ ठोंक रहे थे—गंगा ने धुन पहचानी—'गंगा आए कहाँ से—गंगा जाए कहाँ से ऽऽ' वह अचानक धीमी-धीमी आवाज़ में गाने लगे। गंगा लजा गई और वैसे ही ट्रे पकड़े-पकड़े रसोई में वापस चली गई।

कुछ ही क्षणों में प्रवीण जी ने आकर पूछा, "चाय अभी बनी नहीं क्या?" उनका चेहरा सहज था—शायद उन्हें खुद भी मान न था कि वह क्या गुनगुना रहे थे। सुप्रिया भी हर वक्त कुछ-न-कुछ गुनगुनाया करती थी, रसोई में, कपड़े सुखाते हुए—आते-जाते।

मैं चाहूँ तो भी नहीं गा सकती—सभी कुछ भूल चुकी हूँ—वह दुबारा रसोई से निकली।

कैसे मन को पकड़कर बैठ गई है यह धुन, कितनी पुरानी फिल्म का संगीत है। उसे बस यही एक पंक्ति—बार-बार याद आती है—गंगा आए कहाँ से—पर वह गुनगुनाती नहीं।

उसने बाहर गाड़ी आने, दरवाज़ा खुलने और फिर पारस्परिक अभिवादन की बात सुनी। वह कमरे में आई—दो स्त्रियाँ थीं, पुत्र-वधू और उसकी माँ—

"यह जैसिका और वैरोनिका—" प्रवीण बहन ने परिचय कराया—"और यह गंगा, मेरी सहेली, इंडिया से आई हुई है—"

"आप लोगों के लिए कुछ चाय-नाश्ता?"

गंगा ने प्रवीण बहन से पूछा।

"नहीं, नहीं—" माँ ने कहा, उनका असली नाम तो वीराँ था, जिसका पश्चिमीकरण करके वह वैरोनिका बन गई थीं।

"ले आओ—" प्रवीण बहन ने कहा। उसने आलमारी में से चाय का सेट निकाला, चायदानी में चाय बनाई, ट्रे पर खूबसूरत कढ़ा हुआ नैपकिन बिछाया, कायदे से प्लेटें प्याले रखे, दूध गरम किया चाँदी के जग में दूध और शक्करदानी में शक्कर, चाँदी के चम्मच ट्रे लेकर वह वरांडे में आई जहाँ तीनों बैठी थीं—बिना कुछ कहे मेज़ पर चाय की ट्रे रख दी, आकर पाया कि शक्कर तो भूल ही गई, लौटी और बाहर की आवाज़ सुनकर अन्दर ही ठिठक गई—

"यह क्या बहन जी—" वैरोनिका कह रही थी, "एक पराई औरत को आपने सारा घर, सारी चाभियाँ सौंप दी हैं, कितना महँगा-महँगा सामान है, चाँदी से भरे बक्से के बक्से—"

"मैं उसे अपनी बहन समझती हूँ, पराई नहीं, वह भी अपना मानकर सेवा कर रही है—हालाँकि उसे ख़ुद आराम और देखभाल की जरूरत है—रहे चाँदी से भरे बक्से—वह बात तो पुरानी हो गई। हमारे यहाँ कोई चाँदी वग़ैरह नहीं है—जस्सी की शादी तो यहाँ हुई थी, आपने कुछ दिया होगा तो उसी के पास होगा। उसका सबकुछ तो मायके से नए फ्लैट में चला गया था।"

"हमारे लिए तो वह पराई ही है, न जाने किसका दलिद्दर—"

प्रवीण बहन ने सख्ती से कहा, "वीराँ—आप यही बातें करने आई हैं? वह पढ़ी-लिखी, अच्छे ख़ानदान की है—इधर-उधर की बेकार फालतू स्त्री नहीं है, उसके पति बम्बई में पढ़ाते हैं—यहाँ है जिससे बच्चा अमरीकन नागरिक बने।"

गंगा हाथ में शक्करदानी लिये ही वापस घूम पड़ी, लौटकर अपने कमरे में जाकर पलंग पर बैठ गई, क्या करे? प्रवीण बहन को ऐसी हालत में छोड़कर कैसे और कहाँ जाए। दोनों को ही उसकी ज़रूरत है।

प्रवीण बहन ने रात को सिर्फ़ थोड़ा सा दूध पिया और जल्दी ही सोने चली गईं। गंगा ने प्रवीण जी का साथ देने के लिए थोड़ा-सा कुछ खाया। प्रवीण जी रात को सोने से पहले कुछ पाठ करते थे, बहुत मद्धिम स्वर में—गुनगुनाते हुए से।

आशा के विपरीत उसे भी जल्दी ही नींद आ गई। वैरोनिका की बातों से जैसा सारा दृश्य प्रकाशमान हो गया, वह क्या है? प्रवीन बहन की सेवा सुश्रूषा कर रही है, प्रवीण जी के खाने-पीने, कपड़े-लत्ते का ध्यान रखती है। भारत में पति और बच्चों को छोड़कर आई है, कैसी स्त्री है? न नाता रिश्ता, क्या केवल मैत्री के लिए ही कोई इतना कर सकता है? वह कौन लगती है इन दोनों की—क्या वह सचमुच अवैतनिक दासी बनकर रह गई है? सच बात तो यह है कि उसका कोई और ठिकाना नहीं है। वह अचानक फफक-फफक कर रोने लगी—सास-ससुर के साथ रह सकती थी पर यह गोरा मिश्रित बच्चा लेकर नहीं।

यह क्या ज़िन्दगी हो गई है? कैसे ऐसा सब हो गया—उसने तो सब लिपि

के अनुसार ही आचरण किया था, स्कूल में मन लगाकर पढ़ा था, कभी किसी पड़ोसी, स्कूल की सहेली के भाई या गणित पढ़ाने वाले मास्टर साहब से इश्क नहीं किया था। ताई जी के साथ कढ़ाई, बुनाई और गुझिया बनाने तक में हाथ बँटाया था। डॉ. सिन्हा को भी स्वीकार कर लिया था। ठीक पिता पर गई दोनों बेटियों को भी उसने छाती से लगा लिया था। फिर जैसे सारे अच्छे आचरण के पुरस्कार स्वरूप उसे भविष्य मिला था, कितना सुन्दर बच्चा था वह, मन होता था कि देखती ही रहे। वह ही क्यों डॉ. सिन्हा भी बेटा पाकर निहाल हो गए थे।

जब भविष्य को पाँच साल की उम्र में ल्यूकीमिया हो गया तो डॉ. सिन्हा एक कच्ची दीवार की तरह ढह गए—उसी ने सब सम्हाला, दवा-दारू, कीमोथेरेपी, सर्दी, गर्मी, बरसात, अस्पताल आना-जाना, भविष्य की पूरी-पूरी देखभाल उसने कितनी लगन और विश्वास से की थी। पर वह उसके प्राण धीरे-धीरे रिसते देख रही थी, कितनी मान-मनौतियाँ, व्रत उपवास, दान दक्षिणा और आधुनिकतम चिकित्सा के बावजूद भी बीमारी भविष्य को निगल ही गई।

उसके बाद सब टूट-फूट कर बिखर गया, एक काली आँधी ने आकर उसकी ज़िन्दगी के तिनके-तिनके बिखेर दिए।

और अब, कोई भी ऐरा ग़ैरा आकर उसे अपमानित कर जाता है—और यह बच्चा, कैसे पलेगा, बड़ा होगा और कहीं इसे भी ? वह मन-ही-मन काँप उठती है, उसे ज्योतिषी की बात याद है, भूल भी कैसे हो सकती है। नहीं, वह लांछना, तिरस्कार, ग़रीबी, मेहनत की जिन्दगी जी लेगी पर वह दूसरी सन्तान कैंसर द्वारा निगलते देख नहीं पाएगी, वह भी मर जाएगी। वह बार-बार सोचती है कि उसे आगे के लिए कुछ सक्रिय रूप से सोचना है—इस तरह, एक के बाद एक दिन ऊहापोह में डूबते उतराते बीता जा रहा है, यह सही है कि ज़िन्दगी से उसे जो मिला स्वीकारा, मिसेज़ अँजोरी सिन्हा उसे देखकर मुग्ध हो गई थीं, पढ़ी-लिखी, सुशील, आकर्षक बहू, बम्बई में रहने से तौर-तरीक़ा, सुघड़ाई, डिग्री फ़ैशन डिज़ाइन में थी तो क्या, नन्हे काफ़ी कमा रहे थे, बहू को काम की ज़रूरत नहीं होगी। गगनेन्द्र बिहारी उर्फ़ नन्हे जैसे पति होते हैं, वैसे ही थे, उसे कोई शिकायत नहीं थी, शिकायत तो तब हुई जब वह सब कुछ बटोरकर, लड़कियाँ लेकर उसे छोड़ गए थे।

निरुपाय, निराश्रय।

अर्जुन सिंह ने उसे सहारा दिया था, और उसने कृतज्ञ होकर स्वीकार कर लिया था; जब अर्जुन सिंह ने उसे अपनी ओर खींचा तो वह बिना ना-नुकुर के उनके पास चली गई, पर वह सौदा नहीं था, अर्जुन सिंह उसे पाकर कृतार्थ और गद्गद थे, और उनके इस कृतज्ञ समर्पण ने उसके कुचले हुए अहम् को नई साँसें दी थीं। उसे अच्छा लगा था। पति की निरन्तर प्रताड़ना के बाद किसी का दुलार उसके मन को छू गया था।

पर एरिक—दो कमरों के फ्लैट में वह अलग-अलग रूम-मेट्स की तरह रह सकते थे; प्रेमी होना ज़रूरी नहीं था—पर न जाने कैसी चाह मन में उपज आई थी; यह अनुभव कितना अलग था; उसे पहली बार लगा कि वह उन्मुक्त है, उसके सारे बन्धन टूटकर गिर गए हैं, वह अभी युवती है और उसके मन में न जाने कितनी अनचीन्ही, अनजानी भावनाएँ, आकांक्षाएँ जगने लगी थीं, और वह सब कितनी आसानी, कितनी सरलता, कितने प्राकृतिक ढंग से हुआ—वह जागी तो पास के तकिए पर एरिक सो रहा था—कितना सुन्दर लग रहा था, उसके सुनहले बाल, उसका लंबोतरा, संवेदनापूर्ण चेहरा, एकदम सानुपात।

जैसे उसे सोते ही सोते पता चल गया था कि वह उसे ताक रही है, सहसा उसने आँखें खोलीं, नीली आँखें, निरभ्र आकाश की तरह—अटलांटिक केगहरे पानी की तरह—

वह मुस्कराया—"तुम कितनी सुन्दर हो—"

गंगा को अच्छा लगा, बहुत अच्छा।

"आकाशगंगा—जो धरती पर उतरकर केवल गंगा रह गई है, जो इधर-उधर घूमती फिरती रहती है, और फिर समुद्र में आत्मसात हो जाती है—"

"बंगाल की खाड़ी में—"

"तो क्या वह समुद्र नहीं है?"

"मालूम नहीं, होगा तो होगा—बताओ आइसलैंड कैसा है? कभी चलेंगे—"

"इधर आओ—आगे क्या होगा इसमें वक्त ज़ाया मत करो—आकाश-गंगा—"

"सिर्फ़ गंगा—" वह हँसी, "इधर-उधर घूमती-फिरती—जहाँ ढाल मिले उधर ही बहती हुई—"

"तुम्हारे बड़े होने पर हम दोनों आइसलैंड चलेंगे।" वह अजन्मे शिशु को सम्बोधित करती है। "देखेंगे तुम्हारे पिता का देश कैसा है? फिर वहाँ से बोट लेकर नार्वे स्वीडन होते हुए रूस, नेवा नदी के किनारे बैठेंगे और वोल्गा को भी देखेंगे। फिर लेंगे रेल का टिकट और ट्रांस-साइबेरियन रेल लेकर, साइबेरिया होते हुए ब्लाडी वौस्टक पहुँच जाएँगे। पता नहीं वह ब्लाडी वौस्टक ही है कि उसका भी नाम बदल गया है—कितने देशों ने नाम बदल लिए हैं, दुनिया के कितने शहरों ने भी। हो सकता है कि ब्लाडी वौस्टक अभी वहीं हो, जैसे टिम्बकटू भी वही है, जैसे दिल्ली, कानपुर, इलाहाबाद वही के वही बने हैं—अरे—कैसी शेखचिल्लिन, कैसी सिड़ी है तेरी अम्मा—सुन रहा है न तू?" वह धीरे-धीरे, अपने आप हँसने लगती है।

उन दिनों कोई-न-कोई आता रहता था। प्राय: सूर्यास्त के समय; प्रवीण बहन अपनी आरामकुर्सी पर बैठी रहती थीं, चाहे जितनी थकी हों, सभी का हल्की सी मुस्कान से स्वागत करती थीं, गंगा का परिचय देती थीं, समय बीतने के साथ उसके साथ जुड़ा वृत्तान्त भी बढ़ता जाता था, घूम-फिरकर, वह यही कहती थीं, "मेरी सहेली है यह—आकाशगंगा, आकाश से उतरकर" इस स्थान पर वह सदा रुककर थोड़ा हँसती थीं, "यहाँ हमारे पास कैलीफ़ोर्निया आ गई है। हम दोनों में बहुत प्यार है, नहीं तो बच्चों को सास-ससुर पर छोड़कर सिर्फ़ सहेलपन के लिए कौन इतना करता है, भला? मुझे बहुत अच्छा लगता है; और लोग देखभाल को रखे हुए हैं, पर यह जैसे प्यार और मुहब्बत से मेरा ख़्याल रखती है, मन को बहुत ठंडक मिलती है—"

एक ऐसी ही शाम थी, ठंड तो बिल्कुल नहीं थी, फिर भी प्रवीण बहन अपने को पुरानी शाल से ढककर बैठी हुई थीं, बरामदे से नीचे उतरने को दो सीढ़ियाँ थीं और आस-पास क्यारियाँ बनी हुई थीं जिनमें बारहमासी फूल खिल रहे थे, पर आसपास ख़ूब घास-फूस उग आया था, एक छोटी सी मेज़

जो अब गंगा के लिए बैठने के स्टूल का काम दे रही थी, उस पर बैठकर वह एकाग्र होकर सफ़ाई कर रही थी।

"आइए—स्वामी जी—" प्रवीण बहन की आवाज़ सुनकर उसने सिर उठाया, गेरुए वस्त्रों में एक साधु उसके सामने खड़ा था। वह इतने चुपचाप आया था जैसे अचानक सामने प्रकट हो गया हो—अचकचाकर उसने मिट्टी सने हाथों से उन्हें प्रणाम किया—फिर खड़े होने का प्रयत्न किया, मेज़ पर से उठने में कुछ समय लगा। खड़े होकर वह हाथों से मिट्टी झाड़ने लगी।

"आइए स्वामी जी—बैठिए—" प्रवीण बहन कहने लगीं—तब गंगा ने स्वामी जी को देखा—दुबले-पतले, मँझोले क़द के, चेहरा कोमल, भाव मुद्रा सौम्य; और आँखों में करुणा। उन्होंने दृष्टि बचा ली, उसे सीधे नहीं देखा।

"आप क्या लेंगे—आज तो गर्मी है—लस्सी-शरबत-पानी— ?"

"अभी कुछ नहीं—"

उन्हें प्रवीण बहन के पास छोड़कर वह अन्दर आई, पसीने से भरा चेहरा ठंडे पानी से धोया। कपड़े बदलकर वह किचेन में जा ही रही थी कि प्रवीण जी आ गए—"स्वामी जी रात यहीं रहेंगे और भोजन भी करेंगे—एकदम सादा, शुद्ध—"

"आप फ़िक्र न करें—मैं वैसा ही बना दूँगी—"

"दो लोग और भी हैं, पर वह बाहर खाएँगे—आप उनकी फ़िक्र न करें—"

"यह कहाँ से आए हैं?" उसने पूछ ही लिया।

"पास में एक आश्रम है, वहीं से आए हैं, बहुत सुलझे हुए, बहुत विद्वान हैं। तीन-चार महीने में आ जाते हैं, कहीं टिककर नहीं रहते—प्रवीण बहुत मानती है, बहुत श्रद्धा है, इन्हीं की दवा लेती है।"

भोजन के बाद हाथ धुलाने के लिए वह खड़ी हुई—स्वामी जी के आँखें बहुत पैनी हैं, जैसे एक नज़र में सारी सच्चाई जान लेती हैं—

"क्या चिन्ता है अम्माँ?" हाथ धोते-धोते वह पूछ बैठे।

गंगा अचकचा गई—"चिन्ता?" फिर सपाट सच्चाई से उसके मुँह से निकल गया, "चिन्ताएँ तो कई हैं, स्वामी जी, पर मुख्य वरी यह है कि आगे क्या करूँ—कौन सा रास्ता चुनूँ जो सबके भले के लिए हो—"

"आप सही जगह खड़ी हैं अम्माँ—" स्वामी जी बोले, वह एकटक उन्हें

देखती रही।

"बालक का कल्याण—" वह रुके, झिझके, जैसे आगे कैसे कहें—"अपने से दूर कर सकेंगी?"

"स्वामी जी—मैं ऐसा नहीं कर पाऊँगी—मैं मर जाऊँगी—" उसकी आँखें एकाएक डबडबा आईं।

स्वामी जी कुछ देर, चुप रहे, केवल तौलिये से हाथ पोंछते हुए, आश्वासन भरे स्वर में बोले—"कभी-कभी दूसरे के कल्याण के लिए अपनी भावनाओं का त्याग करना पड़ता है—"

उन्होंने तौलिया वापस पकड़ा दी, और कुछ नहीं बोले, मुड़े और वापस चले गए।

चौका रसोई उठाने में समय लगा। कोलीन चार बजे चली जाती थी। गंगा ने दही जमाया—गन्दे बर्तन खँगालकर मशीन में लगाए, चूल्हा और काउंटर पोंछे, रोज़ रात को इस वक़्त तक थक जाती है, बाहर आकर पाया कि सन्नाटा था। गैलरी, बरामदा सब ख़ाली था। वह वापस लौटने लगी तो सुनाई दिया कि प्रवीण बहन के कमरे से मंत्रोच्चारण की हल्की-हल्की आवाज़ आ रही थी।

एकदम से आने वालों का ताँता बँध गया है, परिवार पर परिवार, अधिकतर बड़े-बूढ़े—आते हैं, चाय पानी को मना करते हैं, प्रवीण बहन का हाल-चाल पूछते हैं, और उदास आदरभाव से थोड़ी देर बैठते हैं।

"कैसी तबीयत है?" पूछा जाता है।

"चंगी हूँ—" प्रवीण बहन मुस्करा कर कहती हैं, "मुझे अभी कुछ नहीं होने वाला। बड़ी लम्बी उमर लिखा कर आई हूँ—"

"ऐसा ही हो बहन जी, ऐसा ही हो—"

पर एक दिन वह झुँझला गईं—"अब किसी को मत आने देना—सब ऐसे आते हैं जैसे मातमपुरसी कर रहे हों—मुझे डिप्रेशन हो जाता है—" तब बाहर का फाटक बन्द हो गया—कोई उसे खोलकर अन्दर आता भी था तो प्रवीण बहन सो रही हैं, तबीयत थोड़ी डाउन है कहकर उन्हें बाहर ही बाहर बिदा कर दिया जाता है। प्रवीण जी ही अभ्यागतों से बातचीत करते हैं।

प्रवीण बहन प्रसन्न हैं—"फ़ालतू के लोगों से पिंड छूटा—हम तो किसी से मिलते-जुलते नहीं हैं। इन्होंने कभी किसी सहेली या फ़ैमिली की कमी

महसूस ही नहीं होने दी—" फिर एकदम टूटकर बोली, "मेरे बाद इन्हें कौन सम्हालेगा बहना?"

"आप ऐसा क्यों कहती हैं..."

बीच में बात काटकर उन्होंने कहा, "तुम्हें भी पता है, और मुझे भी, झूठी आस बाँधने से कुछ नहीं होगा—"

गंगा चुप—एकदम उनके चेहरे को देखती रही। "और तुम? कब तक इस टूटी काया का साथ दोगी—"

"जब तक आपको मेरी ज़रूरत रहेगी—"

"उसके बाद?"

कमरे में सन्नाटा—बाहर भी सन्नाटा था; दोनों चुप, कुछ कहने को बचा ही क्या था।

"देखो गंगा—मेरा तो कहना है कि तुम अपने आगे वाली ज़िन्दगी के लिए, अपनी छोटी-छोटी बेटियों के लिए ज़हर का कड़वा घूँट निगल कर पति से सुलह कर लो—"

"लड़ाई मैंने नहीं की—" गंगा का गला भर आया, "सच कहती हूँ बहन जी, मैंने उन्हें पूरा-पूरा स्वीकार कर लिया था। अपनी हँसी, अपनी कला, सभी का गला घोंट दिया। तब भी वह ख़ुश न रहे। अब अगर उस दुनिया में लौटकर गई तो मैं घुट-घुट कर मर जाऊँगी। मैं जीना चाहती हूँ—पूरी तरह, अपनी तरह। ज़िन्दगी को लेकर मुझे बहुत कम ख्वाहिशें हैं, केवल चैन से, आत्म-सम्मान से जीना चाहती हूँ—"

"अगर ऐसा है तो उनकी बात मान ले। तलाक़ ले ले। फिर तू मुक्त हो जाएगी। तब जीना अपनी ज़िन्दगी अपनी तरह से—हाँ—नई ज़िन्दगी, कदाचित् दूसरा ब्याह—" शाम के झुटपुटे में वह प्रवीण बहन को देखती रह गई। एकदम कुछ न कह पाई। फिर अपने को समेटकर बोली, "अब मुझे किसी पुरुष के साथ ज़िन्दगी बाँधने की इच्छा नहीं है, मैं जैसे भी होगा—अकेले गुज़ारा कर लूँगी—"

"गुज़ारा कर लूँगी—" प्रवीण बहन ने सहसा विद्रूप से दोहराया, "अरे—तुझसे तो थोड़े दिन भी बिना मर्द के गुज़ारा नहीं चला। नतीजा सामने तो है—"

यह व्यंग्य गंगा के ठक् से दिल में जाकर लगा।

वह चुपचाप उठी, और अपने कमरे में चली गई।

सुबह सात बजे, रोज़ की तरह चाय, सब्ज़ी का ताज़ा निचोड़ा हुआ रस—दो प्रोटीन बिस्कुट, चायदानी पर टीकोज़ी, दो प्याले चम्मच, वह रख ही रही थी कि प्रवीण जी रसोई में आए।

चाय तैयार हो गई, उन्होंने कहा—''मैं ले जाता हूँ—''

तो सुबह-सुबह प्रवीण बहन से साक्षात्कार होना बचा। अकेले बैठकर वह चाय के घूँट लेती हुई सोचने लगी कि प्रवीण बहन के इस उदार और हँस-मुख व्यक्तित्व के तल में इतनी दुर्भावना—क्या अन्तिम दिनों में प्रवीण बहन ने जो कुछ सायास छुपा रक्खा है, वह अपने आप फूटने लगा है, कड़वाहट और संकुचित विचार अपने आप उभर आए हैं?

गंगा साढ़े दस बजे की दवा लेकर जब बाहर आई तो प्रवीण बहन नहा-धोकर बरामदे में अपनी कुर्सी पर बैठी दूर क्षितिज को अनमने भाव से ताक रही थी।

पिछली शाम का ज़िक्र किए बिना उसने कहा, ''दवा!''

प्रवीण बहन ने हाथ में गोलियाँ ले लीं, बिना कुछ कहे निगल ली। गिलास उसे थमाते हुए बोलीं, ''बैठो।''

उसने गिलास तिपाई पर रख दिया और बैठ गई—चुपचाप कुछ देर सन्नाटा रहा, बस दूर कहीं वृक्ष पर कठफोड़वा पक्षी की धीमी-धीमी ठक-ठक सुनाई दी।

पूरे घर में एक सन्नाटा छा गया है, प्रवीण बहन ने वार्तालाप बन्द कर दिया है—अब वह कमरे से नहीं निकलतीं, समय-समय पर गंगा चाय नाश्ता, दवा देने जाती तो वह क्षीण हाथ उठा कर उसे बरज देतीं, ''यह कुचैली रखी है न, इसे ही करने दो।'' कुचैली, यानी कोलीन की जगह आई नई स्त्री, डेज़ी नाम की।

गंगा बराबर बाहर फूलों की क्यारियों में उग आई घास पतवार नोचती रहती है। झटके से उखाड़ती है और धीरे-धीरे इकट्ठे होते ढेर पर डाल देती है। कभी-कभी डेज़ी आकर बरामदे में खड़ी हो जाती है और रिक्त आँखों से क्षितिज की ओर ताकती रहती है। गंगा जानना चाहती है कि बाल-बच्चे, परिवार सब दक्षिण की ओर से, मेक्सिको देश के एक गाँव में छोड़कर रोज़ी-रोटी की तलाश में कितने बीहड़ जंगल, ज़हरीले पानी की नदियाँ,

कंटीले तार, और रेगिस्तान चलकर आई है। काम-काज लायक़ अँगरेज़ी सीख ली है, वह बाहर कम जाती है, थाप पड़ने पर भी बाहर का दरवाज़ा खोलने नहीं जाती, इससे गंगा ने समझ लिया है कि वह यहाँ कैलीफ़ोर्निया में अवैध रूप से है। एक बार पकड़ गई तो सरकार वापस भेज देगी, उस सुदूर गाँव के एक छोटे से खेत की कमाई पर कैसे किसान बाप चार बच्चों को पालेगा, पढ़ाएगा। गंगा को लगता है कि अर्जुन सिंह की तरह यशवन्त और प्रवीण जी ने अवैध रूप से यहाँ रहते मज़दूर पाल रखे हैं, वह अमरीकनों की तरह कोई एक तरफ़ा फैसला नहीं करेगी, क्योंकि दोनों का ही भला है, मज़दूरों को रोज़ी मिलती है, मालिकों को काम करने की तंगी नहीं होती। काम खोजने वाले लोगों की लहरों पर लहरें आती ही रहती हैं।

बाज़ार से लौटने पर देखा कि कमरे में काफ़ी लोग हैं, चाय पानी हो रहा है, गंगा सीधे अपने कमरे में गई, मुँह धोया, बाल, सँवारे, फिर बैठक में आई।

यशवन्त, जेसिका, वैरोनिका को तो वह पहचानती ही थी, पर वहाँ एक अमेरिकन दम्पति भी था। न प्रौढ़, न युवा, बीच की वह स्टेज, जहाँ उम्र ठिठक जाती है।

सबके आगे गिलास थे, सफ़ेद वाइन के; और प्रवीण बहन के आगे हरे रंग का रस; गेहूँ की बालों का।

"आइए—" यशवन्त हमेशा बहुत कोमल और शिष्ट स्वर में बात करता है, "हम इस साल की पहली बोतल चख रहे हैं—"

प्रवीण बहन ने कहा, "यह गंगा है, मेरी सहेली, भारत से कुछ दिन को आई है। और यह डॉक्टर कैथरीन बसबी—और पति डॉक्टर बार्नबस बसबी—"

गंगा ने शर्माई आवाज़ में 'हलो' कहा।

"आप चखेंगी?" यशवन्त ने पूछा।

"नहीं—धन्यवाद। आपको तो मालूम है कि मैं पीती नहीं—"

"और इस अवस्था में तो बिल्कुल नहीं—चखना तक नहीं—" दृढ़ स्वर में बरजते हुए कैथरीन बसबी ने कहा।

तब गंगा ने उसे ध्यान से देखा—एक दम दुबली-पतली, सींक सलाई

सी, सुनहरी ललौंच लिए छोटे-छोटे बाल, आँख, नाक सब सुरूप, अमेरिकन सन्दर्भ में आकर्षक। पूरे व्यक्तित्व में एक मेधा की छाप। उसकी तुलना में बार्नबस थोड़ा सहज लगा, वह भी लम्बा था—दोनों एक ही उम्र के होंगे—अड़तीस से चालीस बयालीस के आस-पास—

कैथरीन बसबी के चेहरे पर मुस्कान थी ''परिवार भारत में है?''

''जी।''

''बच्चे और पति?''

''जी—दो बेटियाँ और पति।''

''क्या करते हैं?''

''यहाँ इलेक्ट्रिक इन्जीनियर विभाग में एसोसिएट प्रोफ़ेसर थे।''

''बेटियों की उम्र?''

''नौ और सात।''

''स्वस्थ हैं?''

तब गंगा को आश्चर्य हुआ, ''जी। ठीक हैं—'' कहते-कहते मन काँप उठा।

''हे भगवान, कहीं उन्हें भी भविष्य की तरह ही—'' उसने विचार मन में दबा दिया।

बार्नबस ने बरजती दृष्टि से पत्नी को देखा। कैथरीन चुप हो गई।

वैरोनिका जितनी वाचाल थी, जेसिका उतनी ही चुप पर अब बोली, ''वाइन उतनी अच्छी नहीं हुई, जितना सोचा था। थोड़ी तीक्ष्ण है, न?''

''मुझे तो ठीक लग रही है—'' प्रवीण जी बोले—''पर पिछले साल की ज़्यादा अच्छी थी—''

यशवन्त गिलास में द्रव हिलाता रहा—फिर बोला, ''बुक तो अभी से हो गई है। देखें ईनोफ़ाइल क्या कहते हैं—''

गंगा ने यह शब्द पहली बार सुना है—यशवंत ने कहा है तो शराब। वाइन से सम्बन्धित ही होगा। शायद शराब के शौक़ीन।

बसबी दम्पति चलने के लिए उठ खड़े हुए—कैथरीन ने हाथ बढ़ा कर गंगा से कहा—

''आपसे फिर मिलना चाहूँगी—''

गंगा ने स्वीकृति में सर हिलाया।

सबके जाने के बाद सन्नाटा हो गया।

प्रवीण बहन ने गंगा की ओर उन्मुख होकर कहा "बहुत अच्छी इंसान है, यह कैथरीन बसबी। मेरे कैंसर की पहली डायग्नोसिस इसी ने की थी। ईश्वर ने सब कुछ दिया है मगर बेचारी—"

"बेचारी?"

"हाँ—शादी को तेरह-चौदह साल हो गए हैं—पर बच्चा नहीं है, कितने इलाज कराए—कितने टेस्ट, कितने इंजेक्शन, पर कुछ फ़ायदा नहीं—"

गंगा ने ट्रे में गिलास बटोरने शुरू किए।

"इन्हें रहने दो। तुम कुछ देर मेरे पास बैठो—और मेरी बात सुनो—"

गंगा ने काम छोड़ दिया और बैठ गई।

"मैं कैथरीन की बात कर रही थी। इतने बड़े बाप की बेटी। अथाह पैसा—शकल-सूरत, पढ़ाई-लिखाई, सभी में अच्छी पर एक सन्तान के लिए कलपती रहती है। बेचारी ने कई बार आर्टिफिशल तरीक़ों से भी कोशिश की, पर कुछ नहीं हुआ। अब रूस और रोमानिया से बच्चा गोद लेने के लिए हज़ारों डॉलर भरे हैं—पर अब वहाँ से भी बच्चा मिलना मुश्किल हो गया है। सोच रही है चीन, इथोपिया या भारत से लेने की। पर अब हर सरकार इस मामले में कड़ाई बरत रही है। बहुत धाँधली हो चुकी है न—"

"मुझे यह सब पता नहीं था—" गंगा ने धीरे से कहा।

"कैसे पता होता? मैं तो इसे बरसों से जानती हूँ; बहुत शरीफ़ और भली औरत है। हर बार जब बच्चा पेट में नहीं रुका तो कितना बिलख-बिलख कर रोई है—" गंगा की मूढ़ मुद्रा देखकर प्रवीण बहन बोली, "अरे भ्रूण पहले एक तश्तरी में मिलाते हैं और फिर उसे पेट में इंजेक्ट कर देते हैं, (भ्रूण आरोपण) बहुतों को गर्भ हो जाता है, चार-चार, पाँच-पाँच बच्चे हो जाते हैं, पर किसी को कुछ नहीं होता—"

गंगा की समझ में नहीं आया कि क्या कहे—बोली, "साइंस का चमत्कार है—"

एकदम से याद आ गया, एरिक ने कहा था—"एक दिन हम कैंसर का इलाज भी ढूँढ़ लेंगे—"

जैसे मन की बात पढ़कर प्रवीण बहन ने कहा, "चमत्कार तो है ही—शरीर के कितने अंग आरोपण करने लगे हैं। एक दिन कैंसर की भी दवा

निकल आएगी—शायद बीस तीस साल में—मेरे पास इतना समय नहीं बचा—" उन्होंने लम्बी साँस ली। "बुरा न मानो तो एक बात कहूँ—अपना यह बच्चा कैथरीन बसबी को गोद दे दो?"

गंगा को लगा कि उसके दिल को प्रवीण बहन मुट्ठी में लेकर कुचल रही हैं, वह उन्हें अवाक देखती रह गई—"ऐसा कैसे? अपना बच्चा दे दूँ? इसके लिए तो मैंने घर-बार, बाल-बच्चे सब छोड़ दिए।" उसका स्वर काँपने लगा।

"स्वामी जी ने क्या कहा था, भूल गईं?" प्रवीण बहन ने कहा, "बालक का कल्याण अलग करने में ही है—"

गंगा चुप।

"उनमें दैवी शक्ति है—जो उनके मुँह से निकलता है, सत्य और भले के लिए ही होता है—"

सन्यासी, पंडित—अपने अन्दर बैठा निरन्तर भय—सब कुछ उभर आया।

"मैं स्वामी जी का आदर करती हूँ—पर—पर—"

उसके आँसू अनायास टपकने लगे, "मैं भारत से चली तो आई क्योंकि घबरा गई थी, इन्होंने ऐसा वातावरण बना दिया था कि वहाँ बच्चे को जन्म देना असम्भव था—"

प्रवीण बहन धीरे-धीरे कहने लगीं, "तुम वहाँ से चली आईं, सही किया, बच्चे को अलग करने के विचार से दहल रही हो, यह भी स्वाभाविक है, पर तुम्हें प्रैक्टिकल होना पड़ेगा—" कुछ देर चुप रहकर बोलीं, "आजकल की पीढ़ी गोरे/काले में भेद नहीं करती, कितनी मिश्रित शादियाँ और बच्चे हो रहे हैं; मगर तुम सोचो—तुम्हारा आधा इंडियन/आधा गोरा बच्चा हमारी तुम्हारी पीढ़ी कैसे स्वीकार करेगी—"

"क्यों नहीं स्वीकार करेगी?" गंगा ने हठीले स्वर में पूछा।

"एक विवाहिता स्त्री की पर-पुरुष से सन्तान? हमारा समाज अभी भी बहुत संकुचित सोच वाला है। उसे नहीं लगेगा कि तुमने विवाह की पवित्रता का खंडन किया है? और तो और, अगर प्रवीण जी को सच्चाई पता चल गई तो उन्हें भी तुम्हारा यहाँ रहना अच्छा नहीं लगेगा—"

"तो मैं अभी चली जाती हूँ—"

"अभी चली जाती हूँ—" प्रवीण बहन ने उसका वाक्य दोहराया, "पागल हो गई हो? बैठो चुप करके और ठंडे दिमाग़ से सोचो, मैं तो बालक

के भले के लिए कह रही हूँ—आगे तुम्हारी मर्ज़ी। आगे से मैं कुछ नहीं कहूँगी—तुम्हारा बच्चा, तुम्हारी ज़िन्दगी, तुम खुद पढ़ी-लिखी, समझदार हो। तुम्हें भी आगे-पीछे की—भले-बुरे की अकल है। जो ठीक लगेगा वही करोगी मुझे विश्वास है—अब आँसू पोंछ लो।''

थक जाने पर वह आँखें बन्द करके—''हे भगवान, तेरा ही आसरा'' कहकर चुप हो गईं। तो अब शुरू हुई एक नई उधेड़बुन। पहले तो गंगा ने एकदम इस विचार को नकार दिया, पढ़ी-लिखी है, नौकरी करके निर्वाह कर सकती है, बच्चा बेबीसिटर के पास रहेगा। कितनी कामकाजी स्त्रियाँ यही करती हैं, वह भी कर लेगी। अपने बच्चे को दे देना, नहीं, वह तो यह सोच भी नहीं सकती।

प्रवीण बहन उस वार्तालाप के बाद बहुत समय तक चुप रहीं। उसने भी कुछ नहीं कहा; नार्मल तरीके से काम चलता रहा। पर एक अनबोला, अनबूझा प्रश्न अधर में टँगा रहा।

अकेले होने पर याद आ जाती हैं, दिल्ली के उन पंडित की बातें—'पुत्र योग नहीं है।' स्वामी जी का कथन 'दूसरे के कल्याण के लिए...'

क्या यह ज़रूरी है कि यह पुत्र ही हो, जो भी हो, जैसे भी हो, वह उसे पाल लेगी। अपनी ज़िन्दगी के लिए वही ज़िम्मेवारी उठाएगी। भारत से लौट आने का निर्णय भी तो अकेला उसी का था। अब जो होगा, देखा जाएगा।

''पता तो कर लो कि लड़का है या लड़की,'' वैरोनिका ने सुझाया, ''यहाँ तो सब पहले ही पता लगा लेते हैं—वैसे ही प्लानिंग करते हैं—''

''जो भी हो—'' गंगा ने लचर भाव से कहा—फिर उद्दंड होकर बोली, ''जो भी हो—मैं उसे देनेवाली नहीं हूँ—''

वैरोनिका ने चकित भाव से उसे देखा, ''देनेवाली नहीं हूँ का क्या मतलब? किसे?''

''वही न, तुम दोनों समधिनों की चहेती डॉक्टरनी—वह अमरीकन औरत—''

''यह बात उठी ही क्यों?'' वैरोनिका ने पूछा।

''प्रवीण बहन समझा बुझा रही थीं—''

काफ़ी देर चुप रहने के बाद वैरोनिका ने कहा, ''अगर सही दिमाग़ से सोचो तो आइडिया बुरा नहीं है। तुम फ्री हो जाओगी, पति और बेटियों के

पास लौट कर जा सकती हो—और वह कैथरीन—वह तो निहाल हो जाएगी। एक बात तो है वह जैसे बच्चे को पाले-पोसेगी, वैसा तुम्हारे लिए मुश्किल होगा।''

गंगा ने सिर को झटका दिया—वह यह बात सुनने को बिल्कुल तैयार नहीं है।

पहली भेंट के बाद वैरोनिका न जाने क्यों उसे पसन्द करने लगी है। शायद वह जान गई है कि गंगा में लालच नहीं है, न दोहरापन। वह सच्चाई से प्रवीण बहन की देखभाल कर रही है। भारत में कौन है और वह यहाँ क्यों चली आई है, उसने गंगा से नहीं पूछा, पर शायद उसके अकेलेपन को समझा। गंगा ने भी पहले वाली प्रतिक्रिया को भुलाकर वैरोनिका की सद्भावना को स्वीकार कर लिया। यहाँ उसका कोई तो मित्र, कोई तो सहेली हो। वैरोनिका भी अकेली है पर उसने अपने को यहाँ की अकेली औरतों के साँचे में ढाल लिया है। मन पसन्द, स्वतंत्र विधवा की ज़िन्दगी अपना ली है, वैरोनिका ने अपनी गाड़ी पास लाकर रोक दी—''इस झुट-पुटे में अकेले?''

गंगा भी रुक गई—धीमे से बोली, ''डॉक्टर ने टहलने को बताया है, दिन भर यों ही निकल जाता है—''

वैरोनिका ने उतरकर दूसरी तरफ़ का दरवाज़ा खोल दिया, ''आओ, चलो, थोड़ा मैं भी घूमने ही निकली हूँ—''

गंगा थक रही थी, चुपचाप गाड़ी में बैठ गई।

''गाड़ी बहुत अच्छी है—''

''चलती भी अच्छी है। सेफ़ है—'' वैरोनिका ने कहा, फिर बात बदलकर पूछा, ''वह डेज़ी आती है, वह काम करती होगी—''

''हाँ, प्रवीण बहन का काम करती है। खाना, बर्तन, लौन्ड्री, इसी में मेरा समय निकल जाता है।'' वह एकाएक चुप हो गई, वैरोनिका को यह न लगे कि वह शिकायत कर रही है।

''एक मित्र के लिए इतना कौन करता है—जितना तुम कर रही हो—''

गंगा उत्तर में चुप रही। वैरोनिका को वह जानती ही कितना है; न उसे यह मालूम है कि वैरोनिका और जेसिका को गंगा की निजी ज़िन्दगी के बारे

में कितना मालूम है।

"डिलीवरी के बाद तो तुम वापस लौटोगी, तब तो कोई नौकरानी काम के लिए रखनी ही पड़ेगी—अभी रख लें तो तुम्हें आराम मिलेगा—"

"काम करना मैं माइन्ड नहीं करती।" गंगा ने संयत स्वर में कहा।

"सुना है कि तुम डिलीवरी के लिए ही आई हो, जिससे बच्चा अमेरिकन नागरिक बने—"

गंगा चुप।

"तुम्हारे पति ने अकेले आने कैसे दिया? संग आते—सुना था कि इलेक्ट्रिक इन्जीनियर हैं—"

"हाँ—पढ़ाते हैं।"

वैरोनिका के चेहरे पर गंगा ने न जाने क्या देखा कि उस पर विश्वास करने का मन हो आया।

"आपको शायद मालूम होगा मेरा पाँच साल का बेटा नहीं रहा। उसके बाद से हमारे सम्बन्धों में तनाव आ गया—मैंने सोचा कि कुछ दिन दूर रहने से—" एकदम सच कह न सकी, चुप हो गई।

"हाँ, मैंने सुना है अकसर बच्चे की मौत माँ-बाप को तोड़ देती है—वह दोनों अलग-अलग तरह से उसे झेलते हैं—पर यह बेबी तो फिर पास ले आएगा—"

गंगा ने अचानक कह डाला, "वह इस बेबी को स्वीकार नहीं करेंगे—"

"क्यों? क्यों नहीं?" वैरोनिका ने पूछा और आँखें उसके चेहरे पर गड़ा दीं—" पर गंगा चुप हो गई। आगे कुछ कहने का न साहस था न आवश्यकता। सोचे वैरोनिका जो सोचना चाहे। अक्लमन्द को इशारा काफ़ी। दो दिन बाद शाम को वैरोनिका का फ़ोन आया, "चलो, शॉपिंग माल में घूमने के लिए चलते हैं, तुम्हारी एक्सरसाइज़ भी हो जाएगी, ऊबड़-खाबड़, अँधेरी सड़क से सेफ़ रहेगा। बाद में आइसक्रीम खाएँगे—"

"आइसक्रीम खाना तो मैंने छोड़ दिया है—" गंगा ने कहा, "प्रवीण बहन आराम कर रही हैं। मैं ख़ाली हूँ; अभी तैयार हो जाती हूँ—" प्रवीण जी अख़बार पढ़ रहे थे—और शायद फ़ोन की बातचीत भी सुन रहे थे—गंगा तैयार होकर निकली तो बोले "खाना हम खा लेंगे—हमारी फ़िक्र न करो—"

फिर यह नियम बन गया, सप्ताह में दो-तीन दिन शाम को वैरोनिका के

साथ घूमना। वह फ़ैशनेबल लिबास में आती थी, महँगा ट्रैक सूट, महँगे जूते, गंगा ने अचानक एक दिन कहा, "सोच रही हूँ बाल कटवा लूँ—"

"इतने सुन्दर बाल?"

"तंग आ गई हूँ—सोच रही हूँ अपने को एकदम बदल डालूँ—"

वैरोनिका उसे ताकती रही, "धीरे-धीरे—पहले अपना सोच बदलो—फिर चोला—"

"सोच— ? कैसे?"

"निर्भरता और अनिश्चय की भूल-भुलैया—" वैरोनिका चुप होकर तेज चाल से आगे बढ़ गई। लौटते में बोली, "जब रणवीर जी ज़िन्दा थे, तब मैं हर तरह से निर्भर थी, गुड़िया जैसी। सज-सँवरकर बैठी रहती थी। वह अचानक ही एक दुर्घटना में चल बसे—सब कुछ मेरे ऊपर आ पड़ा—अच्छा था कि जेसिका ने शादी छोटी उमर में कर ली थी।

"फिर?"

"फिर क्या—देख रही हो। अपनी ज़िन्दगी आप जी रही हूँ। जो मन में आता है, करती हूँ। बड़ा घर बेचकर फ्लैट में चली गई, ज़िम्मेवारी कम हुई, पेड़, पौधे, झाड़ पोंछ, उठा-धराई सबसे स्वतंत्र।"

गंगा ने चुपचाप सुन लिया।

"नाम भी बदल लिया। वीराँ से वैरोनिका हो गई, और उसी के साथ सब कुछ बदल डाला।"

"तुम हिम्मतवाली हो बहना—"

वैरोनिका ने गंगा की पीठ हल्के से थपथपाई, "समय आने पर हिम्मत आ ही जाती है—"

उस दिन रात का खाना तीनों ने संग ही खाया—प्रवीण दम्पति ने चाँदी के बर्तनों में, गंगा ने प्लेट में। खाते-खाते गंगा ने कहा, "वैरोनिका कह रही थी कि अपना सोच बदलूँ, स्वतंत्र और आत्मनिर्भर बनूँ—"

"सही तो कह रही थी।" प्रवीण जी ने टिप्पणी दी।

"वैरोनिका का कहना, और तुम्हारा मानना—" प्रवीण बहन ने सूप की कटोरी रखकर कहा, "रणवीर कितना धन छोड़कर गए थे। प्रॉपर्टी थी, कई

करोड़ की बीमे की पॉलिसी थी—तभी तो देश-विदेश उड़ती फिरती है—अमरीकी सहेलियों के साथ यहाँ वहाँ—तुम्हारे पति हैं, बेटियाँ, सास-ससुर—"

"हाँ, है तो—और मानते भी बहुत हैं—"

"इसीलिए तो कहती हूँ—बेटियों का सुख लो, ससुराल का मान सम्मान—आराम से रहो—गाड़ी, ड्राइवर—और रहे पति—तो ज़रा सोचो कितने लोग सिर्फ़ रिश्ता निभाते हुए जीते हैं—ज़िन्दगी से समझौता करते हुए ज़िन्दगी निकाल देते हैं, तुम भी निभा लेना—"

गंगा चुप रही। प्रवीण जी के उठकर चले जाने के बाद प्रवीण बहन कहने लगीं—"और अगर डाइवोर्स हो भी जाए तो कोई पाप तो है नहीं। नहीं बनी, नहीं निभी। तुम तो पढ़ी-लिखी हो, अपनी 'बूटीक' खोल लेना—ख़ूब चलेगी। तुम कह रही थीं कि पैतृक ज़मीन पर बने फ्लैटों में दो तुम्हारे हैं, उनसे भी आमदनी होगी। यहाँ ऐसा क्या रक्खा है कि घर बार छोड़कर पड़ी रहो—नौकरी करो और बच्चे को दूसरे पालें—भला ऐसा क्या?"

"बच्चे को दे देना सम्भव नहीं है प्रवीण बहन—"

"समझती हूँ—समझती हूँ—ख़ूब अच्छी तरह समझती हूँ—"

प्रवीण बहन आँखें मूँदकर कुर्सी से पीठ लगाकर आराम की मुद्रा में बैठ गईं। वार्तालाप समाप्त पर प्रश्नचिन्ह गंगा की छाती पर खिंचा रहा। प्रवीण बहन अब हर अवसर पर उसे लौट जाने की सलाह देती हैं। उसे चाहे अच्छी लगे या नहीं। क्या वह मुझसे पीछा छुड़ाना चाह रही हैं—गंगा सोच उठी—

वह वैरोनिका के आग्रह पर सोनोग्राफ़ी कराने पर राज़ी हुई—लड़का या लड़की—उसे फ़र्क नहीं पड़ता था। वैरोनिका के साथ कैथरीन बसबी भी आई थी—गंगा की दृष्टि में आश्चर्य देखकर उसने कहा—"मैं इधर आ ही रही थी, परवीन को देखने," दोनों आकर प्रवीण बहन के पास बैठ गईं—गंगा चलने को तैयार थी, कैथरीन को देखकर उसे चिढ़ सी लगी। ख़ामख़्वाह चिपक रही है—शायद आशा है। गंगा ने इसी चिढ़ में चाय, काफ़ी को नहीं पूछा। बैठी भी नहीं—हैन्ड बैग पकड़े चलने को उद्यत खड़ी रही।

"बच्चा नॉर्मल है यह भी पता लग जाएगा और उसका जेन्डर भी—"

कैथरीन ने कहा, गंगा चुप रही।

"तुम्हारी कुछ बात बनी?" प्रवीण बहन ने धीरे से पूछा।

"गोद लेने के पेपर्स भरने हैं—बाहर से आए बच्चे में बहुत समस्याएँ होती हैं—" कैथरीन उदास हो आई, फिर उस उदासी पर मुस्कराहट से पर्दा डालते हुए बोली, "जब शादी हुई थी तो हम दोनों ने सोचा था कि बेटे का नाम स्टीवेन रखेंगे और बेटी का जूलिया—तुमने नाम सोचे हैं?" वह गंगा की ओर मुड़ी।

"हाँ—बेटी का नाम सहस्त्रललितहासिनी।" गंगा ने बिना सोचे समझे, कुछ रुखाई से कहा—तीनों उसकी ओर देखने लगीं, "इतना लम्बा— इतना मुश्किल नाम—" वैरोनिका ने कहा—"मेरी तो ज़बान ही लड़खड़ा जाएगी—"

"और बेटा हुआ तो?" कैथरीन ने हल्के से कैसे पूछा।

"भीष्म।" गंगा ने कहा, प्रवीण बहन हँस पड़ीं, इतना हँसीं कि खाँसी आने लगी, और उसके बाद उबकाई—

"नर्स!" वैरोनिका ने पुकारा—अपॉएन्टमेन्ट का समय हो रहा था। डेज़ी को सफ़ाई करते छोड़ तीनों बाहर निकलीं—"वह इतना हँस क्यों रही थीं?" कैथरीन ने पूछा।

"मुझे नहीं पता!" गंगा ने कहा, अब इसे कौन समझाए कि महाभारत के भीष्म गंगापुत्र थे—फिर पूछेगी कि महाभारत क्या था, कौन करे मगज़ मारी?

सोनोग्राफ़ी के बाद मालूम चला कि बच्चा अनुमान के अनुसार लड़का होगा। गंगा के मन में आह्लाद की एक लहर दौड़ गई—एरिक उसे भविष्य लौटा रहा है—

"क्या मैं... ?" कैथरीन ने रुक-रुक कर पूछा।

गंगा के चुप रहने पर कैथरीन ने हल्के से उसके पेट के उभार को छुआ—पर उसके होंठ निःशब्द बुदबुदाकर रुक गए।

गंगा बिना कुछ कहे पीछे हट गई—उसने देखा—कैथरीन की आँखें गीली थीं। फिर उसने मुड़कर गंगा की ओर पीठ कर ली और वैरोनिका से कहा, "अब मैं चलती हूँ—"

वह दोनों गलियारे में उसे जाते देखती रहीं—उसके कंधों तक सुनहरे बाल, उसकी स्कर्ट का हर क़दम पर हिलोरें लेना और उसकी ऊँची एड़ियों के जूतों की धीमे-धीमे हल्की होती चाप—

"बिचारी कैथरीन।" वैरोनिका ने लम्बी साँस लेकर कहा, "कितनी बार कोशिश करी, कितने इंजेक्शन, कितनी तकलीफ़ इन विट्रो फ़र्टिलाइजेशन सफल ही नहीं रहा।"

"चलो अब, लंच खाएँ, मुझे भूख लग रही है—" गंगा ने बात पलट कर कहा।

सुबह से प्रवीण बहन प्रफुल्ल थीं—डेज़ी से अच्छी तरह से सिर धुलवाया—छोटे-छोटे बालों की नई पौध को ब्रश से सँवरवाया। आजकल वह ज़्यादातर गाउन में ही रहती थीं, पर उस दिन नया जोड़ा पहनने का मन हुआ, गंगा ने सन्दूक खोल कर बहू के घर से आई करवा चौथ के नज़राने की सलवार कमीज़ खोलकर दिखाई। बिना कुछ कहे उन्होंने आँख से इशारा किया कि ठीक है, जोड़ा यहीं किसी दुकान से ख़रीदा गया था, धूपछाँही नक़ली रेशम पर घचाघच, झिलमिली रंगों की कढ़ाई का काम था। जब मिला था तब प्रवीण बहन ने उपेक्षा से सन्दूक में डलवा दिया था पर आज उसे चुपचाप पहन लिया। उनके क्षीण शरीर पर वह झोले जैसा ढीला ढाला लग रहा था, पर उन सतरंगी सितारों की आभा से प्रवीण बहन का चेहरा भी उजला-उजला लग रहा था, दिन और दिनों की तरह बीता—दोपहर में गुनगुने दूध का एक प्याला—एक दो फाँक सन्तरा, फिर वह सो गईं, प्रवीण जी सुबह-सुबह काम पर चले गए थे, डेज़ी और गंगा पर ज़िम्मेदारी सौंपकर। प्रवीण बहन सो रही थीं और डेज़ी अपने मोबाइल पर बातें कर रही थी, और दिनों की तरह एक और दिन—कुछ विशेष नहीं, बाहर धूप और हल्की हवा। पत्तियाँ हल्के-हल्के जैसे किसी अपनी ही ताल और संगीत पर झूम रही थीं—

शाम को गंगा की पुकार हुई—

"प्रवीण जी कहाँ हैं?"

"आज देर से आने को कह गए हैं—शायद पे-डे हैं—"

"हाँ—तनखा बँटने के दिन देर हो जाती है—" फिर दोनों चुप।

रात को, प्रवीण बहन, जब स्वस्थ थीं—पराठे सब्ज़ी खाती थीं। अब केवल सूप—कभी टमाटर, कभी मूँग की पतली दाल—

डेज़ी के चले जाने के बाद उन्होंने गंगा से कहा, "आओ—ज़रा पास बैठो, आज बातें करने का मन हो रहा है।"

"आप थक नहीं जाएँगी?"

"नहीं, नहीं, आज काया बहुत हल्की-हल्की लग रही है, जैसे बरसों की थकान एक पल में दूर हो गई है—"

"यह तो अच्छी बात है न?"

प्रवीण बहन ने उसे एक ऐसी दृष्टि से देखा जिसे वह समझ न सकी। वह बोली,"लगता है कि स्वामी जी की दवा फ़ायदा कर रही है।" प्रवीण बहन ने उसका हाथ अपने हाथ में ले लिया—उनकी हथेली ठंडी थी, उँगलियाँ सिकुड़ी और झुर्रीदार।

"डेज़ी को खाना बाहरवालों के बर्तन में दिया था न—"

"हाँ—"

घर में तीन स्तर के बर्तन चलते थे, परिवार के लिए चाँदी की थालियाँ, कटोरी चम्मच और बड़े-बड़े नक्काशीदार गिलास, रोज़ रात को उनकी गिनती कर, धो पोंछ कर रखना उसी का काम था—जो लोग परिवार के नहीं थे, पर आत्मीय थे उनके लिए चीनी के बर्तन थे, अच्छी क्वालिटी के, अँगरेज़ी पोर्सलीन, जिनका सुनहरापन और रंग धुल-धुल कर फीके होते जा रहे थे—बाहरवालों के लिए भी चीनी के बर्तन थे, भारी, मोटी बनत के—एक दम सफ़ेद, न फूल न पत्ती, न सजावट। गंगा कभी-कभी आलस में उन्हीं में खा लेती थी। कई बार ख़्याल आया कि क्या वह चाँदी के बर्तनों में खाने लायक़ नहीं है, क्या उसके लिए थाली, चम्मच, कटोरी प्रवीण बहन के भंडारघर से नहीं निकाली जा सकती थी? प्रवीण बहन के मायके में सोना-चाँदी बहुत था; शादी में उन्हें चाँदी की पचास थालियाँ और अन्य बर्तन मिले थे। बालों में लगाने के लिए सोने के क्लिप से लेकर सोने की पायल तक—

"आपको कभी पहने नहीं देखा—" गंगा ने कहा,

"सोना तो सब बहू को दे दिया—चाँदी पड़ी है, सन्दूकों में—वीराँ तो बहुत लालची है, इसीलिए कह दिया था कि सन्दूक ख़ाली पड़े हैं—" पर तब भी प्रवीण बहन ने यह नहीं कहा कि तुम अपने लिए कुछ बर्तन निकाल लो।

गंगा बाहरवालों के बर्तन ही प्रयोग करती रही।

"आपके हाथ ठंडे हैं—" गंगा ने विचारों को समेट कर कहा।

"थोड़ी ठंड लग रही है—" प्रवीण बहन ने कहा, "ज़रा शाल पैरों पर डाल दो—"

उसने शाल एहतियात से उनके पैरों पर डाल दी, आकर फिर कुर्सी पर बैठ गई।

"क्या सोचती रहती हो गंगा—आगे के बारे में कुछ सोचा?"

"क्या सोचूँ—जब तक आप कहेंगी, यहाँ रहूँगी—फिर—"

"फिर? कहीं और जाने की जगह बची है क्या? गोरे रंग का बालक लेकर मायके जाकर खड़ी होगी? सिन्हा तो तुम्हें रखेंगे नहीं—"

गंगा चुप रही। बार-बार वही बात।

"बस—यहीं रहना—इसी घर में, इसी तरह। प्रवीण जी की देखभाल करती रहना। प्रवीण जी, यह तुम्हारा बच्चा नहीं अपना पाएँगे—सुनने में तुम्हें बुरा लगता है, मगर मैं तो आख़िरी बार यही कहूँगी कि बच्चा उस अमरीकी डॉक्टरनी को सौंप दो। वह कलेजे से लगाकर रखेगी—बहुत अच्छी तरह पालेंगे पोसेंगे। तुम भी फ्री हो जाओगी—"

"और मेरा कलेजा?" गंगा ने धीरे से कहा।

"सहना ही पड़ेगा—बेटा चला गया तो सहा कि नहीं? बेटियाँ छिन गईं तो भी जीती हो कि नहीं—"

फिर कमरे में चुप्पी।

"बत्ती जला दूँ—"

"अभी नहीं—शाम का यह झुटपुटा समय मुझे भाता है।"

फिर चुप्पी, प्रवीण बहन ने अपना हाथ खींच लिया—शाल को चिकनाती हुई बोलीं, जैसे अपने आप से बातें कर रही हों, "न जाने क्यों तुम्हें सलाह देती रहती हूँ;, तुम अपनी लगती हो इसीलिए। तुम्हें बुरा भला कह देती हूँ—शायद तुम्हारे सुख से जलन होती है—"

"मेरे सुख से? कैसा सुख? कौन सा सुख?"

गंगा ने आश्चर्य से कहा।

"अरे बहना—यह प्रवीण जो तुम अब देख रही हो, ढली हुई, सूखी सिकुड़ी, गंजी, एक ढाँचा मात्र—ऐसी मैं हमेशा नहीं थी—" वह धीरे-धीरे

हँसने लगीं; जैसे अपने पर ही व्यंग्य कर रही हों—"एक समय था मुझ पर भी जवानी चढ़ी थी—लहराती थी मैं—उड़ती फिरती थी, मस्त तरंगों में ऊभती-डूबती रहती थी—तुम इमैजिन कर सकती हो?"

गंगा उस युवती की कल्पना कर सकती थी।

"पल्लू से सिर ढाँपती, अपने शरीर को समेटती लजाती मैं बड़ी हो रही थी। फिर ब्याह हो गया—धूम-धड़ाके से, बहुत दहेज लाई थी इसलिए सुसराल में इज़्ज़त थी। प्रवीण जी शादी के बाद तीन महीने रहे—उस समय मैं समझ नहीं पाई, पर हमारे बीच का रिश्ता जैसे एक रसम को पूरा करना था। मेरा शरीर तो जैसे सोया पड़ा था—"

वह चुप हो गईं—काफ़ी देर चुप रहीं, जैसे अतीत में अपने को ढूँढ़ रही हों।

"शरीर सोया पड़ा था—पर ब्याह का विचार अच्छा लगता था। लड़कियाँ तो बचपन से ही ब्याह पर अपनी सारी उम्मीदें टाँग देती हैं—सुनती रहती थी, सुसराल, सास और दूल्हे के बारे में—रंगीन-रंगीन ख़्वाब उठते थे मन में, शौक होता था झलर-मलर रेशमी कपड़े, गहना, ज़ेवर, दहेज़, और दूल्हा—ब्याह हुआ तो मैं कितनी ख़ुश थी, चाव मन में समाता ही न था—रोज़ नहा-धोकर, सँवरकर, काजल, पराँदे, सब से सजकर बाहर निकलती थी—सब कुछ अच्छा-अच्छा लगता था—क्या जानती थी इनको—कैनेडा में रहनेवाले रिश्तेदारों ने ब्याह पक्का कर दिया; परदेस में। मुझे इतनी समझ कहाँ थी, शादी के बाद रात को मिलते थे, दोनों जने शर्माते। बातचीत, जान-पहचान का मौक़ा ही नहीं मिला। यह वापस चले गए; तब इतना फ़ोन, कम्प्यूटर, बातचीत का ज़माना कहाँ था—कोई दुर्घटना होती या कोई मर जाता तो तार से ख़बर दी जाती थी। फिर यश के आने का पता चला—सब बेहद ख़ुश, गद्‌गद, मैं भी ख़ुश थी। सबकी दुलारी तो थी ही, अब वह लाड़-प्यार और भी बढ़ गया। यश हुआ तो माँ ने उसे सँभाल लिया, वही सब करती धरतीं, अपने पास सुलातीं, मैंने भी सारा भार उन्हें सौंप दिया—जैसे परदेस में पति नाम का एक व्यक्ति था, उसी तरह घर में मेरा बच्चा था, मैं दोनों से अलग, इतनी समझ कहाँ थी, और करती भी क्या। बेटे के जन्म के बाद जैसे मुझ पर भरपूर जवानी आई; शरीर भर गया, चेहरा निखर आया और ऊपर से नीचे तक अन्दर एक आग धधकने लगी; बुझती भी तो कैसे। प्रवीण जी,

एक परछाईं सरीखे मुझसे दूर, अलग-थलग लगते। आँखें बन्द करती तो चेहरा भी न याद आता। क्या हाल था मेरा, ख़ुद ही समझ न पाती कि मुझे हो क्या रहा है, यह छटपटाहट, यह बेचैनी कैसे दूर करूँ? पगलाई-पगलाई इधर-उधर डोलूँ, और मेरी यह हालत घर में किसी को न दिखी, किसी को समय ही न था, माँ की गृहस्थी थी, यश था, अन्दर बाहर का काम था, पिता और दोनों बड़े भाई, अपने-अपने कामों में, पिता खेती-बाड़ी में, भाई अपनी-अपनी नौकरियों में, घर से दूर। हफ्ते में दो एक बार आ जाते, उसमें भी हर वक्त पैसों और कमाई की बातें—" प्रवीण बहन चुप हो गईं, इतनी देर चुप रहीं कि गंगा को लगा कि उनकी आँख झपक गई हैं। पर फिर वह कहने लगीं—धीमी, मन्द आवाज़ में, जैसे वह अपने से ही वार्तालाप कर रही हो, "उसका नाम फ़कीरचन्द था। पड़ोस के फ़ार्म में मैनेजर था, छड़ा, एकदम अकेला, न कोई आगे न पीछे। बत्तीस-तैंतीस की उम्र, देखने-सुनने में मामूली, पर बड़ा मीठा बोलता। घर आया करता था, सब उसे पसन्द करते थे, माँ और पिताजी की बहुत इज्ज़त करता था। वह भी उसे मानते थे, माँ लड़कियाँ बताया करती थीं और ब्याह के नाम पर वह सिर्फ़ हँस देता था। पता नहीं कैसे उससे टकरा गई—" प्रवीण बहन रुकीं, हाथ बढ़ाकर पानी का गिलास उठाया, पर बिना पिये ही रख दिया।

"टकराई, और उसी की हो गई। एकदम पागल, एकदम मतवाली, न अपनी सुध, न बच्चे की, न माँ बाप के नाम की। जैसा पूरा तन एक आग में धधकता रहता था, एक ऐसी प्यास तन-मन में बस गई थी कि बुझने का नाम ही नहीं लेती थी। सारे दिन एक खुमारी में खिड़की से लगी बैठी रहती थी। जब उसे ट्रैक्टर पर लौटता देखती तो शाम को सैर के बहाने बाहर निकल जाती। जब वह मुझे छूता तो सारा बदन थरथराने लगता, उत्कंठा और आकांक्षा से। क्या अनोखा, अपूर्व था वह एक्सपीरियन्स। बस हम दोनों होते थे, आपस में गुँथे हमारे शरीर, हमारी एक सार धड़कन। कुछ समय बाद मैं निडर हो गई, जब सारा घर सो जाता तो चुपचाप निकलकर, पगडंडियाँ पार कर, भागकर उसके पास पहुँचती। हमारे खेतों के बीच एक बड़ा सा, चौड़ा सा गन्दा नाला था, हमेशा बदबू और भभक से भरा। पर मुझे न साँपों का डर था न जंगली जानवरों का, न गन्दे नाले की परवाह। वह मेरी चाप सुनता, कुंडी खटखटाने से पहले किवाड़ खुल जाते और वह बाँहें फैला देता और मैं उसके ऊपर गिर

जाती। एक गहरे नशे में डूबी-डूबी समय गुज़ार देती। पौ फटने से पहले वह मुझे जगाता और मैं एक ख़ुमार, एक मस्ती से भरी, थिरकती हुई पिछवाड़े से घर में घुसती; लगता था कि किसी को कोई ख़बर नहीं हुई। कुछ नहीं सोचती थी, कि मेरे कहीं दूर, परदेस में पति हैं, एक बच्चा है, माँ-बाप की इज्ज़त है। कितनी आत्मरत, कितनी स्वार्थी हो गई थी। मन होता था कि बस इसी तरह दोनों हाथों से अपनी ख़ुशी उलीचती रहूँ—''

प्रवीण बहन फिर चुप हो गईं। बाहर साँझ का अँधेरा गहरा हो गया। कमरे में धुँधलका और हॉल में पुरानी घड़ी की टिक्-टिक्। प्रवीण जी अभी भी नहीं लौटे थे। गंगा एकदम चुप, स्तब्ध—

''इस दीवानगी में कितना समय बीत गया। कहीं बैक ऑफ़ माइन्ड में था कि मुझे कभी-न-कभी तो सुसराल जाना ही होगा। यह सोचकर ही दिल घबरा जाता था—जब समय आएगा तो देखा जाएगा; कह दूँगी कि मुझे नहीं जाना; यहीं रहना है—जो भूकम्प और तूफ़ान आएगा, उसे झेल लूँगी—कितनी नादान, कितनी बेवकूफ़ थी मैं, तो एक दिन मुझे सुना दिया गया कि दो दिन में मेरी बिदाई है, झटपट सारा काम हो गया और मुझे कानोकान ख़बर न हुई। सारे कागज़ आ गए, टिकट बुक हो गए, यश को टीके लग गए, मैं सुन्न, स्तब्ध। क्या करूँ कुछ समझ में नहीं आ रहा था, अब इन दो दिनों घर पर ही रहना है, ले जाने वाला सामान पैक करना है—बड़े भाई आकर सुना गए और भाभी कमरे में जम कर बैठ गईं और समेटने लगीं सारा सामान, मेरे कपड़े, गहने गुरिया, चूड़ियाँ पराँदे—मैं ज़ार-ज़ार रोऊँ पर किसी पर कोई असर नहीं, 'सुसराल जाने से पहले सभी रोती हैं—''भाभी ने कहा।''और यह बेचारी तो परदेस जा रही है। कच्ची उम्र है, साथ में छोटा बच्चा कैसे क्या सँभालेगी, यही सोच-सोचकर बेहाल हो रही है—' आने-जाने वालों से वह कहें—और यह सुन मैं और भी बिलख-बिलख कर रोऊँ। माँ, मुझे दूर देस भेजने के ख्याल से रोए और मैं फ़कीरे से बिछुड़ने के ख़याल से तड़पूँ। घायल चिड़िया की तरह फड़फड़ाऊँ कि कैसे यहाँ से निकलकर भागूँ—मेरे चाचा-चाची, जिन्होंने यह रिश्ता सुझाया था मुझे लेकर जा रहे थे। चाची यश को सँभालने के लिए और चाचा बाक़ी सब देखने भालने को। एक मर्द तो साथ होना ही चाहिए—पिताजी ने यही तय कर दिया था।''

एक लम्बी आह भरकर उन्होंने कहना शुरू किया—''उस रात जब भाभी

उठकर खाना खाने गईं तो घर की पुरानी नौकरानी जीवाँ को पहरे पर बिठा गईं। मट्ठियाँ बाहर असली घी में बन रही थीं, जले हुए घी की बास जैसे घर के कोने-कोने में बस रही थी। सारे दिन रिश्तेदार आते रहे, हँसी ठट्ठा, चाय-नाश्ता, खाना-पीना सब लगातार चलता रहा। मैं अधमरी सी पलंग पर पड़ी थी, मेरे चारों ओर सामान बिखरा पड़ा था।

"सुन जीवाँ—मुझे थोड़ी देर के लिए बाहर जाने दे न।" हिम्मत जुटाकर मैंने कह ही दिया। एक वहशत के दौर में मैं आगा-पीछा सब समाप्त करने की ठान चुकी थी।

"कहाँ जाओगी बेबेजी?" वह रुकी, फिर बोली, "कल रात फ़कीरे का क़तल हो गया। सुबह उसकी लाश गन्दे नाले में पड़ी मिली। अपने को सम्हालो, घर में सबको तुम दोनों के बारे में पता चल चुका है—"

"हाय—" शायद मेरे मुँह से निकला होगा। शायद फिर बेहोश हो गई—पानी के छींटों से जब आँखें खोलीं तो माँ और भाभियाँ मेरे हाथ और तलवे सहला रही थीं।

"अपने को सँभाल पुत्तर" शायद यह माँ रही होगी।

"सुबह-सुबह तेरी बिदाई है, ख़ुशी-ख़ुशी अपने घर जा—"

इसके बाद मुझे कुछ याद नहीं, कैसे पंजाब से दिल्ली, दिल्ली से सिंगापुर—वहाँ से सैनफ्रांसिस्को—मैं बेहोशी और गफ़लत की हालत में यहाँ पहुँची—चाची बार-बार गोलियाँ पकड़ाती और मैं निगल लेती और सो जाती। मुझे देखकर प्रवीण जी ने न जाने क्या सोचा होगा, एकदम बावली, बेहाल। एयरपोर्ट पर इन्होंने तुरन्त यश को गोद में उठा लिया; एकदम गद्गद, रोम-रोम से ख़ुशी चू रही थी। उस क्षण मैंने सोच लिया कि मैं इनके लिए आदर्श बीवी बनकर रहूँगी, आदर्श संगिनी। कभी इन्हें किसी प्रकार का सन्ताप या दुख नहीं दूँगी और तीस सालों से यही करती आ रही हूँ। यह शरीर भी अजीब है, कहाँ इच्छा, चाहत से धधका करता था, अब भरी जवानी में ही ठंडा पड़ गया। यह तो स्वभाव से ही शर्मीले थे, इनकी ज़रूरतें भी कम थीं, मुझे वह सूट करता था। ऊपर से यश की आदर्श माँ—इनकी आदर्श बीवी, आदर्श गृहिणी—सबको चकमा दे दिया पर अपने को न झुठला सकी—सुनो गंगा, यह संग साथ, यह नज़दीकी सब एक पोली सी दीवाल है। इसमें ज़रा-सा भी दम नहीं। बहुत सहेजकर मैंने यह भ्रम पालकर रक्खा है—पर

मैंने धोखा दिया है—" प्रवीण बहन चुप हो गईं—फिर बोलीं, "अपने को—प्रवीण जी को, दुनिया को। पर परिस्थितियों का तकाज़ा था। इसी धोखे, छलावे और दोहरेपन में सारी ज़िन्दगी गवाँ दी—" एक सिसकी, एक हिचकी, फिर मौन।

अँधेरे में प्रवीण बहन का चेहरा नहीं दिखता पर वह अवश्य आँसुओं से भीग रहा होगा। यह गंगा अपने आप समझ रही थी।

"यह ज़िन्दगी ऐसे ही काट दी—उसकी तो मेरे घरवालों ने जान ले ली, मैं यहाँ जैसे देश निकाला भुगतती रही। अगर हम दोनों को साथ पकड़ लिया होता तो मेरी लाश भी उसी गन्दे नाले में मिलती, वह अच्छा ही होता—यों इंच-इंच तो न मरती—"

प्रवीण बहन ने लम्बी साँस खींची, "फ़कीरचन्द के क़तल की पूरी-पूरी ज़िम्मेदारी मैंने अपने सीने में तलवार की तरह भोंक ली। उसका नाम एक बार होंठों पर नहीं लाई। जब यह कैंसर हुआ तो मुझे लगता कि फ़कीर चन्द के क़तल की बात सुनकर मैं जो शोक न मना पाई थी वहीं आँसू, वही सिसकियाँ मेरे अन्दर ज़हर बनकर भिद गए थे और अब शरीर और न झेल सका तो टूट गया—कैंसर के रूप में अंग-अंग को खा रहा है, पहले छातियाँ, फेफड़े फिर लिवर, फिर अन्दर-ही-अन्दर रेंगता हुआ सब कुछ लील रहा है। कितने सालों से मेरा संगी बना हुआ है, डॉक्टर एक जगह ठीक करते हैं तो दूसरी जगह फूट पड़ता है। क्या यह मेरे प्यार करने की सज़ा मुझे मिल रही है? रात के अँधेरे में यही सवाल मुझे डराते रहते हैं—गंगा!"

गंगा रो रही थी, चुपचाप। उसका जी भर आया था, प्रवीण बहन अपने अन्दर इतना कुछ छुपाये हुए हैं, यह जानकर दिल दहल गया था।

"सभी को बार-बार ज़िन्दगी सँवारने के मौक़े नहीं मिलते। मुझे मिला, और मैंने पूरी कोशिश करी—तुम भी गंगा—अपनी गति पकड़ो—आगे जियो, मेरी बात मानो; अकेले, निर्बन्ध जियो। तुम्हें हक़ है, अपनी ख़ुशी बटोर लो—जहाँ भी मिले।" गंगा ने सब कुछ चुपचाप सुना था—पर वह थर्रा गई थी—वह उठकर भागना चाहती थी जिससे कि अपने गड्मड् विचारों को कुछ तरतीब दे सके। मगर ज़िन्दगी में तरतीब कहाँ हैं?

बाहर का दरवाज़ा खुला—गंगा उठ खड़ी हुई। "प्रवीण जी आ गए—मैं खाना लगाती हूँ—"

पर थोड़ा ठिठकी, "आप ठीक तो हैं प्रवीण बहन—"

"ज़रा टेबिल लैम्प जला दो—हाँ, मैं ठीक हूँ—"

वह अन्दर से विचलित ज़रूर थी। प्रवीण जी के कमरे में आने से पहले ही वह बाहर चली गई। पर जाने से पहले प्रवीण बहन की ठंडी हथेली हाथ में लेकर आश्वासन रूप में हल्का सा दबाना नहीं भूली। वह प्रवीण दम्पति को अकेले छोड़कर अपने कमरे में चली तो आई पर उसके मन में जो झंझावात् उठ रहा था, उसका सामना कैसे करे—समझ नहीं पा रही थी, एक ओर उसके अन्दर स्वार्थपूर्ण विचार उभर रहा था—यह सब कहने की उन्हें क्या ज़रूरत थी? एक भ्रम को पालकर गंगा जिस दृष्टि से देखती आ रही थी, देखती रहती, आदर से। शरण देने की उदारता से अभिभूत। एक अर्द्धशिक्षित परन्तु बहुत साहसी, करुणामय और आत्मबली स्त्री के रूप में सोचती रहती कि वह कितनी त्यागमयी हैं—पतिप्रेम के कारण कभी वापस नहीं गईं, देश, परिवार सभी को छोड़ दिया।

शायद प्रवीण बहन को वह सब कहने की ज़रूरत थी, वह अपनी खोखली, सारहीन और सुखहीन ज़िन्दगी का सत्य उसे बताना चाहती थीं। उन्हें किसी से पूरा-पूरा सच कहने की बाध्यता थी—पर वह किससे कहतीं—गंगा के अतिरिक्त और कौन था जिसके आगे वह अपने उन्मत्त प्यार की बात बिना शर्म, बिना अपराध भावना और बिना झिझक के साथ कह सकतीं? वह दीवानगी, वह पागलपन ही उनके जीवन का सत्य था, बाक़ी सब, जैसा उन्होंने स्वीकारा एक छल-कपट की दीवार थी, एक झूठ था जिसे उन्होंने जीवन भर जिया और वही उनके अस्तित्व और शरीर को धीरे-धीरे काठ में लगी दीमक की तरह खा गया। वह कभी अपने पिता और भाइयों को माफ़ न कर पाईं, जिन्होंने फ़कीरचन्द का क़त्ल करवाकर उसकी लाश गन्दे नाले में फिंकवा दी थी। उन्होंने कभी फिर उनका मुँह न देखा। एकदम काट दिया अपने जीवन से; कभी मुड़कर देश की ओर देखा नहीं, कितना साहस था उनमें।

गंगा को नींद नहीं आती—उसकी बन्द आँखों के सामने तरह-तरह के चित्र नाच रहे हैं—रक्त में लथपथ एक युवक का शरीर—रेशमी कपड़ों में मुँडेर-

मुँडेर फलाँग कर भागती हुई एक दीवानी लड़की—और अब, बिस्तर पर पड़ा एक दुर्बल, झुरा और मुरझाया हुआ शरीर जिस पर अनेक ऑपरेशनों के, ज़ख़्मों के दाग़ ही दाग़ गुदे हुए हैं।

गंगा उठकर बिस्तर पर बैठ गई। रात काफ़ी बीत गई थी—बहुत देर बैठी-बैठी अँधेरे में पता नहीं क्या घूरती रही। घर में सन्नाटा था, पर रात की आवाज़ें थीं—बड़ी घड़ी के पेंडुलम की मद्धिम ही, पर सम ठक्-ठक्—बाहर किसी पक्षी की चीख़ और फड़फड़ाना, पेड़ों की पत्तियों के बीच गुज़रती हवा की सरसराहट—उसने उठकर खिड़की खोली—आकाश में आधा चन्द्रमा था, शायद सप्तमी का—कुछ तारे भी, टिमटिमाते हुए। उसने खिड़की बन्द कर दी और लौटकर बिस्तर पर लेट गई—शायद नींद आ गई होगी क्योंकि दरवाज़े पर थपकी पड़ी थी। पहले एक हल्की—फिर दूसरी—वह भी झिझकती सी। फिर तेज़ आग्रहपूर्ण।

गंगा ने उठकर दरवाज़ा खोला। बाहर प्रवीण जी खड़े थे—हल्के अँधेरे में, स्पष्ट न देखते हुए भी गंगा को लगा कि उनका चेहरा आँसुओं से तर है।

"तेरी सहेली चली गई—" एक सिसकी के साथ प्रवीण जी ने कहा—फिर वह चुपचाप लौट गए।

तीसरा खंड

रोज़ सुबह जल्दी ही जाग जाती है। चाय-नाश्ता कर वह धीरे-धीरे तैयार होती है। दिन के कामकाजी कपड़ों में, ख़ाकी या मटमैली पड़ गई सफ़ेद पैन्ट और ऊपर बिना कॉलर और अकसर बिना बाँहों की कुर्ती। तब तक काम वाले भी आ जाते हैं, पैंतीस-छत्तीस साल का ठिगना, गठे बदन और टेढ़े-मेढ़े, घिसे हुए दाँतों वाला पुरुष, जिसका नाम जीसस है पर स्पेनिश में हेसूस बुलाया जाता है, उसका छोटा भाई सिकन्दर और पत्नी मारिया। तीनों आकर उसके बाहर आने की प्रतीक्षा करते हैं।

बाहर निकलकर वह सामने एकड़ों फैली हरियाली को देखती है। चारों तरफ़ हरे-भरे खेत हैं, फिर हेसूस के साथ पैदावार का मुआयना करती है, उनकी उपज के अनुसार उस दिन का भाव तय होता है। हमेशा अपने हरे-भरे खेत देखकर उसका हृदय पुलक उठता है। हर वस्तु अपने में कितनी सुन्दर है, चाहे सेम की फलियों के गुच्छे के गुच्छे हों या फिर करेले की लहलहाती बेलें जो हरदम पीले फूलों से खचाखच भरी रहती हैं। गोड़ाई, सफ़ाई सिकन्दर करता है, फूलों की बगिया मारिया के हवाले है, वह सुबह-सुबह फूल काटकर, गुलदस्ते बनाकर काँच के मटकों में सजा देती है, उसे शऊर है कि कौन से फूल किन रंगों के साथ फबेंगे। दिन के अन्त में भले ही हरी तरकारियाँ बच जाएँ—फूल के गुलदस्ते तो एक बजे तक ही बिक जाते हैं। दिन ढले 'बेघर लोगों के पनाहगाह' की वैन आकर बची-खुची तरकारियाँ ले जाती है। वह उसी, बड़े-बड़े कमरों वाले पुराने फार्म हाउस में रहती है, बरसों से अकेली। प्रवीण बहन और प्रवीण जी के कमरे बन्द पड़े हैं, धूल-धक्कड़ और मकड़ी के जालों से परिपूर्ण। पहले कभी-कभार सफ़ाई करवा देती थी पर कुछ समय से उसका अवसर भी नहीं आया। उसने कुछ भी

हटवाया नहीं, सब कुछ वैसा का वैसा। वही बड़े-बड़े सन्दूकों में भरे बर्तन, कपड़े, कम्बल, रज़ाइयाँ, उनमें से उसे कुछ नहीं चाहिए। प्रवीण बहन के भोजन के चाँदी के बर्तन दान कर दिए थे। प्रवीण जी ने अपने बर्तन मालूम नहीं क्या किए, हर चीज़ समय के साथ नष्ट होती जा रही होगी, प्रवीण बहन के अलमारियों में भरे कपड़े—बिना पुताई सफ़ाई के दीवारें, फ़र्नीचर, सब कुछ नश्वर ही तो हैं। वह अकसर सोचती है, वर्षों पहले उन स्वामी जी ने ठीक ही तो कहा था, जब भारत से अमेरिका लौटी थी और यहाँ आई थी तो मानो गुमान भी नहीं था कि यही स्थायी घर बन जाएगा। यहाँ वह एकदम अकेली है, न परिवार, न सम्बन्धी—चलिये अब ऐसी जगह जहाँ कोई न हो—उस समय कुछ ऐसे ही तो शब्द कहे थे—बीमार हो तो कोई तीमारदार न हो, मरने पर कोई अफ़सोस करने वाला भी न हो—जीवन एकदम शान्त है, समतल भूमि पर जैसे मंथर-मंथर गति से बहता पानी, कोई बड़ी लहर नहीं, न कोई तूफ़ान, न बवंडर, पीछे के जीवन के पन्नों की स्याही समय ने धूमिल कर दी है, अब वह पन्ने पलटकर देखना भी क्या? आगे का जीवन यों ही एकान्त में, एकाकी और संघर्षहीन बीतेगा—पर एक आस मन में अटकी हुई है। उसी आस के बल पर सुबह जागकर उठना होता है, और उसी को मन में ढाँक तोपकर रात को शैया पर जाना होता है।

सब कहते हैं, यह साग सब्ज़ी, फूलों की खेती में इतना परिश्रम क्यों करना? आराम से जियो—वृद्ध वयस्कों का टूर ग्रुप लेकर योरप जाओ, या आस्ट्रेलिया, बड़ी-बड़ी शिप पर भ्रमण करो, अपने को एंजौय करो। पर उसे इस सब भाग दौड़ की चाहना नहीं है। उसे अपनी इसी हरियाली, खेती, पेड़-पौधों में बहुत सुकून मिलता है।

हेसूस दस साढ़े दस बजे तक उसके लिए एक छोटा सा तम्बू लगा देता है, बाँट बखरे रख देता है। कैश बॉक्स वह ख़ुद लाती है। सारा दिन इसी में निकल जाता है, लोग स्वयं अपने थैले लेकर खेतों में जाते हैं, अपने आप तोड़ते हैं, लाकर, तुलवा कर पैसे देते हैं और तुष्ट भाव से चले जाते हैं, कितने ग्राहक तो विशेष परिचित हो गए हैं, उससे अपने लड़के बच्चों, परिवार की बातें, बीमारी, दुख बाँटते हैं, और वह भी इसी तन्तु से बाहर की दुनिया से जुड़ी हुई है। आस-पास की दुनिया इन अठारह उन्नीस वर्षों में कितनी सिकुड़ गई है—न प्रवीण बहन, न प्रवीण जी, न वैरोनिका—सभी काल

के गर्त में समा गए। उधर—वहाँ कितने समुद्रों पार, कितने हज़ारों मील की दूरी पर भी समय ने अपनी छाप छोड़ दी है। जज साहब-बड़े दद्दा के मरने के बाद पता चला कि बाबा से मिली ज़मीन जायदाद तीन भाइयों और उनके परिवार में बराबर बाँटने के बजाय, सारी प्रॉपर्टी उन्होंने अपने नाम ही कर ली थी। चाचा और उनके बेटे तो दो फ्लैटों में रह ही रहे थे—उन्होंने निकलने से इनकार कर दिया। लड़ाई-झगड़ा, मुक़दमेबाज़ी के बाद सुलह हो गई और तीन-तीन फ्लैट दद्दा और चाचा के परिवार ने बाँट लिए। दो फ्लैट गंगा के हैं, यह सब तयेरे भाई, जज साहब का ज़बानी फुसलावा था। उसे कुछ नहीं मिला—एक धेला तक नहीं, न एक गज़ ज़मीन, जैसे पापा वाला बँगला ताऊ जी ने हथिया लिया था, एक छोटा सा कमरा और एक कुठरिया माँ को देकर, उसी प्रकार उसे भी चालाकी से, जजसाहब ने अलग कर दिया। मिले थे बस वही चालीस हज़ार, जो उन्होंने दिल्ली में दिए थे। गंगा को अफ़सोस बहुत हुआ था, इसलिए नहीं कि उसे कुछ चाहिए था, बल्कि इसलिए कि जिन बड़े दद्दा का वह इतना आदर करती थी, वही उसके साथ ही नहीं, सभी के साथ बेईमानी कर गए। अगर फ्लैट होते तो कभी शायद लौटने का सोचती—पर अब वह सब सोचकर क्या मलाल करना।

झरना ने शादी पहले की थी, पसन्द की, पढ़ने-लिखने में मन नहीं था—ख़बर अम्माँजी ने विवाह के बाद दी थी, ज़ाहिर था कि उसके जाने का सवाल ही नहीं उठा। शादी बहुत धूम-धाम से हुई थी, बहुत कुछ दिया लिया भी—समय के अनुसार, फ्लैट, गाड़ी, फ़र्नीचर, आख़िर इतना सब इन्हीं दोनों का तो है, अम्माँ जी ने कहा था। गंगा झरना के विवाह के बारे में सुनकर थोड़ा ख़ुश भी हुई, थोड़ा रोई थी, लड़की इतनी बड़ी हो गई, ज़िन्दगी में झरना और सपना का अभाव पट गया था, वैसे ही जैसे भविष्य का चेहरा भी धुँधला गया था, बच्चों के बारे में सोचकर केवल टीस सी होती थी, दारुण पीड़ा नहीं। मैंने भी तो—गंगा ने सोचा—बेटियों के लिए कुछ भी, थोड़ा सा भी तो त्याग नहीं किया। यहाँ का जीवन, यहाँ की सुविधाएँ छोड़कर हमेशा के लिए वापस नहीं चली गई। पर मुझे वहाँ का तनाव, लांछन और प्रताड़ना सहन नहीं थी। रुका तो नहीं किसी का जीवन, न उसका, न प्रवीण जी का—न बिहारी बाबू का, न अम्माँ जी का।

उस दिन न जाने क्यों इतने ग्राहक आ गए थे। सुबह से ताँता लगा था, बाद में तो उसने तोलना बन्द कर दिया था, अन्दाज़ से देखकर पैसे बताना शुरू किया—जितने बनते थे, उनसे थोड़ा कम ही।

किसी तरह लोगों की क़तार कम हुई, पास आकर खड़े हुए अन्तिम व्यक्ति की ओर बिना देखे गंगा ने पूछा "क्या-क्या लिया?"

पुरानी मेज़ चरमराती है, विलायती ढंग की तराज़ू, ज़ंग लगा कैश बॉक्स, आस-पास की हर चीज़ घिसी हुई है, पुरानी, रोज़-रोज़ काम आने वाली। वह स्वयं भी तो—कामकाजी हाथों में ढीली-ढीली, सोने की एक-एक चूड़ी—बाल खुलकर कन्धों पर ढल आए हैं—उन्हें पीछे करते हुए गंगा ने ग्राहक को देखा। ग्राहक के हाथ ख़ाली हैं, कोई थैला नहीं, न छोटे-छोटे गोल बैंगन, न कड़वे करेले, न मेथी।

प्रश्नभरी आँखें कुछ क्षण के लिए टिकी रहीं।

यह दिन का अन्त है, सूरज फ़ार्म हाउस के पीछे छिप चुका है। केवल पश्चिम के बादलों में हल्की-हल्की अरुण आभा बिखरी हुई है।

उसके कुछ कहने से पहले ही दिल ज़ोर-ज़ोर से धड़कने लगा। मेज पर हाथ टिकाकर खड़े होते हुए आँखें उसी पर टिकी रहीं—

"मैं स्टीवेन हूँ—" युवक ने कहा।

"स्टीवेन?" प्रश्न निरर्थक था, गंगा ने बिना कुछ कहे सुने उसे पहचान लिया।

फिर भी स्टीवेन कहने लगा, "जन्म का नाम स्तव्य, स्टीवेन एरिकसन...बसबी। आपको कुछ याद आया? उसे सिर्फ़ अँगरेज़ी आती है, बातों में न आक्रोश है, न भर्त्सना, केवल एक प्रतीक्षा।

भूली ही कब थी—गंगा ने कहना चाहा, "स्तव्य—स्टीवेन—एरिकसन।" उसने दोहराया। अन्दर हलचल है, एक ज़ोर का तूफ़ान, पर स्टीवेन शान्त है, अकम्प, अडिग, स्थिर।

"माँ...." स्टीवेन ने हल्के से कहा, "क्या मैं आपको माँ कह सकता हूँ?"

मेज़ के दूसरी तरफ़ आकर गंगा ने चाहा उसे छाती से लगाकर भींच ले, पर ठिठक गई। न जाने उसे कैसा लगे। भावनाओं का इतना खुला प्रदर्शन शायद वह सह न पाए।

"कैसे हो? मुझे कैसे ढूँढ़ा—" वह अप्रत्याशित आह्लाद से भर उठी। यह पूछने की आवश्यकता नहीं है, उन्नीस बीस साल का स्टीवेन एकदम दुबला और लम्बा है। चेहरा एकदम पीलपीला, रक्तहीन। सिर पर बाल नहीं हैं, उसने न्यूयार्क यांकी दल की बेसबाल कैप लगा रखी है।

स्टीवेन चरमराती मेज़ के किनारे उठंगकर बैठ गया—"तुम खोई कहाँ थी माँ? मुझे काफ़ी दिनों से पता था कि तुम कहाँ हो—"

"फिर इतने दिनों कहाँ रहे?" गंगा का गला भर आया और अचानक आँखें डबडबा आईं—अब तक हेसूस, मारिया और जो अपने को एलेहैन्ड्रो और वह सिकन्दर कहती थी, खुली उत्सुकता से यह मिलन देख रहे थे, वह गंगा का बेटा होगा—यह उनकी कल्पना और समझ से परे था—पर है कोई बहुत निकट का—यह उनकी मुद्रा स्पष्ट बता रही थी।

बिना कुछ कहे गंगा ने हाथ से इशारा किया, सब कुछ बटोरकर ख़तम करने का—कैश बाक्स उठाया और स्टीवेन से कहा, "चलें?"

दोनों अन्दर आ गए। बैठक में सुखद ठंडक थी और थोड़ा अँधेरा भी। गंगा ने खिड़कियाँ खोल दीं, उजाले और हवा से कमरा भर उठा।

स्टीवेन के पास केवल एक नीला जैन्सपोर्ट का बैक-पैक था, उसने ज़मीन पर रख दिया और बैठ गया। वह अचानक व्यस्त हो उठी—"थक गए होगे—आराम से बैठो—भूख लगी है? क्या खाओगे?" वह हँसने लगा—उसका हाथ पकड़कर कहा, "पहले तुम आकर पास बैठो—"

गंगा के हाथ बार-बार उसकी ओर बढ़ते हैं, और सकुच जाते हैं, वह उसे छूना चाहती है, उसका चेहरा, उसकी बाँह—

दोनों चुप हैं—यद्यपि दोनों के मन में अनगिनत सवाल खुदबुद कर रहे होंगे।

"मुझे विश्वास नहीं हो रहा है कि मैं सचमुच यहाँ आ गया हूँ और हम तुम आमने-सामने बैठे हैं—मैं कब से आना चाहता था, पर आ नहीं सका।"

"मैं अक़सर सपना देखती थी कि तुम आ गए हो और मुझे पुकार रहे हो?" वह हँसने लगी।

अब अन्दर आकर, आमने-सामने होकर, जैसे पहली बार अपनी भावनाओं को पहचानने का मौक़ा मिला है। वह प्रसन्न है, यह एहसास उसे बहुत साधारण-सा लगा, वह जान रही है कि उसके शरीर में आपाद मस्तक

एक गहरे-गहरे आह्लाद की लहरें उठ रही हैं, उसका हृदय एक अनिवर्चनीय पुलक से भर रहा है। कितनी अपरिचित सी हो गई है इस तरह की ख़ुशी। वह अभी भी इतनी सुखी हो सकती है, यह अनुभव वह भूल चुकी थी। कब लगा था ऐसा—शायद उस क्षण जब स्तव्य-स्टीवेन को जन्म देकर डॉक्टर से सुना था, बेटा है। एकदम नार्मल है—यही तो उसने चाहा था, बेटा नार्मल, स्वस्थ रहे। इसीलिए तो उसे अपने से अलग कर दिया था, जैसे अपनी ही खाल खींचकर उतार दी हो, जैसे अपनी ही आँखों में गरम सलाख़ें चुभा ली हों।

कैथरीन बसबी ने उसका बेटा अपनी बाँहों में लेकर हृदय से लगा लिया था।

"थैंक यू, थैंक यू, थैंक यू, गंगा—" ख़ुशी से उसकी आँखें भर आईं, "तुमने मुझे जीवन का अमूल्य तोहफ़ा दिया है—मुझे माँ बनने का सुख दिला दिया—यह एक राजकुमार की तरह पलेगा—" उस समय, एक छोटे क्षण को गंगा अपना विछोह भूल गई थी। लगा कि यह सही निर्णय था। और अब? इतने वर्षों बाद भी यही सच रहा कि कैथरीन बसबी को बच्चा देकर उसने समझदारी का काम किया था, अपने स्तव्य के लिए वही सही निर्णय था, और सुख, ऐश्वर्य से पलने-बढ़ने के लिए व्यावहारिक भी।

गंगा ने खिसियाई सी मुस्कान के साथ उसकी ओर देखा—वह भी मुस्कराया। उसके दाँत उजले और सुगढ़ हैं, हर अमरीकन बच्चे की तरह। उन्हें टेढ़ा-मेढ़ा उगने के लिए अवसर ही नहीं दिया जाता।

"जब तुम मेरे लौटने का सपना देखती थीं तो कैसा दीखता था—जैसा हूँ, वैसा ही?"

गंगा चुप रहकर उसके मुख को एकटक देखती रही। स्टीवेन एकदम अलग है, माता-पिता दोनों से, गंगा की मानसिक छवि में वह भारतीय अधिक, गोरा कम था। पर उसकी त्वचा एकदम सफ़ेद है, भारतीय रंग का कही भी पुट नहीं। गंगा को चुप देखकर वह मुस्कराया—उसमें पहली बार गंगा को एरिक की स्पष्ट छाप दिखी—

"उससे कहीं अधिक सुन्दर—"

एक लम्बी आह, इतनी ख़ुशी के बावजूद, होंठों से बाहर आ ही गई—उसने एकदम व्यस्त होने का अभिनय किया।

"चलो, हाथ मुँह धो लो, सारे दिन के थके होंगे, मैं भी धूल गर्द से भरी हुई हूँ—"

स्टीवेन उसके पीछे-पीछे रसोई में आया। गंगा ने केतली में पानी भरकर आँच पर रख दिया। स्टीवेन पास खड़ा इधर-उधर देखता रहा। पुराने घर में यह रसोई ही एकदम आधुनिक है—छत से लटकते लैम्प, ग्रेनाइट के चमकते, स्वच्छ काउंटर, आधुनिक चूल्हा और ख़ूब बड़ा सा रेफ्रिज़रेटर। एक छोटी सी गोल मेज़, जिस पर काँच चमचमा रहा था और इधर-उधर बैठने के लिए दो कुर्सियाँ रखी हुई थीं।

"बैठो," फ्रिज खोलकर वह एक बड़े से गिलास में नारंगी का रस उड़ेलकर उसे पकड़ाती हुई कहती है—"तुम बैठो, मैं अभी कपड़े बदल कर आती हूँ।"

उसकी चाल में चपलता है, पूरे शरीर में एक नवजीवन का संचार हो रहा है, एक उल्लास भरी मुस्कान आँखों तक।

दर्पण में अपने को तोलना, ढूँढ़ना उस उन्नीस बीस साल पहले वाली उस स्त्री को, तन्वंगी, सुरूप, बिना झुर्रियों, बिना सफ़ेदी वाले बालों वाली। पर जो चेहरा उसे दीख रहा है, वह भी बुरा नहीं है, और आज अपने चेहरे पर जो रौनक दीख रही है वह इसलिए है कि उसके बेटे ने आकर उसे माँ कहकर पुकारा है। बहुत दिनों बाद मन हो रहा है कि साड़ी पहने। हाथ मुँह धोकर वह आलमारी से एक नई साड़ी निकाल लेती है। वैरोनिका ने ढाका से लाकर दी थी, सूती साड़ी पर भीनी-भीनी बुनाई और लाल किनारी।

वह बाहर आती है, स्टीवेन ने कुछ घूँट पिए हैं, हाथ में गिलास पकड़े वह वहीं बैठा है जहाँ वह छोड़कर गई थी। केतली के नीचे आँच बुझा दी गई है।

"पानी उबल गया था," स्टीवेन ने कहा, "तुम सुन्दर लग रही हो। बचपन से ही जब भी किसी स्त्री को साड़ी पहने देखता था तो उसे 'माँ' पुकारने का मन होता था।"

"तुम्हें बचपन से ही—" आवाज़ उसके गले के अन्दर अटक-अटक गई, "मालूम था?"

"हाँ—थोड़ी समझ आने पर ही उन लोगों ने मुझे बता दिया था कि मेरी माँ इंडिया से है—वह मुझे बहुत प्यार करती होगी, उसने मुझे अमेरिकन मौम

को इसलिए सौंप दिया क्योंकि मौम को मेरी बहुत ज़रूरत थी। थोड़ा बड़ा होने पर मुझे यह समझ आ गया कि यह त्याग मेरी इंडियन माँ ने मेरी अमेरिकन मौम को ख़ुशी देने के लिए किया। और माँ बाप दोनों ने ही, बल्कि नाना नानी ने भी बहुत प्यार दिया।''—

''मुझे ख़ुशी है—'' उसने हल्के से कहा।

क्या स्टीवेन के स्वर में उलाहना है। प्रताड़ना है, वाक्य के पीछे सम्मिहित दूसरा अर्थ—पर क्यों? क्यों ऐसा त्याग? अपने से अलग कैसे कर सकीं? पर यह सब उसकी कल्पना है, स्टीवेन का वाक्य सीधा सपाट था—दृष्टि भी सीधी सपाट, अकलुष, छलहीन।

''तुम्हें सब स्टीवेन ही कहते हैं?''

''हाँ, स्टीवेन बसबी।''

''आज मेरा मन तुम्हें स्तव्य पुकारने का हो रहा है—''

''पुकारो, मुझे तुम्हारे मुँह से सुनकर अच्छा लगेगा। मुझे यह नाम क्यों दिया अम्माँ?''

''मुझे पसन्द था, मुश्किल, पर स्टीवेन से मिलता-जुलता। कैथरीन ने तो कब से अपने बेटे का नाम स्टीवेन सोचकर रखा था।''

''हाँ, विदेशियों के लिए थोड़ा मुश्किल है, 'स्तव्य', इससे पहले मुझे कभी किसी ने इस नाम से नहीं पुकारा है—''

''मुझे भी कोई आकाशगंगा नहीं कहता—'' वह केवल एक क्षण रुकी, ''केवल तुम्हारे पिता के—''

''वह अभी भी तुम्हें आकाशगंगा कहते हैं।'' उसके चेहरे पर एक गूढ़, पर सूक्ष्म हँसी आई।

''तुम्हें कैसे पता?'' बहुत अचरज से गंगा ने पूछा।

स्टीवेन ने बढ़ाकर उसका हाथ अपने हाथों में ले लिया।''

''मुझे ल्यूकीमिया हो गया था—घबराओ नहीं, मैं अब बिल्कुल ठीक हूँ—'' वह थर्रा गई, अविश्वास भरी दृष्टि से उसे ताकती रही। यह रक्तहीन चेहरा, सिर पर टोपी, यह सब देखा था पर किसलिए, यह स्वीकारने की उसमें सामर्थ्य नहीं थी—

''मेरी मौम मुझे सीधे स्विज़रलैंड लेकर गईं, उसने पता लगा लिया था कि सबसे फ़ेमस क्लिनिक कहाँ है—''

"क्या तुम तभी— ?"

"अपने पिता से मिला? हाँ—उन्हीं के क्लिनिक में मेरा ट्रीटमेन्ट हुआ। वह मुझे देखते ही जान गए कि मैं कौन हूँ—बहुत बाद में बताया कि मेरे पूरे चेहरे पर तुम्हारी छवि है—"

"ऐऽऽ सा? मुझे तो नहीं लगता।"

"मुझे भी नहीं पर वह ऐसा ही बोले—"

थोड़ी देर दोनों चुप रहे।

"वह एकदम झुक से गए हैं, बाल सफ़ेद, चेहरे पर अनगिनत रेखाएँ—पर आँखें...."

"पर आँखें? अब भी नीली....."

"हाँ, गहरे सागर की तरह नीली, प्रखर, मगर करुणापूर्ण और जब वह मुझे छूते थे—"

"तो....?"

"जैसे हमारा ख़ून आपस में मौन वार्तालाप करने लगता था। मैंने उनसे पूछ ही लिया—मेरी माँ तो शायद भारतीय होने के नाते मजबूर रही होगी, पर आपने मुझे क्यों नहीं अपनाया—"

"तो?"

उन्होंने कहा, "मुझे तो तुम्हारे अस्तित्व का पता भी न था। तुम्हारी बर्थ मदर ने मुझे कोई सूचना ही नहीं दी थी। मुझे तो अब पता चला जब डॉ. कैथरीन ने मुझे फ़ोन किया। डॉ. कैथरीन बसबी और बार्नबस तुम्हारे माता-पिता बनने के पूरे-पूरे काबिल निकले। तुम्हारी माँ ने सही-सही निर्णय लिया।"

"अगर आपको मेरे जन्म का पता होता तो?" मैंने उनसे पूछा।

"अब क्या कहूँ कि क्या करता? मैं ज़िन्दगी के अजीब से मोड़ पर खड़ा था—मेरा पूरा जीवन इस रिसर्च को समर्पित था—"

"तो आपके जीवन में भी मेरे लिए स्थान नहीं था?" मैं एकदम हर्ट हो गया उन्होंने कहा, "जो हुआ, सही हुआ। तुम्हारी भलाई इसी में थी। मैं अपनी मौम और डैड को बहुत प्यार करता हूँ—फिर भी मुझे बुरा लगा—क्या कोई माँ अपना बच्चा पालने के लिए नाक़ाबिल होती है? तुमने उन्हें बताया क्यों नहीं माँ?"

"किसी को नहीं बताया। तुम केवल मेरे थे, सभी माँएँ एक-सी नहीं होतीं, कुछ माएँ—" गंगा ने कहा—"वह जो अपने बच्चों को जान-बूझकर बाथ टब में डुबा देती हैं, जो अपने शिशु का सिर दीवार से टकरा-टकराकर उसका ख़ात्मा ही कर देती हैं जो—" गंगा रुकी—"एरिक ने ठीक ही कहा—देखो कैथरीन ने कैसी अच्छी तरह पाल-पोस कर बड़ा किया।"

"मुझे पहले से ही मालूम था कि मैं उनका अपना बेटा नहीं हूँ—अलग जो दीखता था—"

"इतने अलग भी नहीं—"

"पर मेरा रंग—" उसने अपनी रोमहीन, दुबली-पतली बाँह आगे करके कहा—"मेरा रंग उनकी तरह उजला नहीं था—और देखो, न तुम्हारी तरह सुनहला—न इधर, न उधर—"

वह क्या कहती—"जो स्त्री सीने से लगाकर पालती-पोसती है—वही माँ होती है—"

वह मुस्कराया—"जैसे यशोदा—"

"तुम्हें पता है?"

"हाँ, क्यों नहीं? कालेज के पहले वर्ष में ही मैंने भारतीय धर्म और संस्कृति पर एक कोर्स लिया था। मेरी टीचर ने न कभी साड़ी पहनी न कभी अपनी भाषा में बात की।"

"उनकी भाषा— ?"

"बाँग्ला—कहती थीं मेरी बाँग्ला बहुत ख़राब है, मुझे हैरानी होती थी, कोई अपनी मातृभाषा के लिए ऐसा कैसे कह सकता है—मैंने एक बार ट्यूटोरियल में टोक दिया तो सेनगुप्ता ने मुझे घूरा—काफ़ी नाटी और बदसूरत थी वह—तुम्हारी तरह सुन्दर नहीं—पर गाती अच्छा थी—सुरीली आवाज में बंगाली गाने—"

वह धीरे-धीरे हँसने लगी, "मैं तुम्हें सुन्दर लगती हूँ—"

"हाँ—दुनिया की सबसे सुन्दर स्त्री—मेरी जन्म की माँ—मेरी बर्थ मदर," उसने रूठकर कहा, "और तुमने मुझे दे डाला—"

"जैसे अपनी सारी ख़ुशियाँ उलीच कर दे दीं—देखो, तुम आज क्या हो—कैथरीन ने तुम्हें कैसे सँवारा, कैसे सँभाल कर बड़ा किया—कितने महँगे कॉलेज में पढ़ रहे हो—तुम्हारे इलाज के लिए स्विटरज़रलैंड ले गई। मैं साग

भाजी उगाने वाली यह सब कहाँ से कर सकती थी—"

"समझता हूँ—फिर भी—"

"तुम चले तो नहीं जाओगे?"—उसने सहसा डरकर पूछा—"फिर अलोप मत हो जाना—"

"नहीं माँ—नहीं—मैं बार-बार आऊँगा—जब मेरे बाल निकल आएँगे—एक दम घने, घुँघराले तब देखना मैं कितना हैन्डसम दीखूँगा। डॉक्टर एरिकसन कहते हैं कि मैं एकदम ठीक हो गया हूँ—अब मैं बहुत लम्बी ज़िन्दगी जिऊँगा। पहले मैं हार्वर्ड मेडिकल कालेज में जाना चाहता था पर अबऽऽ"

"अब ऽऽ?"

"क्या मालूम? बी.ए. करने के बाद कुछ साल के लिए इंडिया जाऊँगा—सितार बजाना सीखना चाहता हूँ, हिन्दी भी सीख लूँगा—"

"सितार सीखोगे...?" कहते-कहते वह चुप हो गई, सितार सीखो—चाहे सरोद—संगीतज्ञ की ज़िन्दगी कोई आसान नहीं होती, पर तुम जीते रहो—न बनो डॉक्टर, अपने पिता की तरह—पर जीते रहो।

"सितार सीखने का मन है—हो पाएगा या नहीं, मगर लगन तो होनी चाहिए, मैं संगीत को जीवन समर्पण करना चाहता हूँ—अरे ऽ मैं तुम्हारे लिए कुछ सगीत के सी.डी. लाया हूँ—" उसने झुककर अपने बैक पैक की जेब में हाथ डाला और दो डिस्क निकालीं—"मालूम नहीं था कि तुम कैसा संगीत पसन्द करती हो—"

"संगीत—" उसकी मुस्कान खिन्न थी, यहाँ प्रवीण जी के जीवन में सिर्फ़ अमृत वाणी ही सुनाई देती थी, "लाओ, दिखाओ—" उसने हाथ बढ़ाकर कहा।

"बहुत सोचा, फिर बहुत पुराना सितार संगीत चुना—'पाथेर पांचाली' में रवि शंकर का। मुझे बहुत अच्छा लगता है। तुमने फ़िल्म देखी है?"

"जब आई थी तभी, बहुत रुलाई आई थी—" उसने सीडी ले ली—दूसरा सीडी था लता मंगेशकर के दर्द भरे गीत—

वह हँसने लगी—"मैं पहले यही सब गाया करती थी—पर मेरे पास तो सीडी प्लेयर है ही नहीं—पर कोई बात नहीं, कार में है, ड्राइव करूँगी तो सुना करूँगी, थैंक्स, बेटा—"

"मेरी माँ चाहती थी कि मैं स्वीडिश पढ़ूँ—विदेशी भाषा सीखना अनिवार्य होता है। वह कहती थीं कि स्वीडिश स्कैंडिनेविया के सब देशों में समझी जा सकती है पर मैंने संस्कृत चुनी, मेरे गुरु थे सत्य प्रकाश शास्त्री। उन्होंने ही मुझे मेरे नाम स्तव्य का अर्थ बताया—स्तव्य—वह जो स्तुति के योग्य हो—सही है न?"

"बिल्कुल। और क्या पढ़ा?"

"बीमार हो गया तो पहले साल की पढ़ाई बीच में ही छूट गई। लौटकर आया तो शास्त्री जी वापस चले गए थे, उनके साथ संस्कृत भी ख़तम कर दी गई। कोई विद्यार्थी था ही नहीं। बहुत अच्छे इंसान और बहुत विद्वान थे। उनकी शिखा भी थी और अपना खाना स्वयं बनाते थे—किसी के हाथ का नहीं खाते थे—उन्होंने भारत जाकर मेरे लिए महामृत्युंजय का जाप भी करवाया था। सवा लाख मंत्रों का— "

"तभी तुम ठीक हो गए— "

"सम्भव है।"

स्टीवेन कहकर मुस्कराया—उस मुस्कान में एक पहचानी सी झलक थी—किसकी? वह याददाश्त में ढूँढ़ रही है। अरे ऽऽ भविष्य के साथ-साथ सभी चेहरे धुँधला गए हैं, सपना-झरना और स्वयं गगनेन्द्र सिन्हा। समय—कितना क्रूर और वह युवा एरिक भी अब झुक गया है, उसके बाल सफ़ेद हो गए हैं—और मैं भी तो न? उसने दृष्टि अपने हाथों पर डाली, धूप से तपे, खुरदुरे, त्वचा पर घिर आई झुर्रियाँ, कितने साल बीत गए खेतों में काम करते-करते—यह फ़ैशन डिज़ाइन ग्रेजुएट के हाथ नहीं हैं, एक खोदाई, गोड़ाई, बुवाई करने वाली स्त्री के हाथ हैं?

पर मन में सन्तोष है, दिन भर खुली धूप, हवा, हरियाली के बीच में काम सँवारते हुए काया इतनी थक जाती है कि रात को एकदम गहरी नींद आती है। अब तो काम करने वाले मज़दूर ही, वह मेक्सिको के हेसूस, सिकन्दर, मारिया ही जैसे संगी साथी रह गए हैं। बुवाई के मौसम में प्रवीण जी का भतीजा जीते अपनी मशीनें लेकर आ जाता है, कई दिन में पूरी बुवाई कर देता है, फिर धीरे-धीरे अंकुर फूटते हैं, बेलें लहराती हैं, कीड़े दल के दल आकर बैंगन के पत्ते चर जाते हैं, फिर एक समय आता है कि जहाँ तक आँख जाए वहाँ तक हरियाली ही हरियाली; कहीं बैंगनी, कहीं सफ़ेद, कहीं

पीले फूल लहराते नज़र आते हैं, फूलों पर बर्रे, शहद मक्खियाँ और सफ़ेद, पीली तितलियाँ हर समय मँडराती रहती हैं।

फल निकलने से पहले ही फ़ोन आने लगते हैं—करेले आ रहे हैं, लौकी निकली, घुइयाँ के पत्ते; जापानी लम्बे बैंगन ? थाईलैंड वाली मिर्ची— ? सफ़ेद अंडेनुमा बैंगन, गोल तरोई, भारत वाला कोंहड़ा—

बेटा मुँह ताक रहा हूँ, "कहाँ चली गईं माँ, क्या सोचने लगीं ?"

वह धीरे से मुस्कराई—"सोच उठी थी कि कहाँ से ज़िन्दगी शुरू हुई और किस पड़ाव पर आकर ठहर गई।"

"पहले पति इंजीनियर, दूसरे पति फल-फूल और अंगूर उगाने वाले—" स्टीवेन ने भी मुस्करा कर कहा, "कैसे, माँ ?"

"उन दोनों का ही नाम प्रवीण था, बड़ी उमर की थीं, अस्पताल में भेंट हुई थी। कीमोथेरेपी के लिए आती थीं, इलाज के लिए उस कैंसर सेन्टर में, नाम सुनकर आई थीं, एक फ्लैट किराए पर लिया था। हम एक-दूसरे से हिन्दी में बात करने लगे, सुख-दुख बाँटने लगे। कैंसर सेन्टर की फ्रेंडशिप दूसरी ही तरह की होती है—" वह विराम के लिए रुकी।

"मुझे मालूम है—मेरी एक छोटी सी स्विस लड़की से दोस्ती हो गई थी, हम दोनों बरामदे में बैठे पहाड़ों को देखा करते थे। वहाँ रोज़ रात बर्फ़ गिरती थी और सुबह चोटियों पर एकदम उजली, साफ़ बर्फ़ दिखाई देती थी। फिर एक दिन वह नहीं दीखी—मैंने नर्स से पूछा तो उसने बताया कि उस लड़की को उसके माँ बाप क्रिसमस मनाने घर ले गए हैं। मुझे लगा कि उसने सच नहीं कहा। मालूम—हम दोनों ने एक-दूसरे का नाम तक नहीं पूछा। लगता है कि इस जगह परिचय बढ़ाने से क्या फ़ायदा—हमारा अस्तित्व वहाँ कितनी पतली डोर पर टँगा रहता है—"

"हम लोग अच्छे मित्र बन गए—" गंगा ने कहना शुरू किया, "हम दोनों को ही एक-दूसरे की ज़रूरत थी। जब वह ठीक रहतीं तो कभी-कभी खाने की फ़र्माइश करतीं—मैं बनाकर ले जाती थी। दोनों ही बहुत अप्रेशियेट करते थे—"

"जब मैं एकदम ठीक होकर अमेरिका वापस आया तो मालूम मैंने क्या किया—"

"मैकडोनल्ड जाकर बड़ा सा हैम्बर्गर खाया होगा।"

''हाँ वही किया—'' वह भी साथ-साथ हँसने लगा।

''सभी बच्चे यही करते हैं—'' उसने कहा, ''अमेरिका आते ही पहला काम—सपना और झरना—''

''सपना और झरना—'' उसने नाम दोहराए—

''तुम्हारी बहनें—''

''दोनों भारत में हैं?''

''हाँ—पर जब छोटी थीं तब हमेशा कहती थीं, अमेरिका जाते ही पहला काम करेंगे कि एयरपोर्ट के फ़ूड कोर्ट में जाकर हैम्बर्गर खाएँगे—पर एक बार गईं तो फिर आई ही नहीं—मेरे पास एक बार भी नहीं; बस दादी बाबा की होकर रह गईं—अब तो बड़ी हो गई हैं।'' वह चुपचाप सुनता रहा, वह कहती गई, ''प्रवीण जी की बस एक शर्त थी, कि पुरानी ज़िन्दगी से एकदम नाते ख़त्म, देश, परिवार, बच्चे, आगामी शिशु-सभी से एकदम सम्बन्ध ख़त्म—''

''तो तुमने यह मान क्यों लिया? सबसे सम्बन्ध क्यों तोड़ लिया?''

''मुझे इस जगह, इस ज़मीन से लगाव हो गया था। यह सब छोड़कर कहीं और जगह बसने के ख़्याल से मेरा मन दहशत खाता था। यह धूप, यह हरियाली, बड़े-बड़े दरख्तों के आस-पास का सन्नाटा, अंगूर की बेलें—सब मुझे इतनी भा गई थीं कि यहीं, इसी से घिरकर रहना चाहती थी।'' आगे बेटे ने पूछा नहीं तो भी संवाद पूरा किया, ''प्रवीण जी बहुत भले—बहुत शरीफ़ इंसान थे, बहुत अकेले बहुत उदास—''

''यह विवाह कम्पैनियनशिप और सुविधा के लिए हुआ था। मेरा जीवन एकदम शान्त हो गया—कोई तनाव, कोई उतार-चढ़ाव नहीं, पैसे या काम की चिन्ता नहीं और झरना और सपना—जैसे वह माँ को भूल गईं, वैसे ही''

''माँ ने भी उन्हें भुला दिया?'' स्टीवेन ने वाक्य पूरा किया।

''कोई भी माँ, कभी भी अपने बच्चों को नहीं भूल पाती, कभी-कभी बहुत याद आती थी—'' गंगा कहने लगी।

''मेरी भी?'' उसने उत्सुकता से पूछा।

''हरदम—हर रोज़, सुबह शाम, उन चुड़ैल नर्सों ने तो तुम्हारी शक्ल भी नहीं देखने दी—जन्म के तुरन्त बाद लपेट-लपाटकर तुम्हें कैथरीन की गोद में दे दिया—कहा कि एक बार गोद में लिया तो फिर अलग नहीं कर सकोगी—और तुम्हारी नई माँ, अगले दिन ही तुम्हें लेकर अलोप हो गई। मैं कितना

कलपी थी तुम्हारे लिए—"

"तो फिर क्यों दे दिया?" उसने आकुल होकर पूछा।

"बेबसी—अन्धविश्वास, मेरे मन में डर बैठ गया था कि" उसने बीच वाक्य में बात को मोड़ दे दिया, "मेरे मन में यह अन्धविश्वास बैठ गया था कि यदि मैं तुम्हें किसी और को सौंप दूँगी तो तुम अच्छी तरह रहोगे—ख़ूब बड़े होंगे—मालूम? पहले ज़माने में लोग यही करते थे, बच्चे को किसी सम्बन्धी, किसी दाई नौकरानी के हाथ बेच देते थे। तब वह बच्चा उनका नहीं रहता था। यह तो एक प्रचलित टोटका था।" उसने लम्बी साँस ली, "वह दिन और थे। छोटी-छोटी लड़कियों का विवाह कर दिया जाता था, अस्पताल या डॉक्टर होते नहीं थे, मैली-कुचैली दाईयाँ होती थीं, सफ़ाई पर भी ध्यान नहीं होता था। माँ और बच्चों की मृत्यु आम बात थी। पर अब तो यह टोने-टोटके खत्म ही हो गए होंगे, पर मेरे मन में एक बहुत बड़ा डर था—अगर तुम्हें कुछ हो जाता तो मैं कैसे जीती? तुम अच्छी तरह हो—बस यही विश्वास थामे-थामे जी रही थी।"

"और मैं अच्छा हूँ—"

"हाँ—होऽ तो—" उसने स्टीवेन के हाथ पर अपना हाथ रख दिया।

"अब तुम्हें डरने की कोई ज़रूरत नहीं है, देखो, मैं तुम्हारे सामने हूँ—और आगे भी रहूँगा। ख़ूब लम्बी ज़िन्दगी जियूँगा, पढ़ूँगा—देश-विदेश घूमूँगा—"

"सितार बजाना सीखोगे—" गंगा ने मुस्करा कर कहा।

"हाँ, और गंगोत्री से सुन्दर बन तक की यात्रा करूँगा—जहाँ-जहाँ गंगा बहती है—सम्भव है?"

"मालूम नहीं, शेखचिल्ली कहीं के—"

"शेखचिल्ली?"

"हाँ, कोई चिल्ली नाम के शेख़ रहे होंगे, दूर की हाँकने और असम्भव स्कीमें बनाने के लिए मशहूर थे—शायद लखनऊ के थे—"

"उनकी कोई कहानी सुनाओ न—"

"सुनो—एक बार शेखचिल्ली ने पड़ोसी से कड़ाही उधार मँगवाई। कुछ दिनों बाद कड़ाही वापस भेजी तो उसके साथ एक छोटी सी कड़ाही भी थी। पड़ोसी से कहलवाया कि उसकी कड़ाही ने बच्चा दिया है। शेखचिल्ली

ख़ब्ती तो मशहूर थे ही, पड़ोसी ने ख़ुश होकर दोनों कड़ाहियाँ रख लीं। कुछ दिन बाद शेखचिल्ली, ने एक बड़ा देग़ उधार मँगवाया—पड़ोसी ने ख़ुशी से दिया। बहुत दिन हो गए तो पड़ोसी ने देग़ वापस माँगा तो शेखचिल्ली ने उदास मुँह बनाकर कहा—"जनाब! आपका देग़ तो मर गया।"

"देग़ कैसे मर सकता है?" पड़ोसी ने अविश्वास से पूछा।

"अगर कड़ाही बच्चा दे सकती है तो देग़ क्यों नहीं मर सकता?" शेखचिल्ली ने उत्तर दिया। स्टीवेन मुस्कराया, गंगा थोड़ा सा हँसी।

कुछ देर सन्नाटा रहा, दोनों पास-पास बैठे एक दूसरे को देखते रहे, गंगा के चेहरे से हँसी हटती ही नहीं थी।

"मेरी मौम को डर था कि तुम अचानक प्रगट होकर मुझे माँग न बैठो—"

"काश मैं ऐसा कर सकती—" गंगा ने कहा।

"वह यहाँ, कैलीफ़ोर्निया से जितनी दूर जा सकती थीं, मुझे लेकर चली गईं, अटलांटिक के तट पर, मेन प्रदेश में। वहाँ एक अस्पताल में नौकरी कर ली—रात में बार-बार उठकर मेरे कमरे में झाँकती थीं कि मैं कहीं चला तो नहीं गया। फिर उन्होंने एक डिटेक्टिव एजेन्सी को भार दिया कि तुम्हारे बारे में रिपोर्ट दे। तभी उन्हें पता चला कि तुम यहीं बस गई हो। उन फल-फूल उगाने वाले पति के साथ, फिर पता चला कि तुम्हारे ये वाले पति भी लकवे से चल बसे—कि तुम अब स्वयं फल और तरकारियों का बिज़नेस करने लगी हो—अच्छे नामी रेस्तरों में हरी सब्ज़ियाँ सप्लाई करती हो और अकेले रहती हो—"

"इतना सब—तुम्हें सब कुछ मालूम था—"

"मुझे नहीं। मुझे तो यह सब स्विटज़रलैंड में मम्मी-पापा ने बताया—एरिकसन ने उनसे कहा था कि वह मुझे तुमसे मिलने दें। वह बहुत ही सुन्दर स्त्री हैं—" वह मुझसे बोले थे, "तन और मन दोनों से ही—कोमल परन्तु दृढ़, ऐसी माँ से नहीं मिलोगे तो तुम एक अननुभूत अनुभव से वंचित रह जाओगे—उनका नाम है आकाशगंगा—"

"एरिक ने ऐसा कहा?" कुछ रुक कर "एरिक का परिवार है?"

"सिर्फ़ एक बेटी—तूलिक्का, उसी का बोन मैरो मुझसे मैच कर गया, वह डेनमार्क से स्विटज़रलैंड इसीलिए आई—मेरी आधी बहन, उसी ने मुझे

प्राण दान दिए।

एक लम्बी साँस; गंगा कुछ बोल न सकी।

"तुम नहीं समझतीं कि तुम्हारे साथ अन्याय हुआ। तुम्हारे परवीन जी बहुत स्वार्थी निकले—तुमने उनकी पत्नी की भी सेवा की, और उनकी भी। उन्होंने तुम्हारी बाक़ी ज़िन्दगी सुख चैन से बीते, इसका ख़्याल नहीं किया—बस एक छोटा सा टुकड़ा खेत का—और जब तक जियो सिर्फ़ तभी के लिए यह फार्म हाउस। इसे भी बेचने या कुछ और करने का अधिकार नहीं—"

"पहले जन्म का ऋण रहा होगा—" वह मुस्कराई, एक खोखली मुस्कान। यही बात प्रवीण जी की मृत्यु के बाद वकील ने भी कही थी।

"मुझे उनका कुछ नहीं चाहिए—" उसने तब कहा था, "मुक़दमा लड़कर अपना अधिकार लेना, मुझमें न इतनी शक्ति है, न समय।"

"पर आप उनकी पत्नी हैं, आधी प्रॉपर्टी पर आपका हक़ है—"

"उनकी पत्नी थीं प्रवीण बहन—मेरा रिश्ता तो सुविधा का था। उनकी अधिक—मेरी कम—"

"पर सत्य तो यही था।" स्टीवेन कहता गया—"तुम्हें अपने हक़ के लिए लड़ना चाहिए था। उन दोनों ने ही तुम्हारी भलमनसाहत का फ़ायदा उठाया—"

"मैंने ही उन्हें अपनी उपस्थिति का फ़ायदा उठाने दिया। शायद इसलिए कि उन्होंने मुझे आश्रय दिया था। हाँ—मैं कुछ और कर सकती थी—पर मैं डरपोक थी—सब कुछ निर्विवाद स्वीकार कर लेना मेरा स्वभाव था—है"

"अभी भी?"

"शायद—मेरी पीढ़ी की स्त्रियाँ सब कुछ स्वीकार कर लेती थीं—"

"अपने बचपन के बारे में कुछ बताओ न—"

वह थोड़ा सा हँसी—"मेरा बचपन—यहाँ के बच्चों की तरह नहीं। एकदम शान्त था, सबका प्यार मेरे ऊपर बरसता था। मेरे बाबा का बहुत बड़ा, बहुत पुराना बँगला था, अँगरेज़ों के ज़माने का। आगे-पीछे बड़े-बड़े खुले मैदान, पीपल, बरगद, नीम, जामुन के घने वृक्ष, खपरैल की छत। सारे कमरे एक क़तार से, हर कमरे के साथ एक छोटा कमरा, ड्रेसिंग रूम, सामने चौड़ा, खुला हवादार बरामदा। हम लोग सिविल लाइन्स में रहते थे, पास में ही पुलिस लाइन्स थी, हाइकोर्ट और आगे चलकर प्रसिद्ध यूनिवर्सिटी। फिर

चैथम लाइन्स, जहाँ एक भूतनी मेम रात को आस-पास घूमा करती थी।''

''तुमने उसे देखा?''

''न ऽऽ हीं—पर क़िस्से सुने थे। हाँ—हर रविवार को सुबह साइकिल पर घर का नौकर महादेव कटरे जाता था, वहाँ एक हलवाई की दुकान थी, शुद्ध घी की जलेबियाँ और पिट्ठी भरी कचौड़ियाँ बनती थीं। महादेव लेकर आता और फिर हम सब वही नाश्ता करते—''

स्टीवेन ने आँखें बन्द कर ली थीं, वह एकदम निश्चल था। गंगा चुप हो गई।

''आगे बोलो न—मैं कल्पना कर रहा हूँ—''

''हर पर्व त्योहार और गंगा नहान को हम सब ताऊजी की नीली मोटर में ठुँसकर संगम जाते थे। नौकर एक साफ़-सुथरी जगह देखकर दरी बिछा देते थे—खाने-पीने का सामान रख देते थे। हम सब नाव लेकर संगम जाते और खचाखच भीड़ के बीच नहाते—''

''नदी में—''

''हाँ—पूरे कपड़े पहने-पहने, फिर उन्हीं भीगे कपड़ों में वापस आते और एक-एक छोलदारी के पीछे जाकर सूखे कपड़े पहनते। उसके बाद खाने पर टूट पड़ते—पूरी और आलू की पंचमेल सब्ज़ी, बाजरे की मीठी टिकियाँ और मूँग की पकौड़ी दही में—ऊपर से चटनी और सोंठ। फिर मेला देखते, ख़रीदारी करते—चूड़ियाँ, खिलौने, भोंपू, रंगीन चश्मे, ताई जी लेतीं बेलन, कठौतियाँ, काँच की कटोरियाँ—जो आए दिन टूटा-फूटा करती थीं।''

''हर रविवार को मेरे डेड पैनकेक बनाते थे, और फ्रेंच टोस्ट। पैनकेक पर स्ट्राबेरी सिरप डालकर ताज़ा निकाला हुआ सन्तरे का रस—खाने में हमेशा तली हुई मुर्ग़ी और मटर-गाजर—''स्टीवेन बोला।

''हाँ—अमेरिका का यही तरीक़ा है, अच्छा अब खाने की बात हो रही है तो बताओ क्या खाओगे?''

''किडरी''—''स्टीवेन ने कहा।

गंगा हँस पड़ी—बहुत देर तक हँसती रही—''यह खिचड़ी खाने का मन कैसे हो आया?''

''मुझे पसन्द है। मेरी मौम कभी-कभी बनाती हैं। बनाओगी न?''

''बनाऊँगी—एकदम घुटी हुई बिहार वाली खिचड़ी। जैसे मेरी सास

बनाती थीं, पियोगे क्या?''

''तुम्हारी अपनी वाइन—''

''वह सब तो यशवन्त का है। अच्छा अभी मँगाती हूँ—''.

फोन करने पर यशवन्त स्वयं आया। गंगा के पास वाइन पीने वाला मेहमान कौन आया है, शायद यह देखने।

''मेरा बेटा मुझसे मिलने आया है।'' गंगा ने बोतलें लेते हुए कहा। उसका स्वर उल्लसित था।

''तभी—आप बीस साल छोटी दीख रही हैं। ऐसे ख़ुश देखकर अच्छा लग रहा है—''

''अन्दर आओ न—''

यशवन्त ने दोनों बोतलें सावधानी से बीच की मेज़ पर रख दीं और तब भर नज़र स्टीवेन को देखा—

''यशवन्त! यह मेरा बेटा है स्तव्य/स्टीवेन—अभी शाम को आया है। मेन के एक कालेज में पढ़ता है—''

यशवन्त के चेहरे पर पहले आश्चर्य भाव आया, उसने स्तव्य को आपाद मस्तक देखा, बरौनी रहित पलकें, भौंहें रहित मस्तक और केश रहित सिर—लम्बा, बहुत दुबला, रक्तहीन पीताभ चेहरा। वह एक क्षण में ही समझ गया होगा, बहुत कोमल स्वर में पूछा, ''कैसे हो स्टीव? डॉक्टर कैथरीन बसबी कैसी हैं? उनसे मेरा प्रणाम कहना।''

''आप मेरी मौम को जानते हैं?'' स्टीवेन ने चकित भाव से पूछा।

''हाँ—वही तो बचपन में मेरी डॉक्टर थीं—इंजेक्शन लगाकर हमेशा लौलीपौप देती थीं—''

एक लघु मौन।

''कब तक हो? समय हो तो कल उधर, मेरी तरफ़ आओ, वाइनरी और वाइनयार्ड का टूर ले लेना—''

''कल तो नहीं'' स्टीवेन ने कहा, ''दोपहर को मेरी वापस फ्लाइट है—''

गंगा का हृदय एक पल को धड़कना भूल गया। इतनी जल्दी, अभी तो मैंने जी भरकर तुम्हारी शकल भी नहीं देखी।

''अच्छा—तो अगली बार,'' यशवन्त बोला, ''इस वाइन को एन्जॉय

करना, हमारा सर्वोत्तम वर्ष और मेरे प्राइवेट कलेक्शन की—''

''थैंक यू।''

यशवन्त ने उसका कन्धा थपथपाया—''आते रहना—'' और सीढ़ियाँ उतरता चला गया।

''कितनी महँगी घड़ी—और कितने महँगे जूते—'' स्टीवेन ने बिना किसी को सम्बोधित किए कहा—''अच्छा है तुम्हारा यह सौतेला बेटा न, घमंडी, न अकड़ू—''

गंगा ने लम्बी साँस ली—''चलो खाना बनाना है—''

अपने खेत की हरी पत्तियों का सलाद, मीठे खीरे, टमाटर, बथुए का रायता और घुटी हुई खिचड़ी जिसमें ख़ूब सारे ज़ीरे का बघार। पतली-पतली कटी और घी में लाल प्याज़-पापड़। बिना मिर्च वाले। साबूदाने के।

छोटी मेज़ पर हाथ कढ़ाई का मेज़पोश, अँगरेज़ी चीनी के बर्तन, चाँदी के काँटे चम्मच, और वाइन पीने के गिलास। इन सस्ते पाँच-पाँच डालर के गिलासों के अतिरिक्त उसके घर में और कुछ नहीं है।

स्टीवेन ने वाइन की बोतल हाथ में लेकर देखी—''यह दो सौ डालर की वाइन है, यशवन्त की सर्वोत्तम—उदारमना है, मेरे लिए तो यह स्वप्नातीत है—''

''मुझे तो कुछ पता नहीं।'' गंगा ने कहा—''चाहे दो सौ की हो या ग्यारह डालर की—''

''लो, पियो—'' स्टीवेन ने उसके हाथ में गिलास थमाया।

''वैसे मैं पीती नहीं—पर तुम्हारे साथ ले लूँगी—अकेले बैठकर पीने की आदत नहीं डाली है,'' उसने घूँट ली—''अच्छी है, भीनी-भीनी ख़ुशबू और गहरा रंग—''

खाने के बाद भी दो तिहाई बोतल बची है।

''अब इसका क्या होगा?'' गंगा ने पूछा।

''थोड़ी-थोड़ी करके पी लेना। इसे फेंकना अपराध होगा—'' उसने मुस्कराकर कहा।

खाना खाने के बाद स्टीवेन के रात में सोने का प्रबन्ध करना था। संलग्न ख़ाली कमरा खुलता है और वह खड़ी-खड़ी उसे देखती रह जाती है। घर का कबाड़ इस कमरे तक आ पहुँचा है। धूल गर्द की बात तो अलग रही, पलंग

पर भी डब्बों, किताबों और पत्रिकाओं का अम्बार था। डब्बे इसलिए कि शायद कभी काम पड़े—पत्रिकाएँ और पुस्तकें अवकाश मिलने पर पढ़ने के इरादे से न उन्हें फेंका जाता है, न पढ़ने का समय मिलता है। महीने के महीने उनका ढेर बढ़ता जाता है।

"ख़ैर—यहाँ तो सोना किसी के लिए भी सम्भव नहीं है।" कमरे का निरीक्षण करके उसने दृढ़ स्वर में कहा।

"मैं बैठक में सोफ़े पर सो जाऊँगा—" स्टीवेन ने कहा। निरुत्तर गंगा उसे ताकती रही, "या फिर तुम्हारे कमरे में दूसरे पलंग पर—" स्टीवेन आगे बोला "यदि तुम माइन्ड न करो तो?"

"मुझे तो अच्छा ही लगेगा—"

बरसों का पुराना फ़र्नीचर, बड़ी-बड़ी आलमारियाँ—यह सब खिसकाने के लिए कई लोग चाहिए—

"वैसे यह घर का सबसे अच्छा बेडरूम है—कब से सोचती आ रही हूँ कि इस फर्नीचर को दे डालूँ, पर आलमारी की चाबियाँ प्रवीण बहन के बाद खो गईं—ताले तुड़वाकर खोलनी पड़ेगी—बिना खोले कैसे दे दूँ—बीस साल से नहीं खुली हैं—" वह आगे बोली—"पता नहीं चीज़ें किस हाल में होंगी—ख़ैर—अभी थोड़ी देर में मारिया आकर तुम्हारा बिस्तर लगा देगी। तुम थके होगे—"

खेतों के उस पार दो कैरेवानों में हेसूस, मारिया और सिकन्दर रहते हैं। अपना खाना-पीना ख़तम करके मारिया उसके पास मदद के लिए आती है। रसोई ठीक करती है, बर्तन धोती है और इधर-उधर की बेतरतीबी को सँवारती है। अँगरेज़ी सही न बोल पाने से शर्माती है, कम बोलती है, सिर्फ़ काम-काज की छोटी-छोटी बातों के अतिरिक्त चुप रहती है, पर जब वह पति या देवर से बोलती है तो उसकी अनवरत, धाराप्रवाह स्पैनिश सुनकर गंगा को हँसी आती है। यहाँ रहते-रहते और मेक्सिको से आने वाले अधिकतर अवैधानिक रूप से इस देश में रहते मज़दूरों से काम चलाते हुए, कुछ-कुछ स्पैनिश वह भी समझने लगी है, पर बोलने में उसे भी वैसी शर्म आती है जैसे मारिया को अँगरेज़ी बोलने में।

थोड़ी देर में मारिया आ गई; उसने जूठे बर्तन उठाए और खँगाल कर मशीनों में जमाने लगी। थोड़ी देर खटपट की आवाज़ आती रही, फिर सन्नाटा, मारिया क्या करने लगी—गंगा ने सोचा, फिर उठी और किचेन में

गई—रसोई ख़ाली थी, गंगा ने अपने कमरे में झाँका तो देखा मारिया के हाथ में स्टीवेन का बटुआ है—गंगा अन्दर आ गई, आहिस्ता से। मारिया उसे देखकर सकपका गई। हाथ में बटुआ पकड़े-पकड़े धीमे-धीमे बोली—"यशवन्त बॉस ने कहा है कि मेहमान का ड्राइविंग लाइसेंस चेक कर के देखना कि क्या वह स्टीवेन बसबी ही है—"

झटका सा खाकर गंगा ने हाथ बढ़ाकर बटुआ ले लिया—लाइसेंस में स्टीवेन की तस्वीर थी, दो तीन साल पुरानी, घुँघराले, लम्बे बालों में चेहरा वही था। नाम भी वही, जन्मतिथि भी।

बिना कुछ कहे गंगा ने बटुआ बन्द करके बैक-पैक में वापस डाल दिया—सिर के इशारे से मारिया को बताया कि जाओ—

मारिया ठिठक गई, "बॉस ने एलैहैन्ड्रो को बाहर बरामदे में सोने को भी बोला है—"

तब गंगा का आक्रोश हँसी में बदल गया—यशवन्त को फ़िकर हुई है कि यह अनजान युवक कहीं किसी और मन्तव्य से नहीं आया है? यशवन्त को पता है गंगा का स्वभाव, हरेक पर भरोसा कर लेती है।

"पागल हो तुम सब के सब—ठीक है, उसे बाहर सोने दो, और कहना कि ख़र्राटे कम ले—"

मारिया थोड़ी सुस्थ लगी, उसके जाने के बाद गंगा ने दरवाज़ा बन्द कर लिया।

थोड़ी देर खड़ी-खड़ी सोचती रही—अपने प्रति यशवन्त की यह चिन्ता देखकर अच्छा महसूस हुआ। कोई भी आकर कह दे कि मैं तुम्हारा बेटा हूँ—तो इतने साल की वंचित गंगा तो बाँहें खोलकर उसे स्वीकार ही कर लेगी। पर यह अनजाना, अनदेखा युवक छली, कपटी भी हो सकता है। रात में गला तराश दे और मालमत्ता बटोरकर लोप हो जाए। हर घर में कुछ-न-कुछ कीमती सामान तो होता ही है। गंगा को निमिष भर के लिए भी संशय नहीं हुआ था कि स्टीवेन उसका बेटा नहीं है। अब ड्राइविंग लाइसेंस में सब कुछ सत्य पाकर यशवन्त को आश्वस्ति हुई होगी, पर गंगा के हृदय में एक कचोट सी हुई—मेरा बेटा ऽऽ

उसकी आँखें भर आईं।

तब तक स्टीवेन नहा-धोकर बाहर आ गया था। उसने एक टी-शर्ट पहन

रखी थी जिस पर 'कोल्बी कॉलेज, मेन, यू.एस.ए.' लिखा हुआ था और स्लेटी रंग का ढीला-ढीला पाजामा। दोनों ने पलंग पास-पास खिसका लिए। बीच में एक मेज़ थी, जिस पर एक लैम्प, पानी की दो बोतलें, दो गिलास पढ़ने के चश्मे सहित उसका केस। वह बाहर से मोमबत्तियाँ ले आया और मेज़ पर रख दीं। यह पलंग पर थोड़ी देर बैठा रहा, फिर लेटकर उसने कहा, "तो गुड नाइट, माँ।"

"तुम कल कितने बजे निकलोगे?"

"यही साढ़े ग्यारह या बारह बजे—अभी तो पूरी रात बाक़ी है माँ— "

पास-पास लेटे हुए गंगा कह उठी—"जब हम एक परिस्थिति से गुज़र रहे होते हैं तब हमें उसी समय का सच दिखाई पड़ता है—आगे-पीछे का तो बाद में समझ में आता है। उस समय जो मुझे उचित लगा, वही किया, उसकी पीड़ा तो बाद में भोगी—अभी भी भोग रही हूँ— "

'किसकी बात कर रही हो माँ— ?"

"अपनी ज़िन्दगी की—कहाँ शुरू हुई—कैसे लाड़ प्यार में बड़ी हुई, सास ने सोने से मढ़ दिया। डॉ. सिन्हा, जैसे भी थे, अपने में ठीक थे। उन्हें मालूम ही नहीं था कि पत्नी को कैसे सँजोया जाता है, कैसे सहारा दिया जाता है। वह भी मैंने नियति समझकर स्वीकार कर लिया—फिर वह मुझे अकेले छोड़कर भारत चले गए। अब तक तो मैं शोषित ही रही—उसके बाद अपने निर्णय लिए, कुछ शायद सही, कुछ शायद सही नहीं रहे होंगे। जैसे भी—मैं ज़िन्दगी जीने को तैयार थी, फिर तुम्हारे आने का पता चला—तुम्हें लेकर भारत में अकेले—या परिवार में रहना नामुमकिन था। हमारा समाज बहुत संकुचित, बहुत असहिष्णु है, वहाँ से दूर चले आना ही मैंने ठीक समझा। प्रवीण दम्पति के पास मुझे आश्रय मिला। मैं कृतज्ञ थी—सच्चे मन से उनकी सेवा करी, 'सेवा परमो धर्म' समझकर। बस एक छत सिर पर, और दो तीन टाइम का भोजन। तभी तुम्हारी मौम से मुलाक़ात हुई। कितने वर्षों से वह एक सन्तान के लिए कलप रही थीं—सारा विज्ञान, सारी टेक्नोलॉजी भी उनकी मदद नहीं कर सकी। मुझे वह अच्छी लेडी लगीं, पढ़ी-लिखी, सम्पन्न, सशक्त...."

गंगा ने मोमबत्ती नहीं बुझाई थी। पास की गोल मेज़ पर अभी भी जल रही थी, उसकी हल्की, भीनी सुगन्ध कमरे में थी। उस प्रकाश में देखा—बेटा

सो गया है। काफ़ी देर तक उसका चेहरा देखती रही, जैसे आँखों से पी लेगी। वह शान्त था, साँस लेने से थोड़ी आवाज़ होती, थोड़ी सी हलचल; थका और उदास। क्या सचमुच उदास या गंगा अपनी भावनाओं को उस पर रोप रही है? उसे मालूम नहीं था। वह यह क्षण पूरा-पूरा जी रही थी, उसे मुट्ठी में भींचकर सँजो लेना चाह रही थी। उन्नीस साल बाद उसने पहली बार बेटे का चेहरा देखा था, उसका बेटा उसे खोजता हुआ अटलांटिक से पैसिफ़िक सागर तक आ पहुँचा है—मेरे आनुवंशिक तत्त्वों ने उसे भी नहीं छोड़ा, पर उसे एरिक ने, एरिक की बेटी ने, आधुनिक चिकित्सा ने बचा लिया है। अब वह पढ़ेगा—सितार बजाना सीखेगा। गंगा यहाँ का सब कुछ छोड़-छाड़ कर उसके साथ बनारस जाएगी, उसे इलाहाबाद, दिल्ली सब दिखाएगी, चाँदनी में ताजमहल, वर्षा में एलोरा, शीत ऋतु में कन्याकुमारी और गर्मी में पहाड़—अल्मोड़ा, कौसानी, अगर कैथरीन बसबी और उनके पति भी साथ आना चाहेंगे। गंगा को आपत्ति नहीं होगी।

यह सब, घर, ज़मीन तो यशवन्त की है—उसका अधिकार तो जीवन पर्यन्त रहने का ही है। वीराँ-वैरोनिका, जो बाद में गंगा की मित्र बन गई थी, बोली, "तेरे साथ ठीक नहीं हुआ। हालाँकि सारी जायदाद मेरी बेटी दामाद को दे गए—पर तेरे सुख चैन का भी तो सोचना चाहिए था, सारी उम्र दोनों की सेवा में झोंक दी, और मिला क्या? कम से कम ख़ुद-मुख़्तार तो रहती, हर महीने ख़र्च के लिए यशवन्त की मोहताज तो न रहती। वह मरने के बाद भी तुझे कन्ट्रोल में रखना चाहते थे, कुछ देने का मतलब था कि तुझे स्वतन्त्रता। बेच-बाचकर देश चली न जाए—इसलिए दिल के बहुत छोटे निकले तेरे प्रवीण जी—"

वसीयतनामे के बारे में सुनकर उसे भी झटका लगा था, प्रवीण जी से उसने कभी जायदाद या आमदनी के बारे में बात नहीं की थी, यह तो सबने मान लिया था कि उम्र में अपने से बहुत छोटी पत्नी को प्रवीण जी सुखी और सम्पन्न देखना चाहेंगे। पर ऐसा नहीं हुआ—फ़ार्म हाउस, उससे संलग्न कुछ एकड़ ख़ाली पड़ी ज़मीन, जिस पर घर के खाने लायक़ साग सब्ज़ी उगा ली जाती थी, और यशवन्त जितना ठीक समझे, उतना जीवनपर्यन्त हाथ ख़र्च देता रहे। गंगा को कुछ भी बेचने या किराए पर उठाने का अधिकार नहीं था। भला हो प्रवीण जी के भतीजे का—जिसने ज़मीन जोतकर उस पर आर्गेनिक

फ़ॉर्म बनाने का सुझाव दिया था और प्रारम्भिक कई वर्षों में बराबर मदद भी की थी। अब वह केवल आर्गेनिक फ़ार्म ही नहीं था—'आओ—स्वयं चुनो और पैसा दो' की पद्धति पर ख़ूब चल निकला था। लोग दूर-दूर से आते थे, सप्ताह भर की साग-सब्ज़ी अपने आप तोड़ते थे, मटर की फली, सेम, खीरे, करेले, सरसों का साग—केवल परवल और टिन्डे छोड़कर, कोई नई पुरानी तरकारी ऐसी नहीं थी जो वहाँ नहीं होती थी। फ़ार्म का नामकरण नहीं हुआ था। गेट पर एक तख्ती पर 'भाजी फ़ार्म' हाथ से लिखकर टँगा हुआ था—शनिवार के दिन सुबह से ही सड़क पर गाड़ियों की क़तार लग जाती थी और हाथ में थैले और टोकरियाँ लिये हुए लोग उत्सुक चेहरों से दूर-दूर तक गेट खुलने की प्रतीक्षा करते नज़र आते थे। ग्राहक कभी फ़ालतू तोड़-फोड़ नहीं करते थे, पौधों और बेलों को सँवार ही देते थे—कीड़े, फँफूदी या अन्य बीमारियों की सूचना तुरन्त देते थे। तरोई पर फँफूदी, बैंगन में कीड़ा, बन्द गोभी में ख़रगोशों की चराई के चिन्ह, सब कुछ उसे ग्राहकों से ही पता चलता था। पर इस तरह धनोपार्जन आसान काम नहीं था, हाड़ तोड़ परिश्रम था—तोलकर पैसे लेने में ही घन्टों का काम था।

पर लगाव था इस धरती से, इस हरियाली, धूप और हल्की-हल्की बूँदों से। हाथ-पैर और चेहरा तप कर साँवला हो गया था, कोमल शरीर पुष्ट हो गया था, बाल पकने लगे थे, हाथ-पैर कड़े हो गए थे—कोई अचानक देखता तो पहले वाली गंगा को पहचान न पाता—पर दिल में दुख और सन्ताप की जो गाँठ पड़ गई थी वह कभी घटी नहीं। अपने बेटे की तो वह शकल भी न देख सकी थी, दिल से लगाने की तो बात दूर—तुरन्त के तुरन्त नर्सों ने डॉक्टर कैथरीन की बाँहों में दे दिया था—

वह बेटा, स्तव्य नाम दिया था उसने, माँ का नाम आकाशगंगा, पिता का नाम एरिक एरिकसन, अस्पताल में सर्टिफिकेट में यही लिखाया था। स्तव्य अठारह सालों तक उसी का था—क्योंकि वैधानिक रूप से डॉक्टर कैथरीन ने उसे गोद नहीं लिया था, क्योंकि माँ की क़ानूनी आज्ञा उसने ली ही नहीं थी—बस बच्चा लेकर दूर, बहुत दूर चली गई थी। गंगा चाहती है कि हल्के-हल्के बेटे का गाल छुए, पर स्पर्श, चाहे जितना कोमल क्यों न हो, उसे जगा देगा और वह उसकी नींद भंग नहीं करना चाहती।

स्टीवेन ने बहुत थोड़ा खाया था, दो-तीन चम्मच खिचड़ी, थोड़ा सा

सलाद, कुछ टुकड़े टमाटर—अधिकतर सारे दिन बाहर खुले में काम करने के कारण गंगा को भूख लग आती थी। पर इस समय न जाने क्यों सारी भूख मिट गई थी। जैसे ख़ुशी से ही पेट भर गया था। स्टीवेन ने उसकी प्लेट में थोड़ी खिचड़ी डाल दी।

"बस ऽ बस। तुम भी तो लो—"

"ले रहा हूँ—" उसने भी साथ देने के लिए दो-तीन चम्मच और लिए। मोमबत्ती की रोशनी में वाइन का लाल रंग चमक रहा था। वह खाती रही और स्तव्य छोटे-छोटे घूँट पीता रहा।

"हमेशा सोचता रहा कि कैसी होगी मेरी माँ? किसी भी स्त्री को साड़ी पहने देखता था तो सोचता था कि शायद वही मेरी माँ रही हो—जाकर लिपटने का जी करता था। मौम और डैड से ढेर सारा प्यार पाकर भी मन में कहीं एक खुरेंच रह गई थी। उन लोगों ने मुझे एकदम अमरीकी तौर-तरीके से पाला है, भारत की संस्कृति और सभ्यता से एकदम दूर, अलग। वह एक बहुत पिछड़ी हुई सभ्यता है—मेरी नानी हरदम कहती थीं—" वहाँ आधुनिकता का कोई चिह्न नहीं है। पुराने रीति-रिवाज़—छूत-छात, तय की हुई शादियाँ—पर मेरे ऊपर उसका कुछ असर नहीं हुआ। मैं स्वयं अपने आप देखूँगा कि यथार्थ क्या है—मालूम है मेरी नानी के साथ क्या हुआ? रिटायर्ड होने के बाद नाना के साथ वह एक वर्ल्ड टूर पर गई थीं—बम्बई में शिप से उतरकर तीन दिन को दिल्ली, बनारस गईं थीं। वहाँ एक दिन किसी होटल से लंच खाकर निकली तो सड़क पर खड़ी गाय से टकरा गईं, गिर गईं, पैर टूट गया—विश्व भ्रमण वहीं ख़तम, नाना हमेशा उन्हें चिढ़ाते थे कि लंच पर उन्हें गाय का मांस नहीं खाना चाहिए था—इसीलिए गाय ने उन्हें धक्का मार दिया। पर उन्होंने गाय का मांस नहीं खाया था, भैंस का खाया था।"

गंगा देर तक चुप रही—अपने अनुभव के अनुसार ही उन्होंने अपने विचार क़ायम किए—उनकी भी क्या ग़लती—

वह बार-बार चाहती है कि स्टीवेन की बाँह छुए—उसकी हथेली हाथ में ले, उसका माथा सहलाए, पर वह यह कुछ नहीं करती। वह बीच-बीच में झपक जाता है फिर आँखें खोल देता है, बातें करने लगता है। गंगा की आँखों में नींद कहाँ—न जाने क्यों भविष्य की बहुत याद आने लगी है—जैसे ज़िन्दगी की डोर उसी से बँधी हुई थी, उसके मरने से जैसे सारी दुनिया ही

उजड़ गई। घर बार, नाम इज़्ज़त, पति और बच्चियाँ, सब कुछ एक झटके से, एक भूचाल में गिरकर तहस-नहस हो गया। उसने सोचा था कि उस पुरानी ज़िन्दगी में यदि उसकी जगह नहीं तो वह भी, सबसे दूर जाकर एक नई ज़िन्दगी बनाएगी। प्रवीण दम्पति का साथ तो कुछ ही दिनों का होगा, वह यही सोचकर आई थी, स्तव्य को अपनी छाती से अलग कर देने के बाद जैसे वह एक बार फिर मर गई थी, कोई उल्लास, कोई उत्साह, आगे बढ़ने का कोई भी प्रयास अन्दर नहीं बचा था। अपने अन्दर के खोखलेपन को अपने में ही चुपचाप समेटे वह जीती रही—प्रवीण बहन की सहेली, फिर प्रवीण जी की पत्नी। वह वैसे भी चुप रहते थे, उन्होंने उसे छत दी थी, एक स्थायित्व दिया था, पर वह अन्दर की अकुलाहट, मन की भटकन को न समझ सके थे, न समझने का प्रयत्न ही किया। भावनाओं की गूढ़ और दुरूह गुत्थियों या गहराइयों को समझना उनकी सामर्थ्य के परे था। भविष्य की मृत्यु उसे कितना तोड़ गई है, वह केवल एक ही व्यक्ति समझ पाया—वह था एरिक। हर समय रोगी बालकों के बीच रहकर उसने माता-पिता की पीड़ा, बेबसी और टूटना देखा था, उसकी हर थपकी ने गंगा को थोड़ी सी और सान्त्वना दी थी—जैसे टुकड़े-टुकड़े बिखरी हुई हल्की-हल्की जुड़ने लगी थी।

यहाँ कैलीफ़ोर्निया की ज़िन्दगी, फिर भी, एक जीवनपर्यन्त का बनवास, ज़िन्दगी भर का सोग ही तो था। रोज़-रोज़ नियमित जीवन जीते हुए भी वह उससे अलग-थलग ही थी—जैसे अनजाने में ही संन्यास ले लिया हो—तभी प्रवीण जी उसके लिए कुछ नहीं छोड़कर गए, यह जानकर उसे न दुख हुआ, न आश्चर्य। बस, यशवन्त की उदारता पर जीना पड़ेगा, यह जानकर उसे बहुत ठेस लगी थी। परन्तु यशवन्त स्वयं जानता था कि गंगा के साथ अन्याय हुआ है, इसीलिए साल के आरम्भ में उसके अकाउंट में पर्याप्त पैसा आ जाता था और वह उसी में काम चला लेती थी; कभी और नहीं माँगा। साग-सब्ज़ी बेचकर कोई विशेष आमदनी नहीं थी, बीज, खाद, दवाइयों और खेत में काम करने वालों का ख़र्च पूरा करने के बाद जो कुछ बचता था वह उसका अपना प्राइवेट खाता था—चाहे वह मन्दिर को दे या शिशु संस्था को—कैंसर रिसर्च को या फिर अपने पास ही रखे।

वह एरिक—जितने भविष्य का इलाज तो किया था पर बचा नहीं सका

था। उसने स्तव्य के रूप में उसे कितना अमूल्य तोहफ़ा दिया था; और फिर उसी का उपचार करके—उसे नीरोग करके गंगा के पास वापस भेज दिया था।

स्टीवेन ने करवट ली—वह सो नहीं पा रहा था। अँधेरे में उसका स्वर उभरा—"अम्माँ।"

"हाँ बेटा— " बेटा कहते हुए उसका दिल भर आया—कितना सुकून मिल रहा है इस समय—वह सोचने लगी।

"अम्माँ, तुम उन्हें प्यार करती थीं? यानी मेरे पिता को?" यह प्रश्न यहाँ, पला, बड़ा लड़का ही पूछ सकता है—गंगा ने सोचा; एकदम बेबाक़, बेझिझक—एक दम ख़ुलासा—

"बहुत— " उसने धीरे से कहा।

"मैंने उनसे भी पूछा था—क्या आप मेरी माँ से प्यार करते थे—तो उन्होंने भी कहा 'वेरी मच।' वह बहुत गम्भीर व्यक्ति हैं, कार्यरत, बाल सफ़ेद होने लगे हैं, चेहरा बहुत सौम्य है और आँखें बहुत करुणामयी, उन्होंने शादी नहीं की है, न कोई गर्लफ्रैन्ड है। अकेले हैं। उन्होंने यह भी कहा था—'तुम्हारी माँ बहुत ख़ूबसूरत है स्टीवेन—अन्दर मन से भी बाहर से भी। ज़िन्दगी ने उसके साथ न्याय नहीं किया—उसे पूरा-पूरा समझा और सराहा नहीं'— " इतना बोलने पर उसके गले में आवाज़ फँसने सी लगी। बोतल उठाकर उसने दो घूँट पानी पिया।

"तुम ठीक हो?"

"हाँ—गला रुँधने लगा था। उन्होंने सही ही कहा था—मैं कल्पना किया करता था—पर तुम मेरी कल्पना से परे—कहीं अधिक सुन्दर हो। दुनिया की सबसे सुन्दर—मेरी माँ— "

"पगला कहीं का— " गंगा ने लाड़ से हिन्दी में कहा, वह समझ गया—

"पागल—हाँ मैं क्रेज़ी हूँ—मालूम, तभी ठीक होने के बाद पढ़ाई ख़तम करूँगा—उसके बाद हम भारत चलेंगे—उसे भी ले चलेंगे—अपनी अमेरिकन मॉम और डैड को, नहीं तो वह मुझे जाने नहीं देगी। अभी भी कहाँ आने दे रही थी, तमाम बहाने, फिर प्रॉमिस करवाई कि एक रात से ज़्यादा नहीं रहूँगा— " वह चुप हो गया। "एक रात और इतनी बातें— " वह कहने लगा पूरा दिन तो यात्रा में ही निकल गया—कहाँ मेन-कहाँ कैलीफ़ोर्निया—कितने प्रदेश, पहाड़, नदियाँ, जंगल— "

गंगा ने प्यार से उसका हाथ दबाया—"कुछ दिन रहते तो अच्छा लगता—"

"फिर आऊँगा—"

"ज़रूर आना।"

"आऊँगा—ज़रूर आऊँगा—"

"इन उन्नीस सालों में एक दिन ऐसा नहीं गया जब कि मैंने तुम्हारे बारे में सोचा न हो। तुम्हारे जन्मदिन, हर त्योहार, स्कूल खुलने के पहले दिन, छुट्टियाँ शुरू होने पर—"

"तो तुमने मुझे ढूँढ़ा क्यों नहीं? मुझसे मिली क्यों नहीं?"

"मैंने प्रवीण जी को वचन दिया था—"

"पर वह तो मर चुके—"

"हाँ—सो तो है—"

कुछ देर के बाद गंगा ने पूछा, "तो भारत में और कहाँ-कहाँ जाओगे? जयपुर, आगरा, मद्रास—"

"गंगोत्री से सुन्दरबन तक—पहले—फिर बाद में इलाहाबाद, जहाँ तुम पैदा हुई थीं—"

"इलाहाबाद रास्ते में पड़ेगा—मैं तो बनारस से आगे पूर्व में गई ही नहीं—कलकत्ता भी नहीं—"

"तो कलकत्ता जाएँगे—"

फिर मौन, बरामदे में से प्रकाश छन-छनकर आ रहा था—कमरे के अन्दर की मोमबत्तियाँ एक-एक करके बुझने लगी थी। उसकी साँसें छोटी-छोटी थीं, उथली—वह सो गया था। उसका चेहरा अपना ही, अलग था—न एरिक की छवि, न उसकी अपनी पहचान, गंगा ने उसका गाल छूना चाहा, मेरा बेटा—मेरा स्तव्य—आज मेरे पास लेटा हुआ है, सो गया है; कितना-कितना कलपी हूँ तेरे लिए—सोचा था कि तुझे अपने से दूर कर दूँगी—तज दूँगी तो मेरे अभिशाप, मेरे दूषित डी.एन.ए. से बच जाएगा। पर बच नहीं पाया—तुझे भी ल्यूकीमिया हो ही गया, पर तुझे उसने, उस एरिक ने बचा लिया, जो भविष्य को नहीं बचा पाया था, जिसने एक रात को—गंगा को अपनी बाँहों में लेकर कहा था—"मैं तुम्हें एक बच्चा देना चाहता हूँ—तुम्हारे साथ एक सन्तान की सृष्टि करना चाहता हूँ—"

"क्या तुम्हारा प्रायश्चित ?"

"नहीं—हमारे मिलन का प्रतीक—एक नई, स्वस्थ संरचना—"

यह ज़रूरी नहीं था कि ऐसा होता, पर हुआ। एरिक पीछे रुका नहीं, एक बार गया तो ज़िन्दगी भर के लिए चला ही गया। उसे ढूँढ़ निकालना कैथरीन बसबी के लिए ही सम्भव था। अपने बेटे स्टीवेन के इलाज के लिए स्विटज़रलैंड जाना और सब कुछ एरिक के हाथों में सौंप देना—मुझे मेरा बेटा वापस चाहिए, सही सलामत, जैसे भी करो—इसे अच्छा करो। और वह लड़की तूलिक्का जो डेनमार्क से अपने अनजान, अनदेखे भाई को अपनी बोन मैरो देने आई थी, बोन मैरो मैच कर गई थी—कैथरीन, एरिक, तूलिक्का—सबने मिलकर गंगा का बेटा उसे लौटा दिया था। कमज़ोर थी मैं—गंगा मन ही मन स्टीवेन के अनपूछे सवाल का जवाब दे रही थी—हम सब अपने परिवेश, अपने संस्कारों और समाज के द्वारा ही गढ़े जाते हैं। बिना प्रतिवाद किए सब कुछ स्वीकारना, सबके निर्णयों के आगे सिर झुका देना—मुझे ऐसे ही गढ़ा गया था—गगनेन्द्र बिहारी के साथ विवाह कर दिया गया—मैंने दूसरा विकल्प जाना ही नहीं, प्रवीण बहन ने सहारा दिया तो उसे भी स्वीकार कर लिया—और परिस्थितियों के तकाज़े के अनुसार ज़िन्दगी काटती गई। उन्हीं बेतरतीब विचारों, अन्धविश्वासों और मन के डर के वश अपना बच्चा कैथरीन बसबी को दे दिया—उन दुष्ट नर्सों ने एक बार मुँह भी नहीं देखने दिया—शकल देख लोगी तो मन में मोह उपज आएगा—बच्चा फिर दे न सकोगी—कैथरीन बसबी प्रसव के समय बराबर कमरे में रही थी—बच्चे को साफ़ करके नर्स ने उसी को पकड़ा दिया था—गंगा ने बाँहें फैलाई थीं—पर पूरे-पूरे होश में कहाँ थी—होश में आने पर उसने पूछा था—"मेरा बच्चा कहाँ है—"

वैरोनिका पास में थी—"बच्चा ? उस डॉक्टरनी को दे दिया न। क्या भूल गई ?"

"एक बार शकल—"

"वह तो तुरन्त के तुरन्त ले गई—" उसने कहा, गंगा ने रुलाई भींच ली—एक बड़ी सी हिचकी आई, फिर वह चुप रह गई।

'मुझमें हिम्मत नहीं थी तुम्हें अकेले बड़ा करने की—पालने-पोसने की—' वह मन ही मन स्टीवेन को सम्बोधित कर रही थी—'देखो—सही ही

निश्चय था। कैथरीन ने तुम्हें कैसे प्यार से पाला-पोसा—'

कमरे की आख़िरी मोमबत्ती फड़फड़ाई और बुझ गई।

'केवल प्यार, माँ का प्यार ही काफ़ी नहीं होता—' वह होंठों-होंठों में बुदबुदाई—'मेरे पास उपेक्षित, बेक़दरी से पलते—कहाँ से दे पाती मैं यह ऊँची शिक्षा—कहाँ से लाती इलाज के पैसे—तड़प कर रह जाती—'

"तुमने कुछ कहा?"

"नहीं—कुछ तो नहीं—"

"तुम कुछ कह रही थीं—"

"अपने आप से बात कर रही थी—जब लोग बूढ़े और अकेले हो जाते हैं तो अपने आप से बातें करने लगते हैं—"

"तुम बूढ़ी नहीं हो—हाँ अकेली ज़रूर हो—"

"शायद ठीक कह रहे हो, कभी-कभी शरीर का बोझ बहुत भारी लगने लगता है।"

"इतनी मेहनत मत किया करो—आराम से रहा करो—" उसने अधिकार और बड़प्पन से कहा।

उसे हँसी आ गई—"ठीक कह रहे हो, मन लगा रहे इसलिए करती हूँ—"

फिर चुप्पी।

स्टीवेन ने फिर पानी के दो घूँट पिए।

"तुम्हारी गर्लफ्रेंड है?" गंगा ने पूछा।

"थी—जब मैं बीमार हुआ तो डर गई। किसी और के साथ चली गई। जब स्विटज़रलैंड में था तो उसने शादी कर ली—बच्चा भी होने वाला है।"

"अमरीकन थीं?"

"नहीं, भारतीय थी, केतकी—उसी ने मुझे पसन्द किया और फिर छोड़ भी दिया।"

उसने नाम एकदम सही उच्चारण किया।

"सुन्दर थी?"

"नहीं—मामूली सी थी, पर मुझे वह अच्छी लगने लगी थी—उसके बाल बहुत लम्बे थे, आँखें भी एकदम डार्क—"

"तुम्हें दुख हुआ होगा?"

"नहीं अम्माँ—बुरा ज़रूर लगा—फिर चैन पड़ा—ऐसी स्वार्थी गर्लफ्रेंड से

क्या लगाव—पर हाई स्कूल में मेरी कोई गर्लफ्रेंड नहीं थी। मैं बहुत शर्मीला था, चुप रहने वाला, पढ़ाकू, अकेला-अकेला—एक दो लड़कियाँ अच्छी लगती थीं—पर उनके साथ तालमेल नहीं बैठा—"

एरिक भी तो शर्मीला था, चुप रहने वाला, अपने में सम्पृक्त, सम्पूर्ण, अपनी भावनाओं को अपने मन में ही सहेजे—

"मैं तुम्हें एक बच्चा देना चाहता हूँ—" एरिक ने एकाएक, बिना सन्दर्भ, एक बार फिर कहा था—वह गंगा के बालों से खेल रहा था।

इस बार—वह चुप रह गई थी, स्तब्ध—तो एरिक सचमुच गंभीर है

"बच्चा?"

"हाँ—हमारे मिलन का प्रतीक—"

"तो तुम मेरे पास रह जाओगे?" वह एक साथ आतंकित और उत्फुल्लित हो गई—

एरिक चुप रह गया।

मतलब—नहीं, वह रुक नहीं सकता।

वह बिस्तर पर थोड़ा, बहुत थोड़ा सा पीछे खिसक गई।

'तुम डर गईं?" उसने कौतुक से कहा।

"नहीं तो—"

"फिर दूर क्यों हट गईं—"

वह बहुत देर तक सोचती रही, भविष्य का दूसरा रूप? क्या पता भविष्य ही दुबारा कोख में आ बसे—कितनी रिक्त और उदास हो गई थी वह—और यह एरिक—यह उसकी डेस्टिनी नहीं है, इस रिश्ते में कोई स्थायित्व नहीं है। वह उसे एक सम्बल, एक सहारा दे रहा है। उसे सम्हाल रहा है, उसे जीने की प्रेरणा दे रहा है। क्या बस इतना ही।

वह सोते हुए एरिक को ताकने लगी—कितने भिन्न-भिन्न हैं हम दोनों—हर प्रकार से भिन्न, भाषा, प्रदेश, संस्कार और संस्कृति—अगर एरिक कभी उससे थक गया, ऊब गया तो—

गंगा को अपने पर ही भरोसा नहीं है—वह जीवन सरिता को ऐसे ही निरुद्देश्य बहने देना चाहती है। अन्दर ही अन्दर कहीं स्वार्थी भी है—एरिक के साथ का मतलब है अतीत से एकदम अपने को काटकर एक नए, अनजाने, अनिश्चित रास्ते को अपनाना। वह सपना और झरना को त्याग नहीं

पाएगी। पर हुआ क्या? सपना और झरना तो अपने आप जीवन से दूर होती गईं—यहाँ तक कि वह केवल 'माँ' नाम की संज्ञा बनकर रह गई। एरिक के जीवन का केवल एक ही उद्‌देश्य था—बाल-कैंसर का उपचार और वह जीवन लय में ऊभती-डूबती रह गई।

यह तो होना ही था; शायद अन्तर तल में यह निश्चय लिया जा चुका था—एरिक का साथ उसके लिए सम्भव नहीं था। वह भारत लौटना चाहती थी, झरना और सपना को अँकवार में भरकर एक बार फिर सुनियत, सुगम जीवन जीना चाहती थी। भटकन उसका उद्‌देश्य नहीं था। उसने लम्बी साँस ली। हम क्या चाहते हैं और क्या होता है? भाग्यवान होते हैं वह, जिन्हें हर मनचाही चीज़ मिल जाती है, या फिर वह जीवन से समझौता कर लेते हैं। गंगा ने भी समझौता किया था, एक बार नहीं, बार-बार। शायद कमज़ोर स्त्री की यही नियति होती है।

जैसे उसके विचारों को पढ़कर स्टीवेन ने एकाएक पूछ लिया—"तुमने उससे शादी क्यों कर ली? उस बूढ़े किसान से; वह तो कुछ पढ़ा लिखा भी नहीं था—बस फल उगाना जानता था—"

"मैं परिस्थितियों से लड़ते-लड़ते थक गई थी। यह एक समझौता ही था—" गंगा ने यह सब दोहराया। जैसे अपने को दिलासा दे रही थी।

"अन्त में तुम भी किसान बन गईं—फूल और सब्ज़ी उगाकर बेचने वाली—"

गंगा के पास कोई उत्तर न था, वह चुप रह गई। थोड़ी देर बाद बोली, "मुझे तो सभी रिश्तों में घाटा ही हुआ। गगन बिहारी ने भी छोड़ दिया, बेटियाँ अलग कर दीं, और प्रवीण जी? पहले उनकी पत्नी की सेवा की, और फिर बरसों उनकी। पत्नी को कैंसर था, और उन्हें स्वयं लकवा लग गया था। न पहले पति से कुछ मिला, न प्रवीण जी से। उन्होंने अपना नया विल बनाया ही नहीं। यह तो यश की उदारता है कि उसने मुझे घर से बेघर नहीं कर दिया। यहाँ रहने दिया—ज़मीन दी, और कभी बड़ा ख़र्च आता है तो उसे भी भरता है। पर जाने दो, इन सब बातों से क्या फ़ायदा। मेरी ज़िन्दगी चल रही है—बहुत ज़्यादा ख़र्चे नहीं हैं, न कोई बड़ी इच्छा—बस, तुम्हें देखने की, तुमसे मिलने की आस में जी रही थी—वह यहाँ आकर तुमने पूरी कर दी—अब आते रहना—तो ज़िन्दगी कट जाएगी—"

"ऐसी डिप्रेसिंग बातें मत करो अम्माँ—अब तो नई शुरुआत है—"

उसने अँधेरे में हँसने की चेष्टा की—"सो तो है—हम साथ-साथ भारत जाएँगे—जगह-जगह घूमेंगे—" मन में सोचा—सब कोई मुझे कैथरीन की नौकरानी और तुम्हारी आया समझेंगे—

"अब सो जाऊँ?" स्टीवेन ने पूछा, "कल सुबह जल्दी उठना भी है—"

"हाँ—आराम करो—"

पर सुबह होने में ज़्यादा देर नहीं थी। वह नहीं सोएगी—हल्के-हल्के उजाले में जी भरकर उसे देखेगी, मन में टाँक लेगी उसकी मुखाकृति।

"तुम रो रही हो?" वह उठकर बैठ गया।

वह ख़ुशी जो शाम से मन में हिलोरे ले रही थी अब विलीन हो गई थी। सुबह उसके लौट जाने का कटु सत्य सामने आ खड़ा हुआ था उसे लगने लगा कि अब जो वह गया तो फिर वह लौटकर नहीं आएगा। एक बार फिर खो जाएगा।

"मैंने कहा न; बिल्कुल ठीक हो गया हूँ; कैंसर ठीक हो गया है। घबराने की कोई बात नहीं है। और अब तुम्हें पाया है तो जीवन से जाने नहीं दूँगा। मैं थोड़ा परेशान था कि कहीं तुम मुझे ख़ाली, दरवाज़े से ही तो नहीं लौटा दोगी, मुझे मालूम जो नहीं था कि किन परिस्थितियों ने तुम्हें मुझे अपने से अलग करने पर बाध्य किया। लगता था कि मैं अवांछित सन्तान था, पर अब सच जान गया हूँ। मैं बता नहीं सकता कि मैं कितना ख़ुश हूँ—तुमसे मिलकर, तुम्हारा प्यार देखकर—"

उसने हाथ बढ़ाकर हल्के से उसके आँसू पोंछ दिए।

"अभी तो मुझे जाना ही है। पढ़ाई पूरी करनी है, वैसे ही पिछड़ गया हूँ, पर मैं तुम्हें जीवन से जाने नहीं दूँगा—फ़ोन पर बातें करूँगा—लम्बी छुट्टी में आऊँगा—हम साथ-साथ यहाँ-वहाँ भ्रमण करेंगे—मैं वादा करता हूँ माँ—"

गंगा ने उसका गाल छुआ—"मैं इसी आस में जीती रहूँगी।"

वह दोनों फिर अपने-अपने बिस्तर पर लेट गए। आँखें मूँदी—और स्टीवेन जल्दी ही सो गया। पर वह पूर्णतया जागकर अब तक की सारी बातें मन में लोट-पोट करने लगी। वह लेटे-लेटे याद करने लगी कि उसने यह बात किसी पर प्रकट नहीं होने दी कि प्रवीण जी की मृत्यु के बाद वह अपने

को कितना उन्मुक्त पा रही थी। पहले प्रवीण बहन और फिर डेढ़ साल लक़वा लगे प्रवीण जी की देखभाल करते-करते वह कितनी थक चुकी थी। उसे लगा कि उसकी हथकड़ियाँ और बेड़ियाँ टूट चुकी हैं। वह एकदम स्वतंत्र है, कहीं भी जा सकती है, कुछ भी कर सकती है और यदि चाहे तो कुछ भी नहीं। यों ही बैठे-बैठे सूरज का उगना और सूरज का डूबना देख सकती है। उसने रुपए पैसे के बारे में सोचा नहीं था—पत्नी होने के नाते फ़ार्म हाउस और जायदाद पर उसका हक़ भी था—पर जब प्रवीण जी सब कुछ यशवन्त को दे गए और साथ-साथ उसकी ज़िम्मेदारी भी, तो उसे अचरज हुआ—थोड़ा क्रोध भी आया—परन्तु प्रवीण दम्पति की मृत्युओं से उसे जो खुलापन महसूस हुआ था, अपने जीवन की बागडोर अपने हाथों में लेकर जो सन्तोष मिला था, वह अपने में ही अटूट सम्पदा के समान था। डेढ़ साल की बीमारी में जो आमदनी हुई थी, उसका लेखा-जोखा उसी के पास था। न यशवन्त ने पूछा, न उसने बताने की ज़रूरत समझी कि वह कहाँ और किन बैंकों में है। इससे पहले उसे पता भी न था कि आड़ू, ख़ुबानी, नाशपाती और बादाम की बिक्री से ही प्रवीण जी की कितनी अधिक आमदनी थी।

"तू बैंक में जमा करवा दे—" प्रवीण जी ने कहा था—और न जाने कहाँ की व्यावहारिक बुद्धि से प्रेरित हो उसने वह सब अपने खाते में ही जमा कर दिया था। ज़िन्दगी कट जाए, इतना तो नहीं था, पर वक्त ज़रूरत के लिए वह एक सहारा ज़रूर बन सकता था।

उसने सद्य: वैधव्य के कारण सहसा समृद्ध और पति, परिवार के अंकुश से मुक्त दूसरी स्त्रियों को देखा था। रीति-रसम के अनुसार ख़ूब सारा रो-धोकर वह सहज हो जाती थी—अपनी सारी दबी हुई आकांक्षाओं की पूर्ति में व्यस्त हो जाती थीं—महँगे-महँगे वस्त्र और आभूषण—लासवेगस जाकर कैसीनो में जुआ खेलना, कभी कैरीबिनयन, कभी अलास्का की क्रूज़ जलपोत पर सुलभ यात्राएँ—गीता भागवत पढ़ना या मंदिर जाना—यह उनकी जीवन चर्या का भाग नहीं था। गीता भागवत उसने भी नहीं पढ़ी—न गुरुद्वारे गई। एक शान्त, द्वन्द्वहीन जीवन सामने था, जिससे अब उसे कोई शिकायत नहीं थी—न कोई उज्ज्वल भविष्य की उम्मीद। बस एक आस थी, जो उसने बहुत गहरे, अन्तरतल पर गाड़ रखी थी। अपने उस दे दिए हुए बेटे से मिलन। चाहे एक बार ही, पर वह उसे स्वयं नहीं खोजना चाहती थी, उसका

मन था कि एक दिन वही खोजता हुआ आ जाए—बस; तब उसकी भटकन, उसकी बेचैनी का अन्त आ जाएगा। उसे अपना गन्तव्य मिल जाएगा, तब वह बिना किसी संताप, खेद या नियति के प्रति गिले शिकवे के, एकदम शान्ति से अंतरिक्ष में लय हो जाएगी, वही है उसका सुन्दरबन और गंगा नदी का डेल्टा, जहाँ पहुँचकर एक लम्बी यात्रा के बाद नदी विलीन हो जाती है, समुद्र से उसका अस्तित्व ऐसा घुलमिल जाता है कि पता ही नहीं चलता कि कहाँ नदी समाप्त हुई और कहाँ समुद्र शुरू हुआ। उसने कन्याकुमारी में बंगाल की खाड़ी और अरब सागर को हिन्द महासागर से मिलते हुए देखा था। सब तरफ पानी ही पानी—जहाँ तक दृष्टि जाए जल का विस्तार—कालेज की अन्य लड़कियों के साथ उसने भी तीन समुद्रों के संगम में स्नान किया था—और मिथक के अनुसार भारत की सारी नदियों में नहाने का पुण्य लिया था। गंगाजी में तो उसने इतनी बार स्नान किया था कि आगे-पीछे के कितने जन्मों के पाप धुल गए होंगे।

अगर कोई पुण्य बचा होगा—वह सोचती थी—तो शायद मेरी चाह पूरी हो जाए। तब तक केवल एक प्रतीक्षा है, ऐसी प्रतीक्षा जिसका उसे मालूम नहीं कभी अन्त होगा भी या नहीं।

और वह इच्छा आज, न जाने किन पुण्यों के प्रभाव से, किस ग्रह की कृपा से परिपूर्ण हो गई। जैसे किसी दैवी शक्ति ने प्रसन्न होकर स्टीवेन को उसके सामने लाकर खड़ा कर दिया है। उसका मन क्षण-क्षण बदलता है, कभी पुलकित तो कभी आँखें अश्रुपूर्ण। कितना बड़ा सुख उसकी झोली में आ गिरा है। वह अपने आप आया है, उसे सम्हाला है, वह अब कभी अकेला महसूस नहीं करेगी, क्योंकि इसी देश में, इसी विस्तृत आकाश के नीचे, इन्हीं सूरज और चाँद की रोशनी में वह भी रहेगा।

सुबह का वही रुटीन। प्रकाश की पहली रेखाओं के साथ वह उठ जाती है, चाय बनाती है, पर चाय रक्खे-रक्खे ठंडी हो जाती है। वह वरांडे में बैठी चुप-चुप रोती है—बार-बार आँसू पोंछती है पर आँखें, जो न गगनेन्द्र बिहारी के तलाकनामे पर रोई थीं, न प्रवीण जी की मृत्यु पर, आज न जाने कितने आँसुओं से भर उठी हैं—मैं क्यों रो रही हूँ—मुझे तो ख़ुश होना चाहिए—मेरा बेटा मुझसे मिलने आया है, वह एकदम स्वस्थ हो गया है—आधुनिक चिकित्सा का कैसा चमत्कार है।

स्टीवेन कमरे से बाहर आया—गंगा ने झटपट आँसू पोंछ लिए, पर उसने देख ही लिया।

"तुम इतनी जल्दी उठ गए?"

"समय का अन्तर है न, पूर्व में हम यहाँ से तीन घन्टे आगे हैं—इसीलिए जाग गया—"

"क्या बनाऊँ—चाय—"

"मैं बना लूँगा—तुम बैठो, गुड़हल के फूल और हरी पत्तियों की चाय का पैकेट मेरे पास है—"

शायद कुछ गीलापन रह गया होगा—स्टीवेन ने हाथ बढ़ाकर उसके गालों को पोंछा—अधिकार और बड़प्पन से बोला, "अब बस! तुमने ज़िन्दगी में कितना झेला और तब भी अडिग रहीं—स्थिर—कितना आत्मबल तुममें है। फिर ऐसे क्यों रोती हो। बेबस—मुझे तुम पर गर्व है अम्माँ..." उसने बाँहें फैलाकर गंगा को अँकवार में भर लिया।

दोनों नाश्ता करके बाहर आ गए, और पास-पास झूले पर बैठ गए। सूरज पूरब में उभर रहा है और उज्ज्वल आभा से सारे पेड़, सारी लताएँ, लौकी, काशीफल, करेले, तोरई एकदम आलोकित हैं और सुबह की हवा में हल्के-हल्के फूल हिल रहे हैं। बात बदलकर स्टीवेन ने कहा, "यहाँ कितनी शान्ति है, और तुम्हारी यह हरियाली—जैसे हर पत्ता, हर टहनी, हर फूल अपनी-अपनी लय पर नाच रहा है—"

गंगा ने अचरज से भरकर स्टीवेन को देखा। वह मुस्कराने लगा, पर क्या उसकी आँखों में उदासी थी। वह जाने के लिए तैयार है, पर क्या इस माँ से दूर जाते हुए उसे थोड़ा दुख हो रहा है।

गंगा जी भरकर उसका चेहरा देख रही है, एक-एक रेखा हृदय पटल पर आँककर हृदय में सँजो लेगी। अरगनी पर दो रूमाल टँगे हुए थे, रंगीन बतिक के, रूमाल उतारकर वह एक क्षण असमंजस में पड़ी रही।

"यह सुबह-सुबह उठकर मैंने तुम्हारे लिए रँगे—आख़िर यह टोपी कब तक टाँगे रहोगे?"

स्टीवेन मुस्कराया—"सुन्दर हैं, कितनी गुनी हो तुम, माँ! लो अभी बाँध लेता हूँ—"

टोपी उतारकर बैक-पेक में ठूँस ली—और तिकोन करके सिर पर रूमाल बाँध लिया। रूमाल पर नीले और सफ़ेद रंगों की धारियाँ पड़ी हुई हैं।

"देखो, कितने अच्छे लग रहे हो—"

वह हँसा, वही उजली हँसी।

गंगा ने फिर साड़ी पहनी है, बंगलोरी क्रेप की सुनहरी ज़री के किनारे वाली। बिना बाँहों वाला ब्लाउज़ भी फिर आ गया। गला थोड़ा छोटा है, पर उससे कोई फ़र्क नहीं पड़ता। इतने सालों में देह वैसी की वैसी ही बनी रही, न बढ़ी है, न घटी। दराज़ में से ढूँढ़कर उसने सोने के लम्बे बुन्दे, जिन पर जयपुर की हरी मीनाकारी थी, पहन लिए। चेहरे पर क्रीम लगाई, माथे और गालों पर ज़्यादा रगड़ी। फिर हल्का सा पाउडर और लिपस्टिक।

स्टीवेन ने कहा, "मैं छूकर देख सकता हूँ?" उसने आँचल की ओर हाथ बढ़ाकर साड़ी को छुआ—"सिल्क है?"

गंगा ने स्वीकृति में सिर हिलाया।

"मैं अपने लिए भी सिल्क की साड़ी ख़रीदूँगा—"

गंगा हँस पड़ी, खिलखिला कर, "अरे पगले—लड़के साड़ी नहीं पहनते हैं—केवल स्त्रियाँ ही—"

"मुझे क्या मालूम—" उसने असहाय मुद्रा में हाथ फैलाकर कहा।

हँसने से वातावरण हल्का हो गया। स्टीवेन ने पाकेट से मोबाइल निकाला और खट् से उसकी तस्वीर खींच ली।

"एक और ले लूँ? ज़रा हँसो, जैसे अभी-अभी हँसी थीं—"

"लड़का एकदम पगला है," गंगा ने दुलार से कहा और बड़ी सी मुस्कराहट चेहरे पर लाकर कहा, "लो—"

"लाओ, अब तुम्हारी भी एक ले लूँ—" गंगा अपना फ़ोन खोजने लगी—फ़ोन शायद अन्दर ही था।

"नहीं-नहीं—ऐसे नहीं, जब बाल निकल आएँगे तो तुम्हें ख़ुद भेजूँगा—"

"फिर भी, इस मुलाक़ात की यादगार में," गंगा अपना मोबाइल अन्दर से ले आई, और उसकी तस्वीर ले ली—खटाखट-एक के बाद एक। वह खड़ा-खड़ा मुस्कराता रहा। फिर गंगा ने फ़ोन मेज़ पर रख दिया और झूले

पर बैठ गई। स्टीवेन ने आकर झूले को पेंग दी और स्वयं उसके पास आकर बैठ गया।

हेसूस ने भाजी फ़ार्म का गेट खोला है, आज वरिष्ठ ग्राहकों का दिन है—एक थैले में जितना आ सके उसका दाम केवल एक डालर।

"कितने लोग, कितनी भीड़।" स्टीवेन बोला।

वह केवल मुस्करा दी। हेसूस को सम्बोधित करके बोली,—"सुनो, आज किसी से पैसे मत लो। जो भी चाहे फ्री में ले जाने दो—"

हेसूस ने कहा, "फ्री में? सारी खेती उजाड़ हो जाएँगी। लोग टूट पड़ेंगे।"

"आलू बैंगन ही तो—ले जाने दो। आज तुम्हारी भी छुट्टी है—जाओ कहीं घूम आओ—"

हेसूस ने नकारात्मक सर हिलाया और अपने आप से कुछ कहता हुआ चला गया। वह स्टीवेन के पास बैठी सामने फैली हरियाली को देखती रही, बन्द गोभी की क्यारियों पर सफ़ेद तितलियाँ मँडरा रही थीं। आकाश एकदम नीला था, यहाँ से लेकर वहाँ तक सुबह की धूप से जगमग—कहीं बादल का एक टुकड़ा भी नहीं।

"देखो माँ—" स्टीवेन कहने लगा, "वादा करो कि तुम उदास नहीं रहा करोगी—और आगे से अपने को आकाशगंगा कहोगी—अपने असली नाम से। मैं भी अब अपने को स्तव्य ही कहा करूँगा। आकाशगंगा तो विस्तृत है—अपरिमित, असीम, गंगा तो अपनी परिधि, अपनी सीमा में बँधी हुई है—हिमालय से बंगाल की खाड़ी तक—"

"आकाशगंगा," वह थोड़ा सा हँसी, "यह नाम तो जैसे भूल ही गई हूँ—"

"तो फिर से—वह डॉक्टर एरिकसन तुम्हें आकाशगंगा ही कहते हैं—पहली बार उन्हीं से सुना, उन्होंने कहा था—"तुम्हारी माँ—आकाशगंगा..."

यह मुझे माँ कह रहा है और उन्हें—केवल डॉ. एरिकसन—उसने सोचा।

"अगली बार शायद मेरी मौम भी आए। उसे कैलीफ़ोर्निया छोड़ने का बहुत मलाल है। मैं जाकर उसे तुम्हारे बारे में सब कुछ बताऊँगा—मैं बहुत घबरा रहा था—मालूम नहीं तुम क्या करोगी, क्या प्रतिक्रिया होगी—सारे रास्ते इसी उधेड़-बुन में पड़ा रहा। इतनी आशा लेकर जा रहा हूँ, अगर तुमने मुझे

स्वीकार न किया तो? पहचानने से इनकार कर दिया तो मैं क्या करूँगा? पर तुमने तो मुझे ऐसे अपनाया जैसे मेरा ही इन्तज़ार कर रही हो—"

"तुमने सही कहा, इन सालों का पल-पल मैंने इसी क्षण के इन्तज़ार में काटा—"

"पर तुमने इतने सालों में मेरी खोज-ख़बर नहीं ली—" उसने उलाहने से कहा।

"अगर ढूँढ़ती तो कैसे? कहाँ से शुरू करती? और अमरीकन तरीक़े से पले हुए बेटे को इस माँ पर शर्म आ जाती तो?"

"ऐसा सम्भव ही नहीं था..." वह कुछ सोचने लगा।

"कुछ बच्चे ऐसे ज़रूर होते हैं जिन्हें अपने माता-पिता पर शर्म आती है—पर मैं ऐसा नहीं हूँ—मुझे गर्व है अपने भारतीय अंश पर—"

"और होना भी चाहिए—" उसने स्टीवेन के हाथ पर थपकी दी।

गेट पर एयरपोर्ट ले जाने के लिए टैक्सी आकर खड़ी हो गई। स्टीवेन तत्परता से उठ खड़ा हुआ, उसने गंगा को हल्के से बाँहों में भर लिया और उसके गाल को कोमलता से चूमा। गंगा का मन हुआ कि उसे पकड़कर बाँध ले, कभी भी जाने न दे, पर उसने ऐसा कुछ नहीं किया। स्टीवेन ने अपना बैक पैक उठा लिया और गेट की ओर चल पड़ा। उसकी चाल आश्वस्त थी और क़दम दृढ़-एक स्वस्थ नवयुवक की आशावान मुद्रा। टैक्सी चली गई।

छुट्टी मिलने पर भी सिकन्दर और हेसूस अपनी-अपनी जगहों पर डटे हुए हैं—कोई इस अवसर का फ़ायदा उठाकर अपने हिस्से से ज़्यादा न बटोर ले—या कद्दू और खीरे की बेलें तहस-नहस न कर दे।

आज पैसे नहीं देने हैं, यह सुनकर सभी के चेहरे पर मुस्कान आ जाती है, भले ही हाथ में हरी प्याज़ के पत्ते और कुछ डंठल धनिए पोदीने के ही हों। कई लोग ठिठक जाते हैं, इस असमंजस में कि क्या वापस लौट कर और भी चीज़ें तोड़ लें—पर सिकन्दर और हेसूस को द्वारपाल की तरह जमे देखकर शायद हिम्मत नहीं कर पाते, पर दो चार लोग इतने ढीठ हैं कि उन दोनों की अवहेलना कर वापस लौट जाते हैं, क्या खोदेंगे? आलू, घुइयाँ, चुकन्दर, गाजर—

आज अगर पूरी की पूरी खेती भी उजड़ जाए तो उसे कोई परवाह नहीं है। अब मन में न कोई विषाद है, न खरोंच। वह एकदम शान्त है, चेहरे पर हल्की मुस्कराहट जैसे जमकर बैठ गई है—वह आँखें उठाकर दूर तक फैले, निरभ्र, नीले आकाश को देखती है जहाँ एक हवाई जहाज़ निःशब्द उड़ता हुआ जा रहा है। वह जब तक ओझल नहीं हो जाता—देखती रहती है—शायद यही स्तव्य का जहाज़ हो; एक दिन यही जहाज़ उसे लौटाकर भी लाएगा; तब तक के लिए यही हरियाली, यही हल्की-हल्की धूप, एक आस, एक मुस्कराहट!

●●●